AF304542

**Marion Minks,** Jahrgang 1967, ist in Cham im Bayrischen Wald geboren und aufgewachsen. Sie begeisterte sich schon in ihrer Jugend für Kriminalgeschichten und phantastische Literatur. Nach einem Fachhochschulstudium, einem Umzug nach Hamburg und einigen Jahren Berufsleben nutzte sie die Elternzeit, um ihrer eigentlichen Leidenschaft, dem Schreiben, nachzugehen. Seit 1996 lebt sie mit ihrem Mann und drei Kindern in Lüneburg.

# MARION MINKS

# DORF KLATSCH
## und *Mordsgerüchte*

Erstausgabe September 2023

Copyright © 2023 dp Verlag, ein Imprint der
dp DIGITAL PUBLISHERS GmbH
Made in Stuttgart with ♥
Alle Rechte vorbehalten

# Dorfklatsch und Mordsgerüchte

ISBN : 978-3-98778-773-7
E-Book-ISBN 978-3-98778-701-0
Hörbuch-ISBN: 978-8-72660-188-6

Covergestaltung: ARTC.ore Design / Wildly & Slow Photography
Umschlaggestaltung: ARTC.ore Design
Unter Verwendung von Abbildungen von
stock.adobe.com: © miles5, © Jag_cz, © Okea, © orijinal_x, © Dmitri
Stalnuhhin, © sveta, © Composer, © serikbaib, © jakkapan, ©
rob2588, © Chayanee, © kittyfly, © Pawel Kazmierczak
Lektorat: Daniela Höhne
Satz: dp DIGITAL PUBLISHERS GmbH
Druck und Bindung: Books on Demand GmbH, Norderstedt

# Vorwort

Eine meiner Leserinnen bezeichnete Agnes Plietsch als „Miss Marple von Sommerstorf". Das gereicht nicht nur Agnes, sondern auch mir als ihrer Schöpferin zur Ehre.

Agnes Plietsch ist pensionierte Lehrerin und lebt seit vielen Jahren in Sommerstorf, einem kleinen Ort in der Lüneburger Heide. Sie war nie verheiratet. Was aus ihrer großen Liebe wurde, darüber schweigt sie sich aus. Dafür hat sie all ihre Liebe und Leidenschaft in ihren Beruf gelegt. Aus diesem Grund kennt sie auch beinahe jeden, der in der Samtgemeinde Moorheide lebt. Über alle anderen ist Agnes' Freundin Heike Rickmann im Bilde, die Frau des Bürgermeisters. Zusammen mit ihr und Enno Fritjoff, einem ebenfalls pensionierten Kriminalkommissar, beteiligt sich Agnes rege am kulturellen Leben des Dorfes, wobei ihr besonders der Chor und das Literaturcafé am Herzen liegen.

Die Sommerstorfer sind allesamt ganz normale Männer und Frauen, deren beschauliches Leben hin und wieder durch ungewöhnliche oder unverhoffte Todesfälle durcheinandergerät. Diese aufzuklären bedarf es nicht nur tüchtiger Polizisten, sondern auch des Scharfsinns und der Menschenkenntnis von Agnes Plietsch und ihren Freunden.

Ich wünsche euch viel Spaß bei Eurer Reise nach Sommerstorf!
Herzliche Grüße, Eure Marion

# Dienstag, 07.Mai

„Auf geht's, meine Damen!"

Heike Rickmann führte die kleine Gruppe sportlich gekleideter Frauen energisch an. Mit ihren dreiundfünfzig Jahren war sie die Jüngste unter den sechs, die sich, mit Nordic-Walking-Stöcken bewehrt, in Bewegung setzten. Körperliche Fitness war beileibe nicht der einzige Grund, weshalb sie sich immer dienstags und donnerstags um halb neun vor der Apotheke in Sommerstorf trafen. Es war natürlich die Geselligkeit, die im Mittelpunkt all ihrer Aktivitäten stand, wobei das Straffen von Bauch, Beinen und Po allzeit willkommener Nebeneffekt war.

„Schaffst du heute die große Runde, Marianne?", fragte Heike Rickmann.

Die achtundsiebzigjährige Marianne Wiechert war die Älteste in der Runde. Sie litt unter fortgeschrittener Kniearthrose und gab aufgrund ihrer Einschränkung das Tempo an.

„Doch, doch, mir geht es heute gut. Ich trage ja außerdem meinen Angorawärmer. Der hilft mir mehr als die verdammten Kortisonspritzen ins Knie."

„Das ist schön, dass es dir wieder besser geht, Marianne. Ich gehe so gerne am Holmbach entlang", meinte Elke Pitzkow, eine kleine, beleibte Frau mit Apfelbäckchen und immer guter Laune. Sie setzte zu einer

Erklärung für ihre Vorliebe an, aber Marlies Weber schnitt ihr das Wort ab.

„Nun stellt euch vor, mir sind doch glatt die frisch gepflanzten Blumen auf der Terrasse erfroren. Zwei Nächte hintereinander solcher Frost!"

„Es soll die nächsten Tage so biestig kalt bleiben", bemerkte Heike Rickmann über ihre Schulter und jemand fügte hinzu: „Ich bepflanze meine Kästen erst Ende nächster Woche, nach den Eisheiligen."

Nachdem das Damengrüppchen von der Dorfstraße in den Eichenwinkel abgebogen war, entspann sich eine lebhafte Diskussion darüber, ob die Eisheiligen schon mit den vergangenen Frostnächten abgetan waren, und inwiefern man angesichts des Klimawandels den kalendarischen Berechnungen noch Glauben schenken konnte.

Als sie das letzte der kleinen Siedlungshäuschen hinter sich gelassen hatten, mündete der Eichenwinkel in einen Forstweg, der sie eine Weile dicht am Holmbach entlangführte. Auf diesem Weg begegneten ihnen normalerweise keine Autos, und selbst Radfahrer waren hier um diese Zeit sehr selten unterwegs. Nur die älteren Schulkinder aus Gulsdorf, Nordtorf und Rullingsbeck nutzten ihn morgens zwischen sieben und halb acht und dann wieder am Nachmittag nach Schulschluss. Hier konnten sie also getrost zu dritt oder viert nebeneinander gehen und plaudern. Nach ungefähr einem Kilometer begann der Weg anzusteigen. Auf der rechten Seite fiel die Böschung immer steiler ab und der Abstand zum Holmbach vergrößerte sich. Zu ihrer Linken säumten mächtige Eichen den Forstweg und überspannten ihn mit ihren ausladenden Ästen.

Dahinter leuchtete ein Rapsfeld. Wie immer an dieser Stelle des Weges erstarb ein Großteil der Gespräche. Einige der Frauen waren nun mehr mit sich selbst beschäftigt, mit dem eigenen Atem, schmerzenden Gelenken oder ziehenden Muskeln. Nach wenigen hundert Metern würde sich der Weg gabeln. Die rechte Gabelung, der sie folgen wollten, flachte in einem sanften Bogen ab und näherte sich dem Holmbach, um ihn schließlich irgendwann zu überqueren, während die linke Abzweigung, beinahe rechtwinklig zum Hauptweg und weiter ansteigend, im Abstand von vielleicht zwanzig Metern am Mertenshof vorbei in Richtung der Gemeindestraße führte. Von dort aus gelangte man bequem und in kurzer Zeit entweder nach Sommerstorf zurück, oder weiter nach Gulsdorf und Nordtorf.

Heike Rickmann marschierte zwischen Marianne Wiechert und Elke Pitzkow. Sie hatten die Gabelung beinahe erreicht. Alle drei hörten Marlies Weber zu, die hinter ihnen gerade schnaufend vom Discounter in Süderingen berichtete, wo es Markenwaschmittel zum Sonderpreis gab. Hätte sie nicht über ihre Schulter gesehen, um Marlies nach dem Preis des Waschpulvers zu fragen, hätte Heike das niedergedrückte Buschwerk wohl gar nicht bemerkt. So jedoch stutzte sie, wurde langsamer und ließ Elke, die neben ihr schwer atmete, zwei Schritte vorgehen, um zu der Stelle zu gelangen, die ihre Aufmerksamkeit erregte. Es war schon mehrmals vorgekommen, dass jemand seinen Abfall hier im Wald abgeladen hatte, und in so einem Fall würde sie sofort die Polizei benachrichtigen, in der Hoffnung, dass diese den Übeltäter endlich erwischte.

Als Heike die Böschung hinunterblickte, sah sie sofort, dass hier kein Müll entsorgt worden war.

„Was ist da?", fragte jemand.

Marlies, die sich neugierig zu Heike gesellt hatte, rief: „Da unten liegt einer!"

Schlagartig verstummte die Gruppe und alle sahen Heike an, Heike Rickmann, die nicht nur den Nordic-Walking-Treff organisierte, sondern auch die Frau des Bürgermeisters der Samtgemeinde Moorheide war.

Sich ihrer besonderen Stellung und der damit verbundenen Erwartungen an sie bewusst, reichte Heike ihre Walking-Stöcke an Marlies weiter und atmete tief durch, bevor sie seitwärts den steilen Hang hinabstieg. Zwei magere Männerbeine, die in einer langen, schwarzen Radlerhose steckten, ragten aus dem Gestrüpp am Fuß des mächtigen Stamms der Fichte hervor, die die Weggabelung markierte. Unter der Person lag ein verbogenes, silbernes Rennrad. *Er muss geradewegs gegen die Fichte geprallt sein*, dachte Heike und sie fühlte, wie ihr dieses Bild den Magen zusammenzog. Als Heike die letzten Meter auf dem feuchten Gras hinabrutschte und neben dem Verunglückten zu stehen kam, bemerkte sie, dass der Kopf des Mannes tiefer auf die Brust geneigt war, als ihr gesund erschien. Mit zitternden Knien ließ sie sich nieder und versuchte, an seinem Hals den Puls zu ertasten. Heike schauderte, als sie die kalte, feuchte Haut berührte. Nichts. Sie tastete weiter, vergeblich. Dann versuchte sie, den Mann ein wenig zur Seite zu drehen, um sein Gesicht zu sehen. Als der Kopf in seiner unnatürlichen Position verharrte, während der Körper vom Fahrradlenker rutschte, dehnte sich ein Feuerball in Heikes Magen aus.

„Wer ist es denn?", fragte Marlies.

Heike schluckte. Sie stützte sich gegen den Fichtenstamm, um wieder auf die Beine zu kommen.

„Hat eine von euch ihr Handy dabei?" Sie wandte sich von dem Verunglückten ab. „Wir brauchen einen Krankenwagen. Oder besser noch die Polizei."

Keine zehn Minuten später hörten die Damen das Knirschen von Reifen auf dem Forstweg. Ein Notarztwagen kam, Staub aufwirbelnd und mit rotierendem Blaulicht, heran und hielt unmittelbar vor den Frauen, die dicht gedrängt beieinanderstanden. Ihm folgte ein Rettungswagen, ebenfalls mit Blaulicht, der hinter dem Notarzt zum Stehen kam.

Der Notarzt sprang aus seinem Auto. Heike Rickmann deutete stumm auf die Stelle, an der sie selbst wenige Minuten zuvor die Böschung hinabgestiegen war. Der Arzt rutschte im Stehen den Abhang hinunter, dicht gefolgt von den zwei Sanitätern aus dem Rettungswagen, die allerlei Gerätschaften zur Wiederbelebung mit sich trugen. Die beiden hatten wegen ihres Gepäcks wesentlich mehr Mühe, ihr Gleichgewicht zu halten als der Arzt. In diesem Moment fuhr auch ein Polizeiwagen heran, der ein Stück vor dem Notarztwagen hielt. Polizeihauptmeister Olaf Dietrichs stieg zusammen mit einem jungen, im Gesicht mit Pickeln übersäten Polizeianwärter aus.

„Moin, Heike, moin, Marlies." Dietrichs tippte an seine Mütze und nickte den anderen Frauen mit dienstlich-ernster Miene zu. Dann sah er die Böschung hinunter, wo sich der Notarzt gerade zusammen mit den Sanitätern an dem Verunglückten zu schaffen machte.

„Moin, Doktor Jordan“, rief Dietrichs nach unten und wandte sich dann an Heike.

„Du hast den Notruf abgesetzt?“, fragte er.

Heike nickte. „Ich habe Petras Handy benutzt.“

„Habt ihr beobachtet, was genau passiert ist?“ Polizeihauptmeister Dietrichs schaute in die Runde und zückte sein Notizbuch.

Heike antwortete wiederum: „Nein, mir sind nur die niedergedrückten Zweige am Wegesrand aufgefallen. Ich dachte erst, es hätte wieder einer seinen Müll hierhergebracht. Und dann habe ich ihn da unten liegen sehen.“

Marlies tätschelte ihr die Schulter und die anderen stimmten ihr murmelnd zu. „Ich hatte vor, ihn wiederzubeleben“, fuhr sie fort.

„Als ich keinen Puls fühlen konnte, habe ich versucht, ihn umzudrehen, aber sein Kopf …“

Heike brach ab. Sie presste sich das mit Kölnisch Wasser getränkte Taschentuch vor den Mund, das sie die ganze Zeit über geknetet und mit dem sie sich zuvor die Hände abgerieben hatte, die Hände, die wahrscheinlich einen Toten berührt hatten. Schnell nahm sie das Tuch wieder fort und verschränkte fröstelnd die Arme.

„Da ist nichts mehr zu machen“, rief Doktor Jordan nach oben, wie um Heike Rickmanns Vermutung zu bestätigen.

„Eindeutig Genickbruch. Ist noch nicht lange her, eine halbe Stunde vielleicht.“

Die beiden Sanitäter kletterten unverrichteter Dinge wieder nach oben und brachten ihre Rettungsutensilien in den Krankenwagen, um gleich darauf den

Rückweg anzutreten. Da es keine Möglichkeit gab, das Fahrzeug zu wenden, nahmen sie den Weg am Mertenshof vorbei. Der Polizeihauptmeister betrachtete den ausgespülten Weg, der in einer steil ansteigenden Kurve vom Forstweg abzweigte. Dann blickte er nach rechts, wo der Fahrradfahrer die Böschung hinuntergesaust sein musste.

„Ich denke mir, dass er mit reichlich Tempo von dort oben gekommen und aus der Kurve geflogen ist", meinte der Anwärter, der dem Blick seines Chefs gefolgt war und kratzte an seinem entzündeten Kinn herum.

„Hm", brummte Dietrichs, und nickte dazu, was einem Lob gleichkam. Er verstaute sein Notizbuch wieder in der Brusttasche seiner Uniform.

„Dann lass uns mal nach unten schauen, Sebastian. Ist das deine erste Leiche?"

Sebastian nickte sichtlich beklommen. Unter seinen rot leuchtenden Pickeln wurde er eine Spur blasser, doch er stapfte seinem Vorgesetzten tapfer hinterher.

An der Unglücksstelle angekommen, begrüßte Dietrichs zuerst Doktor Jordan mit Handschlag. Dann deutete er auf die frischen Spuren am Stamm der Fichte, die das Fahrrad beim Aufprall hinterlassen hatte.

„Davon mach mal ein Foto. Und auch vom Fahrrad", befahl er seinem jungen Kollegen und wandte sich dann wieder an den Notarzt.

„Heimerle", konstatierte der Polizeihauptmeister und deutete auf den Toten.

„*Der* Heimerle?", fragte Jordan mit hochgezogenen Brauen.

Dietrichs nickte mit ernster Miene.

„Hm", machte der Arzt. „Wie gesagt, ich bin hier überflüssig. Für den hier brauchen Sie nur noch einen Leichenwagen."

„Den werde ich gleich bestellen. Einen Totenschein brauche ich von Ihnen, damit alles seine Ordnung hat", sagte Dietrichs, bevor alle drei die Böschung wieder hinaufkletterten. Bei seinem Wagen holte der Notarzt ein Klemmbrett und ein Formular aus dem Handschuhfach und füllte das gewünschte Dokument aus, das er sogleich Dietrichs überreichte. Der Polizeihauptmeister nickte ihm zu, als Doktor Jordan den Motor anließ und auf demselben Weg wie der Krankenwagen in Richtung Mertenshof davonfuhr.

„Sag, Olaf, hab ich richtig gehört? Ist das da unten wirklich der Heimerle aus Heidenbeck?", wollte Marlies Weber wissen und auch Heike musterte ihn neugierig.

Olaf Dietrichs fuhr sich mit dem Zeigefinger in den Kragen, als wäre ihm sein Hemd plötzlich zu eng am Hals. Er kannte die meisten Leute aus Sommerstorf und den umliegenden Ortschaften, und mit vielen war er sogar verwandt. Er war nicht nur ein guter Freund des Bürgermeisters, seine Frau Inge war auch Heikes Cousine. Marlies Weber kannte ihn schon, seit er Windeln getragen hatte, denn sie war die jüngste Schwester seiner Mutter. Doch vor dem jungen Anwärter waren ihm diese selbstverständlichen Vertraulichkeiten unangenehm. Sebastian Meyermann war schließlich einer aus Bresinghausen, und in Gegenwart eines Bresinghauseners oder gar Horstorfers legte er großen Wert auf Respekt vor seiner Person und dem Amt, das er bekleidete. Die Überlegenheit, die ihm seine Stellung verlieh, legte er in seine Miene. Natürlich war er nicht verpflichtet, den Frauen Auskunft zu erteilen. Dennoch antwortete er seiner Tante jovial: „Genau der ist es, ja."

Dann, als er sich mit einem Seitenblick versichert hatte, dass der Anwärter gerade gedankenverloren an einem Pickel puhlte, raunte er: „Aber behalte es vorerst für dich, Marlies, zumindest, bis seine Frau offiziell Bescheid weiß."

Beim Gedanken an Heimerles Frau, der er noch heute die Todesnachricht würde überbringen müssen, graute es dem Polizeihauptmeister. *Was für ein Tag*, dachte er.

***

Es war kurz nach halb neun, als Agnes Plietsch ihr Frühstück beendet hatte. Sie hatte schon immer großen Wert auf einen regelmäßigen Tagesrhythmus gelegt, und an gewissen Regelmäßigkeiten hielt sie auch seit ihrer Pensionierung im letzten Sommer fest. Dreißig Jahre hatte sie in Süderingen als Grundschullehrerin gearbeitet, und sie fürchtete, sie würde schneller altern und geistig verschleißen, wenn sie sich dem Schlendrian hingab. Agnes war eine kleine, zierliche Frau, deren aschblonder Pagenkopf sich im Laufe der Jahre silbern gefärbt hatte. Die vielen kleinen Lachfältchen um die hellblauen Augen unterstrichen ihr freundliches Wesen, das sie bei den Kindern und ihren Eltern so beliebt gemacht hatte.

Als sie ihr Geschirr in die Spüle stellte und dabei aus dem Küchenfenster blickte, sah sie einen Krankenwagen mit Blaulicht an ihrem Haus vorbeifahren. Nachdem gleich darauf ein Polizeiauto folgte, begann sie sich Sorgen zu machen. Um diese Zeit waren üblicherweise eine Gruppe fitnessbegeisterter Hausfrauen und Rentnerinnen unterwegs, deren Nordic-Walking-Parcours sie in den Holmbachwald führte. Auch ihre viel jüngere Freundin Heike Rickmann gehörte dazu. Agnes hoffte, keiner von ihnen möge etwas zugestoßen sein und beschloss, einkaufen zu gehen, sobald sie ihr Frühstücksgeschirr gespült und die Wäsche aufgehängt hatte. Dann würde sie sicher erfahren, wem der Rettungseinsatz gegolten hatte.

Zwei Stunden Später machte sich Agnes auf den Weg ins Dorf. Der kleine Supermarkt in der Dorfstraße war der einzige Laden, in dem man sich in Sommerstorf mit Lebensmitteln eindecken konnte, wenn man kein Auto besaß. Es war außerdem der Ort, an dem Nachrichten ausgetauscht wurden, die es nicht wert waren, in der Zeitung abgedruckt zu werden, die für die Dorfbewohner dennoch von Interesse und Wichtigkeit waren. Man erfuhr, wer gerade die Grippe hatte, und wer im Begriff war, sich von einer längeren Krankheitsphase zu erholen, wer wen zum Geburtstag einlud und welches Paar gerade Streit hatte, wer sich die Haare hatte färben lassen und welche Kleider anlässlich einer Konfirmation oder Hochzeit getragen wurden. Mit etwas Glück erfuhr man aber auch von Dingen, die erst am nächsten oder übernächsten Tag im Lokalteil der Zeitung stehen würden.

Als Agnes an der Kasse stand und ihre Einkäufe aufs Band legte, tippte sie jemand von hinten an.

„Guten Morgen, Agnes!"

Erfreut wandte sich Agnes der kleinen, runden Frau mit der eisengrauen Dauerwelle zu. Ihren glänzenden

Augen sah man sofort an, dass sie Neuigkeiten loswerden wollte.

„Marlies, dir auch einen guten Morgen. Gibt es etwas Neues?"

„Hast du es schon gehört, Agnes?", raunte Marlies Weber, begierig, von ihrem außerordentlichen Erlebnis berichten zu können.

„Ach, du meinst sicher den Unfall von heute Morgen."

Enttäuscht darüber, dass ihr offenbar jemand mit der Neuigkeit zuvorgekommen war, presste Marlies Weber die Lippen zusammen.

„Ich habe den Rettungswagen und das Polizeiauto gesehen, als sie an meinem Küchenfenster vorbeigefahren sind und mich natürlich gefragt, was da wohl passiert ist", erklärte Agnes ihre Vermutung. „Ich hoffe, niemand aus eurer Walkinggruppe hat sich ernstlich verletzt."

Marlies Weber, zufrieden, dass ihr niemand die Rolle als Nachrichtenübermittlerin streitig gemacht hatte, vollführte eine wegwerfende Handbewegung.

„Der Heimerle ist mit dem Fahrrad verunglückt. Unten am Holmbach. Er hat sich das Genick gebrochen." Nachdem sie sich auch der Aufmerksamkeit der jungen Kassiererin sicher war, fuhr sie fort: „Wir haben ihn gefunden, wohl kurz nachdem es passiert war. Heike hat versucht, ihn wiederzubeleben, aber da war nichts mehr zu machen. Mausetot der Mann!"

„Na, das ist ja gruselig", rief das Mädchen an der Kasse und nannte Agnes den Preis. „Letztes Wochenende war ich da mit meinem Freund spazieren", erzählte sie, während Agnes ihr das Geld in die ausgestreckte Hand zählte.

„Ab jetzt werden wir uns einen anderen Weg suchen müssen. Da, wo einer gestorben ist, gehe ich bestimmt nicht mehr lang. Hinterher bringt das Unglück."

Agnes schmunzelte über den Aberglauben des Mädchens. Während sie ihre Einkäufe aus dem Wagen in ihre Tasche packte, hatte Marlies bereits ihr nächstes Opfer gefunden. Es war Sven Thomsen, der Inhaber des Lebensmittelgeschäftes. Er setzte eine angemessen betroffene Miene auf, als Marlies ihn über den Unglücksfall in Kenntnis setzte. Eine Nachbarin gesellte sich zu ihnen und lauschte begierig Marlies' ausschweifendem Bericht.

„Na, dann können Sie ja die Unterschriftenlisten getrost ins Altpapier werfen", meinte die Nachbarin.

Zufrieden, dass sie mit ihrer Sensation zum Zuge gekommen war, stimmte Marlies ihr zu. Herr Thomsen aber legte die hohe Stirn in Falten.

„Das erschiene mir doch recht pietätlos", entgegnete er. „Ich werde sie wohl liegen lassen, bis Frau Heimerle entschieden hat, was damit geschehen soll."

Einer seiner Mitarbeiter kam hinzu. Er hatte eine Frage an seinen Chef, der sich bei den Damen entschuldigte.

Die Nachbarin schob ihren Einkaufswagen in den Verkaufsraum, während Agnes und Marlies mit ihren vollen Taschen nach draußen auf den Parkplatz gingen.

„Ich glaube ja nicht, dass die Heimerle so bald zu Thomsen einkaufen kommt", meinte Marlies trocken. „Die hat sich hier doch noch nie blicken lassen."

„Wo kauft sie denn ein?", wollte Agnes wissen.

„In der Stadt natürlich, oder im Discounter. Und im Reformhaus. Das weiß ich, weil meine Schwester sie in der Stadt gesehen hat. Sie ist da mit vollgepackten Taschen rausgekommen. Außerdem sieht man ja, was die Leute so in ihren gelben Säcken haben."

„Ich habe gehört, sie kauft auch bei Ute im Hofladen ein", meinte Agnes, und fragte sich im Stillen, ob Marlies den Müll all ihrer Nachbarn begutachtete.

„Ja, aber nur, wenn sie etwas vergessen hat, das sie auch bei Ute auf dem Hof bekommt."

In Marlies' Stimme schwang die übliche Missbilligung, die sie für Leute übrig hatte, die zugezogen waren und den Alteingesessenen zeigen wollten, wie richtiges Landleben funktionierte. Diese Ökos, wie sie sie nannte, die die Nase über den Schützenverein rümpften und die beim Feuerwehrfest vegane Würstchen verlangten, sollten nach Marlies' Dafürhalten bleiben, wo der Pfeffer wächst.

„Soll ich dich mit dem Auto mitnehmen, Agnes?", bot sie an.

Agnes lehnte dankend ab. „Ich bin mit dem Fahrrad da. Kommst du morgen zum Kaffee ins Pfarrhaus?"

Bedauernd schüttelte Marlies den Kopf. „Ich bin morgen in Brietze zum Geburtstag eingeladen."

Sie kramte aus ihrer Handtasche den Autoschlüssel hervor. „Die Schwiegermutter meiner Ältesten wird siebzig."

„Oh, dann wünsche ich dir viel Spaß. Und grüß deine Töchter von mir."

# Mittwoch, 08. Mai

Am darauffolgenden Nachmittag machte sich Agnes Plietsch zur Kaffeezeit auf den Weg ins alte Pfarrhaus, wie das Gemeindehaus genannt wurde. Dort fand jeden zweiten Mittwoch im Monat das Literaturcafé statt.

Diese Bezeichnung war genau genommen etwas hochtrabend gewählt, und niemand konnte sich mehr erinnern, wer die Idee zu diesem Namen gehabt hatte. Im Wesentlichen trafen sich bis zu acht Damen mittleren Alters und Enno Fritjoff, ein pensionierter Kriminalbeamter, um sich bei Kaffee und selbstgebackenem Kuchen über die zuletzt gelesenen Bücher zu unterhalten. Als Agnes Plietsch das alte Fachwerkhaus betrat, empfing sie bereits der Duft frisch gebrühten Kaffees. Aus der offen stehenden Küchentür klang das Schwatzen mehrerer Frauen. Agnes rief ihnen einen Gruß zu und brachte ihren Marmorkuchen in den Salon, wie die gute Stube des ehemaligen Pfarrhauses seit seiner Umgestaltung durch den Dorfverein genannt wurde.

Heike Rickmann deckte gerade die Kaffeetafel. Auf dem soliden Eichentisch, der samt seiner zwölf Stühle in der Mitte des lichtdurchfluteten Raumes stand, waren bereits dunkelgrüne Platzsets und weiße Teller verteilt. In der Mitte des Tisches lag ein farblich passender Läufer, auf dem, von Maiglöckchensträußen flankiert, Hildes Käsesahne thronte. Agnes stellte ihren Kuchen daneben ab.

„Hallo, Agnes!" Heike hob lächelnd den Kopf. Ihre glühenden Wangen zeigten, dass sie ganz in ihrem Element war.

„Lass dir helfen, meine Liebe." Agnes nahm ihr die Untertassen ab.

„Wie schön du den Tisch wieder dekoriert hast. Ich sehe, du hast sogar passende Servietten zu den Blumen gefunden."

Doch statt sich wie sonst über dieses Kompliment zu freuen, wirkte Heike an diesem Tag ein wenig abwesend. Sie streifte sich mit dem Handrücken eine blonde Strähne aus dem Gesicht und zählte die Teller, die sie platziert hatte. „Ein Gedeck zu wenig", murmelte sie.

„Ich glaube, die Anzahl stimmt. Marlies hat doch abgesagt", entgegnete Agnes.

Heike seufzte. „Du hast recht. Wo habe ich heute nur meinen Kopf?"

Noch bevor sich Agnes nach dem Grund ihrer Zerstreutheit erkundigen konnte, klapperten die Schuhe der übrigen Frauen über das Parkett und der Kaffee wurde in den Salon gebracht. Alle waren dem Anlass ihres Zusammentreffens entsprechend gekleidet. Und schließlich tauchte die große, schlanke Gestalt von Enno Fritjoff auf, wie immer zum Literaturcafé tadellos in Tweedanzug und Krawatte.

Enno Fritjoff war ein Neuling im Dorf. Er hatte sich nach seinem Ausscheiden aus dem Polizeidienst vor zweieinhalb Jahren in Sommerstorf niedergelassen, um unter der Wirkung des entschleunigten Landlebens seine aufreibenden Berufserlebnisse in schriftlicher Form aufzuarbeiten. Damit meinte er die Arbeit an seinem großen Kriminalroman. Wann immer er sich in vagen Andeutungen zum Fortschritt seines Manuskriptes erging, hingen die Frauen an seinen Lippen.

„Meine Damen", begrüßte er die sieben mit einer galanten Verbeugung. Er hatte die Ehre, am Kopf der Tafel Platz nehmen zu dürfen und wurde von seinen Verehrerinnen emsig bedient.

Kaum hatten alle ihr erstes Stückchen Kuchen auf dem Teller liegen, begann Sanne Peters, die jüngste der Anwesenden: „Habt ihr schon mitbekommen, was Heike gestern passiert ist?" Sie sah ihre Freundin auffordernd an.

„Wir haben gestern Heribert Heimerle tot im Wald gefunden", erklärte Heike schließlich und errötete leicht. „Ihr wisst schon, *den* Heimerle."

Es stellte sich heraus, dass alle bis auf Enno Fritjoff dank Marlies Weber bereits im Bilde waren. Dennoch schilderte Heike ihr Erlebnis erneut in allen Einzelheiten.

Beim Gedanken an den Toten bekam sie Gänsehaut, was sie allerdings nicht daran hinderte, die Käsesahne zu kosten.

„Morgen wird darüber in der Zeitung berichtet", wusste Inge Dietrichs, die Frau des Polizeihauptmeisters.

„Sicher steht dann wieder allerhand Lobhudelei über seine Bürgerinitiative drin", meinte Sanne.

„Wie hat es denn seine Frau aufgenommen?", fragte Sanne. „Hat Olaf dir etwas davon erzählt?"

„Du weißt doch, dass das Dienstgeheimnisse sind", entgegnete Inge. „Sie schien aber erstaunlich gefasst, meinte Olaf", ergänzte sie. „Das wäre ja was geworden, wenn mein Olaf sie auch noch hätte trösten müssen."

Enno Fritjoff sah Agnes fragend an, die an seiner rechten Seite saß.

Sie beugte sich ein wenig zu ihm hinüber. „Heribert Heimerle hat vor gut zehn Jahren die Bürgerinitiative *grün statt grau* gegründet", begann sie. „Er war ein sehr engagierter Naturschützer und hat", sie hielt einen Moment inne, um eine passende Formulierung zu finden, „Bewegung ins Dorfleben gebracht."

„Das kann man wohl sagen", fuhr Sanne an Enno gewandt fort. „Er hat unter anderem jahrelang einen Kleinkrieg gegen die Carstensens geführt. Denen gehört das Land hinter Heidenbeck bis zum Deich und die Carstensens wollten ein paar Windräder aufstellen. Immer wieder sammelt die Bürgerinitiative Unterschriften gegen die Verspargelung der Landschaft, wie sie es nennen, und Carstensen wartet bis heute auf seine Baugenehmigung. Hatte dein Mann nicht einen weiteren Gesprächstermin vereinbart, Heike?"

Heike Rickmann seufzte. Sie erinnerte sich mit Grauen an das letzte Zusammentreffen ihres Mannes mit Heimerle vor fast zwei Jahren, bei dem Heimerle und seine Transparente schwingenden Naturschützer versucht hatten, den Bürgermeister medienwirksam vorzuführen. Der mühsam vorbereitete Vermittlungsversuch zwischen Carstensen und den Naturschützern war beinahe zum Eklat geworden, als die Demonstranten den Bürgermeister niedergeschrien hatten und die Presse daraufhin die Autorität desselben infrage gestellt hatte.

„Nun, ich glaube nicht, dass es jetzt noch Anlass zu weiteren Gesprächen geben wird."

# Freitag, 10. Mai

Wie jeden Freitagabend klingelte Enno Fritjoff auch heute um Punkt siebzehn Uhr dreißig an Agnes' Tür, um sie zur wöchentlichen Kirchenchorprobe abzuholen. Sie hatte ihn vor gut zwei Jahren eingeladen, an einer ihrer Proben teilzunehmen, nachdem er sein Interesse an Musik bekundet hatte. Mit seiner klaren Baritonstimme hatte er sich als willkommene Verstärkung erwiesen. Seitdem bildete er zusammen mit Olaf Dietrichs' sonorem Bass und Eckhard Lürs' Bassbariton ein angenehm klingendes Gegengewicht zu den zahlenmäßig überlegenen Frauenstimmen.

Da Enno vis-à-vis von Agnes Plietsch wohnte, legten sie freitags den Weg zum alten Pfarrhaus immer gemeinsam zu Fuß zurück. In Agnes' Umhängetasche steckte die Mappe mit den Notenblättern, die ihnen Eva, die Leiterin des Kirchenchors kopiert hatte. Enno, eine sehr englisch aussehende Schirmmütze mit Hahnentrittmuster auf dem schütteren Haar, trug seine Noten in einer verschlissenen, ledernen Aktentasche und bot ihr den Arm an, damit sie sich unterhaken konnte. Auf dem Weg unterhielten sie sich über die Stücke, die sie das letzte Mal geprobt hatten und über die richtige Zeit für den Heckenschnitt, den sie beide noch erledigen mussten.

Heike Rickmann und Inge Dietrichs, die beiden Vorsitzenden des Dorfvereins, waren schon da und hatten die Notenständer aufgestellt. Die Diele des alten Pfarrhauses, die eine wunderbare Akustik bot, füllte sich und innerhalb weniger Minuten war der Chor vollzählig. Die Chorleiterin Eva Wiebe war Musiklehrerin am Gymnasium in Süderingen und kam immer auf den letzten Drücker mit ihrem kleinen, roten Toyota angerauscht.

An diesem Freitag staunten sie alle nicht schlecht, als auch Pastor Dieckmann aus Evas Wagen ausstieg. Rolf Dieckmann, ein schlanker Mann Ende vierzig, hatte vor sieben Jahren die Stelle des alten und schwerhörigen Pastors übernommen, der nun seinen wohlverdienten Ruhestand bei seinen Kindern in Lüneburg verbrachte. Pastor Dieckmann wohnte im neuen Pfarrhaus in Süderingen und alle hatten Verständnis dafür, dass er seine Freitagabende mit seiner Frau und den beiden Kindern verbringen wollte. Seine Anwesenheit bei der Chorprobe konnte also nur bedeuten, dass eine kirchliche Feier außerhalb der Reihe anstand.

„Meine Damen und Herren", begann er ohne Umschweife. „Wie Sie bereits wissen, haben wir einen tragischen Todesfall in unserer Gemeinde zu betrauern."

Die Verwunderung, die ihm in Form von Blicken und Raunen entgegenschlug, überging er freundlich lächelnd.

„Wie sie sicher alle gehört haben, ist Heribert Heimerle am Dienstag durch einen Unfall ums Leben gekommen. Seine Witwe hat mich gestern Abend darum gebeten, eine würdige Beerdigungsfeier für ihn zu gestalten."

„Ich wusste gar nicht, dass der Heimerle in der Kirche war", platzte Sanne Peters heraus.

„Nun“, Pastor Dieckmann schob seine Brille hoch und blickte ernst in die Runde. „Herr Heimerle war zwar selber kein Kirchenmitglied, wohl aber seine Frau. Ich weiß natürlich, dass Herr Heimerle nicht bei allen in Sommerstorf und Umgebung wohl gelitten war. Vergebung ist jedoch eine christliche Pflicht und Tugend und wenn ich richtig informiert bin, hegt keiner im Dorf einen tiefen Groll gegen seine Frau. Ich glaube deshalb, wir sollten zumindest ihr und ihren Kindern gegenüber Mitgefühl zeigen und ihnen den schweren Gang erleichtern, indem wir ihnen Trost spenden.“

Nachdem keiner ein Wort sagte, fuhr er fort: „Ich habe mit Frau Heimerle bereits eine kleine Auswahl an Liedern getroffen, und möchte sie alle herzlich bitten, an einer würdigen Trauerfeier für den Verstorbenen mitzuwirken.“

Dabei setzte er eine so treuherzige Miene auf, dass niemand ihm diese Bitte abschlagen konnte, ganz gleich, was die Anwesenden von Heimerle gehalten hatten.

Eva Wiebe, die bisher ein wenig abseits gestanden hatte, trat nun nach vorne.

„Lassen Sie es uns versuchen mit: *Von guten Mächten wunderbar geborgen.*“

„Das kennen wir. Das haben wir letzten Herbst bei der Beerdigung von Marlies’ Mutter gesungen“, warf eine der Frauen ein.

Eva stimmte mit einem wohlwollenden Nicken das Lied an, doch bereits im zweiten Takt erstarb der Gesang.

„Nein!“, schluchzte Gisela Schröter auf. „Nein, ich kann nicht und ich will nicht!“

Den Handrücken auf die Lippen gepresst, stürzte sie aus dem Haus und warf die Tür ins Schloss, dass die Scheiben klirrten.

Betroffen sah Dieckmann ihr nach. Der Pastor hatte sich bei den Menschen in der Samtgemeinde Moorheide schnell den Ruf eines durchgeistigten Philanthropen erworben. So vertrauten die Menschen ihm zwar so manche Kümmernis an, jedoch verschonten sie ihn mit allem, von dem sie meinten, er könne es für bloßen Klatsch halten. Auf diese Weise entging ihm so manche Information, die ihm einen tieferen Einblick in die menschliche Natur im Allgemeinen und in die Befindlichkeiten der Leute aus den Heidedörfern im Besonderen hätte geben können. Deshalb blieb ihm nichts anderes übrig, als wegen seines Unwissens peinlich berührt in die Runde zu sehen und den Blicken der anderen zu folgen, die sich Kerstin Lürs, der besten Freundin von Gisela Schröter, zuwandten. Kerstin verschränkte die Arme. „Das wäre wirklich ein bisschen viel verlangt, wenn Gisela nun auch noch bei Heimerles Beerdigung singen sollte. Nach allem, was vorgefallen ist."

Die meisten Frauen und auch Eckhard Lürs nickten.

„Ja, er hat sich wohl nach Wolfgangs Unfall ihr und auch dem Sohn gegenüber ziemlich schäbig benommen", erhob sich Petra Mützels Stimme aus dem allgemeinen Gemurmel. „Wenn das so stimmt, wie ich es gehört habe, würde ich an Giselas Stelle auch nicht singen können."

„Was wollen wir nun machen?", fragte der Pastor. Sein Unbehagen war ihm nun deutlich anzumerken.

„Ich möchte Frau Schröter nicht ausschließen, aber natürlich will ich auch Frau Heimerle nicht enttäuschen."

Heike Rickmann seufzte. „Ich werde morgen mit Gisela reden. Sie soll wissen, dass wir ihr nicht böse sind, sondern sie verstehen, dass sie nicht für Heimerle singen will. Wenn es für euch alle in Ordnung ist, dann proben wir jetzt erst mal ohne sie weiter."

Alle stimmten zu, wenn auch zögernd.

„Dann kann ich also bei der Trauerfeier am nächsten Freitag auf Sie zählen?" Dankbar lächelte Dieckmann. „Es tut mir außerordentlich leid, dass es da offenbar einen ungelösten Konflikt gibt. Vielleicht sollte ich auch mit Frau Schröter reden und ihr Hilfe anbieten."

„Das ist eine gute Idee, Herr Pastor", meinte Kerstin Lürs.

Ihrem Gesang, diesmal leidenschaftslos und verhalten, hätte jeder Unkundige entnehmen können, dass die Sänger mit wenig Lust bei der Sache waren. Deshalb endete die Probe früher als gewöhnlich.

Zügig verabschiedeten sich der Pastor und die Chorleiterin. Auch Sanne Peters hatte es eilig, nach Hause zu kommen. Deshalb trieb sie ihre Freundinnen Hilde und Petra an, denen sie versprochen hatte, sie im Wagen mitzunehmen.

„Ich glaube, wir genehmigen uns heute mal einen kleinen Likör. Und den Männern einen Köm", beschloss Inge Dietrichs, nachdem die meisten Sängerinnen das Haus verlassen hatten. Sie verschwand in der Küche.

„Ich helfe dir", riefen Heike und Kerstin gleichzeitig und eilten ihr hinterher.

Polizeiobermeister Olaf Dietrichs kratzte sich am Hinterkopf. Er war sich bewusst, dass er als Ordnungshüter eine Vorbildfunktion besaß, was Alkohol am Steuer betraf und schielte zu seinem ehemaligen Kollegen im Ruhestand hinüber, um sich zu versichern, dass Fritjoff nicht etwa erstaunt, oder gar missbilligend die Brauen hob. „Na ja. Einer wird wohl gehen", wischte er schließlich seine Bedenken beiseite und ging voran in den Salon.

Enno Fritjoff wandte sich seinerseits an Olaf Dietrichs. „Was hat es denn nun mit dem Zwist zwischen Heimerle und den Schröters auf sich?"

„Das alles hängt mit dem Unfall zusammen, den Wolfgang Schröter vor drei Jahren hatte", brummte Olaf. „Er sitzt seither im Rollstuhl. Aber lass dir das mal besser von den Frauen erzählen. Die wissen da genauer Bescheid."

„Vier Jahre werden es im September", verbesserte Kerstin Lürs ihn und schenkte den Männern einen doppelten Korn ein, während Inge Kirschlikör an die Damen verteilte.

„Was auch immer vorgefallen sein mag, es muss wirklich schlimm gewesen sein."

Agnes Plietsch beobachtete Kerstin, die offenbar mit sich kämpfte. Sie beugte sich zu ihr herüber. „Du fragst dich, ob es illoyal wäre, uns von diesem Vorfall zu berichten?" Kerstin presste die Lippen zu einem schmalen Strich zusammen. Erst nach dem zweiten Likör gab sie sich einen Ruck und begann:

„Ihr wisst ja alle, dass es vor sieben Jahren mit dem Bau der Umgehungsstraße hätte losgehen sollen. Jeder in Süderingen, in Brietze und in Seebeck wäre heute froh, wenn die Laster nicht mehr durchs Dorf fahren würden, Tag und Nacht ist dort Lärm und Gestank! Und seit der Autobahnmaut hat der Verkehr ja noch zugenommen. Die Einzigen, die zu Anfang etwas dagegen hatten, waren dieser Tankstellenbesitzer aus Brietze und der Hamburger, der in Seebeck einen Kiosk hat, an dem sich die Lkw-Fahrer treffen. Er hat dort einen Parkplatz und Duschen gebaut und jetzt fürchtet er um sein Geschäft, wenn der Verkehr in Zukunft am Dorf vorbeirollt."

„Aber beide wären doch entschädigt worden", wandte Heike Rickmann ein. „Und es gab sogar schon eine verbindliche Zusage, eine Baugenehmigung für einen Rastplatz mit Tankstelle bei Seebeck zu erteilen. Das hat der Gemeinderat damals beschlossen."

Olaf und Eckhard nickten. Sie konnten sich noch gut daran erinnern, als Heikes Mann Bernd, der seit zwölf Jahren parteiloser Bürgermeister in der Samtgemeinde Moorheide war, für dieses Vorgehen geworben hatte.

„Aber dann kam dieser Heimerle mit seiner Bürgerinitiative. *Grün statt grau!*" Kerstin spie die Worte aus, als seien sie etwas Unanständiges. „Erzählte uns, das Ackerland zwischen Seebeck und Heidenbeck sei ein wertvolles Biotop, ein Magerrasen, und was nicht alles. Pah! Das Einzige, das dort mager ist, ist Heimerles Frau."

Inge lachte auf und schenkte sich und Kerstin noch einmal nach. Agnes aber entgegnete: „Heribert Heimerle hat also versucht, den Bau der Umgehungsstraße gegen den Willen der Samtgemeinde zu verhindern. Was hat das mit Wolfgang Schröters Unfall zu tun?"

Heike seufzte. „Zunächst einmal nichts. Aber nachdem Wolfgang am Ortseingang von Süderingen von einem Transporter angefahren worden war, wurden auch die Gemeinderatsmitglieder nachdenklich, die vorher außer den Aspekten des Naturschutzes nichts hatten gelten lassen. Es war ja schließlich nicht der erste Unfall an der Ortseinfahrt, wohl aber der bislang schwerste. Der Widerstand gegen die Umgehung bröckelte, als Bernd anmahnte, die Gesundheit und das Leben der Menschen in den betroffenen Dörfern dürfe nicht weniger zählen als der Naturschutz."

„Aber Heimerle behauptete, der Gemeinderat wolle den Umweltschutz gegen vermeintliche Sicherheitsbedenken ausspielen", ergänzte Inge Dietrichs.

„Und deshalb", Kerstin stellte ihr Glas hart auf dem Tisch ab, „gab es auch diese Demonstration vor dem Rathaus. Wolfgang war damals gerade zur Reha und Dirk, sein Jüngster, hat sich auf die Seite der Befürworter der Umgehung geschlagen. Ihr müsst wissen", dabei wandte sie sich Agnes und Enno zu, „Dirk war dabei, als sein Vater fast totgefahren wurde. Die beiden waren mit den Fahrrädern unterwegs an dem Abend, als es passierte. Sie waren am Holmbach angeln. Auf dem Nachhauseweg fuhr Wolfgang vor seinem Sohn auf der Hauptstraße. Da kam von hinten so ein weißer Transporter an, viel zu schnell, wie Dirk meinte, und hat Wolfgang angefahren. Der arme Junge musste mit ansehen, wie sein Vater mehrere Meter mitgeschleift wurde. Dabei waren die beiden ordnungsgemäß auf der richtigen Seite mit verkehrstüchtigen Fahrrädern unterwegs. Das hat Dirk damals auch zu Protokoll gegeben. Sonst hätte die Unfallversicherung wohl auch nicht gezahlt.“

Sie wischte sich über die Augen. „Dirk hat den Heimerle bei der Demo angesprochen, ob das sein Ernst sei, so zu tun, als wäre der Erhalt eines Maisackers wichtiger als das Leben eines Menschen.“ Kerstin zögerte einen Moment, bevor sie weitersprach. „Was genau bei der Demonstration passiert ist, kann ich natürlich nicht sagen. Ich war ja nicht dabei. Jedenfalls hieß es, dass Dirk den Heimerle in seinem Zorn geschubst hat und der hat dann ihm, dem Dirk, eine runtergehauen. So, dass sein Nasenbein angebrochen war. Gisela hat darauf bestanden, dass der Heimerle angezeigt wird, was Dirk auch gemacht hat.“ Kerstin sah betreten in Olafs Richtung, der zustimmend nickte.

„Aber keine vierzehn Tage später hat Dirk die Anzeige zurückgezogen.“

Schweigend wechselten sie betroffene Blicke.

„Stellt sich nur die Frage, ob er das aus freien Stücken gemacht hat“, murmelte Heike Rickmann und leerte ihr Glas.

# Freitag, 17. Mai

Am darauffolgenden Freitag, dem Tag von Heribert Heimerles Beerdigung, erwachte Agnes Plietsch ein wenig früher als sonst. Sie hatte für einen kurzen Moment dies untrügliche Gefühl, dass irgendetwas passieren würde.

Sie wusste, dass sowohl Pastor Dieckmann, als auch Heike mit Gisela Schröter gesprochen hatten. Agnes hatte Heike noch darin bestärkt, um eventuell aufkommende Missstimmungen wegen der Beteiligung des Kirchenchors an Heimerles Beerdigung von vornherein den Nährboden zu entziehen. Am vergangenen Abend hatten sie mit dem Pastor ein letztes Mal den genauen Ablauf der Trauerfeier besprochen, hatten nochmals – ohne Giselas klaren Sopran – die drei Lieder geprobt und hatten sich auf eine passende Garderobe geeinigt. Sicher würde der Reporter der Lokalzeitung dabei sein und fotografieren. Deshalb wollten die Damen im Kostüm mit weißen Blusen und schwarzem Halstuch und die Herren im Anzug und schwarzer Krawatte erscheinen, um ein einheitliches Bild zu geben.

Agnes seufzte leise und setzte ihre Kaffeemaschine in Betrieb. Während das Wasser leise in die Glaskanne gluckerte, schob sie ihre Küchengardine zur Seite und sah zu Enno hinüber. Auch er war bereits auf den Beinen und holte gerade seine Zeitung aus dem Briefkasten. Wie immer wanderte dabei sein kritischer Blick gen Himmel, bevor er wieder im Haus verschwand. Ein feiner Nieselregen hatte eingesetzt, der, würde er anhalten, den Gang zum Friedhof noch unerquicklicher machte.

Um neun Uhr hatte Agnes bereits die Zeitung gelesen und ihren Haushalt versehen. Nun saß sie mit klappernden Stricknadeln in ihrem Lieblingssessel und dachte nach.

Seit einer Woche hatten sie und Enno Fritjoff nicht mehr über Heimerle gesprochen, obwohl Agnes das, was Kerstin Lürs nach der letzten Chorprobe über die Schröters und diesen Mann erzählt hatte, nicht mehr aus dem Kopf ging. Sie hatte den Eindruck, dass Kerstin mehr über den Konflikt wusste, als sie zugab. Doch wer verpetzt schon seine beste Freundin?

In der Lokalzeitung jedenfalls waren die Aktivitäten von Heimerles Bürgerinitiative *grün statt grau* immer wieder wohlwollend erwähnt worden, besonders wenn es um den Schutz der Rotmilane vor gewaltigen Windkraftanlagen ging. Von einer Allianz der Jungen und der älteren Generation gegen die Profitgier Einzelner war die Rede gewesen. Allerdings waren die Zeitungsberichte seit dem Eklat zwischen der Bürgerinitiative und Bernd Rickmann, dem Bürgermeister, wesentlich zurückhaltender geworden.

Dass Enno Fritjoff kein weiteres Interesse an diesen Zwistigkeiten zeigte, lag vermutlich an der Arbeit an seinem Roman, in die er seit Tagen ganz und gar versunken schien. Denn normalerweise nahm er rege Anteil am dörflichen Leben.

Gegen zehn Uhr legte Agnes ihr Strickzeug beiseite und kleidete sich an. Als sie und Enno Fritjoff um halb elf in die Kirche aufbrachen, zwängten sich endlich einige wärmende Sonnenstrahlen durch die Ritzen in der Wolkenmauer.

„Bei meiner letzten Beerdigung hat es wie aus Kübeln gegossen", begann Enno unvermittelt.

„Wer wurde denn da begraben?"

„Ein alter Kollege von mir. Ich überlege, ob ich ihm nicht ein Kapitel in meinem Roman widmen sollte."

„Sind Sie denn vorangekommen mit Ihrem Manuskript?"

Enno wiegte den Kopf hin und her, um dann das Thema zu wechseln. „Vermutlich wird diese Beerdigung heute einen Schlussstrich unter all die Zerwürfnisse in der Gemeinde ziehen. Oder was meinen Sie, Agnes?"

Nun, es wäre zumindest wünschenswert", antwortete sie. „Allerdings heißt es auch, man soll den Tag nicht vor dem Abend loben. Ich habe ganz ehrlich ein ungutes Gefühl, was diese Trauerfeier angeht."

„Ah, die berühmte weibliche Intuition!" Um Ennos Mundwinkel zuckte ein spöttisches Lächeln.

Doch Agnes wollte nicht auf seine Neckerei eingehen. „Vielleicht irre ich mich ja auch. Warten wir es doch einfach ab."

In diesem Moment gaben die gewaltigen Eichen auf dem Kirchhof den Blick auf die gotische Backsteinkirche frei, ein architektonisches Kleinod, das übers Jahr viele Besucher anlockte. Die Kirche, die dem heiligen Lambertus geweiht war, lag trutzig auf einer Anhöhe, dem höchsten Punkt in Sommerstorf und Umgebung, und ihre Turmspitze war weithin sichtbar. Vom Kirchweg führten breite Granitstufen auf den mit Rasen bedeckten Platz hinauf. Einige Bänke unter ausladendem Rhododendron luden an schönen Tagen zum Verweilen ein. Als Agnes und Enno die letzte Stufe erklommen hatten, verschwand die Sonne wieder hinter eisengrauen Wolkentürmen. Einige dicke Tropfen benetzten erneut den gerade getrockneten Weg, der zum Hauptportal der Kirche führte, sodass sie sich beeilten, in das weiß getünchte Innere des Gotteshauses zu kommen.

Der Chor hatte sich bereits vollzählig auf der Empore versammelt, als die Trauergäste eintraten. Agnes lugte über die Brüstung und erkannte Saskia Heimerle und ihre Kinder, alle drei in schwarz. Sie musste Kerstin Lürs recht geben. Saskia Heimerle war wirklich mager. Sie wirkte geradezu zerbrechlich zwischen ihren Kindern. Zwei Herren in tadellosen Anzügen gingen gemessenen Schrittes hinter den dreien her. Einer von beiden war ausgesprochen dick, der andere trug sein rotbraunes Haar straff nach hinten gekämmt und zu einem kurzen Zopf gebunden. Danach folgten in geziemendem Abstand der Bürgermeister und einige Gemeinderatsmitglieder.

Den Schluss bildete ein Grüppchen aus einigen älteren und mehreren jungen Leuten, von denen keiner Trauerkleidung, einige aber schwarze Armbinden trugen. Die Älteren kannte Agnes nicht, unter den jungen Anwesenden glaubte sie, einige ihrer ehemaligen Schüler auszumachen, sofern sie dies von der Empore aus beurteilen konnte.

Der Trauergottesdienst verlief sehr förmlich. Pastor Dieckmann pries den Verstorbenen in aller Ausführlichkeit als liebevollen Vater und treusorgenden

Gatten, der eine nicht zu füllende Lücke hinterließ. Auch Heimerles Kollegen, die beiden Herren in den Anzügen, fanden ausgiebig Erwähnung als treue Freunde und Weggefährten. Der Pastor streifte zudem Heimerles Engagement für den Naturschutz, wobei er sich hierbei sehr kurz fasste. Durch die Brüstung konnte Agnes sehen, dass einige Mitglieder der Bürgerinitiative anfingen zu tuscheln und einen Augenblick lang fürchtete sie schon, sie würden Transparente entrollen.

Nach dem *So nimm denn meine Hände* des Chors und dem Schlusssegen setzte das Glockengeläut ein und die Sargträger schritten mit dem Leichnam aus der Kirche hinaus in den Nieselregen. Die Mitglieder des Chors schlossen sich der Trauergesellschaft an, die meisten mit einer Mischung aus Höflichkeit und Neugierde.

Die ganze Zeit über wirkte Saskia Heimerle erstaunlich gefasst, fand Agnes. Möglicherweise schienen ihre Lippen schmaler, ihr Ausdruck ein wenig verhärmter als sonst. Ihre Körperhaltung war jedoch kerzengerade, was ihre knochige Statur in ihrem schwarzen Sackkleid und dem kurzen Blazer noch mehr betonte. Sie machte weniger den Eindruck einer Trauernden, als den einer Kämpferin, die unter großem Druck stand. Doch Agnes musste sich eingestehen, dass sie Saskia Heimerle viel zu wenig kannte, um sich ein Urteil über ihre Gefühlslage erlauben zu können.

Am Ende lud Pastor Dieckmann alle am Grabe Anwesenden im Namen der Witwe zu einem Leichenschmaus in den Dorfkrug ein. Kerstin Lürs tauschte einen verstohlenen Blick mit Agnes, mit dem sie ihre Verwunderung zum Ausdruck brachte.

Olaf Dietrichs kondolierte Frau Heimerle und entschuldigte sich. Er wurde auf der Polizeistation erwartet, wo ein Kollege für ihn eingesprungen war.

Der Dorfkrug war ein Gasthaus mit verblichenem Charme. Die kleine Gaststube roch nach Zigarettenrauch, die Fenster zur Dorfstraße hin waren staubig und die Gardinen aus den achtziger Jahren nikotingelb.

Eugen, der Wirt, führte das Lokal in dritter Generation. Vor fünfundzwanzig Jahren noch wurden hier Beerdigungen gefeiert, Hochzeiten und Konfirmationen. Damals gab es gutbürgerliche Küche und selbstgebrautes Bier.

Heute hatte der Dorfkrug nur an den Wochenenden geöffnet und bot außer Bratkartoffelküche keine Speisen mehr an. Die einzigen Gäste, die regelmäßig bei Eugen einkehrten, waren ein paar Bauern aus der Umgebung, die einen Skat klopfen und Eugens selbst gebrautes Bier trinken wollten. Hin und wieder traf sich dort auch die Bürgerinitiative. Die großen Familienfeste aber feierten die Leute aus Sommerstorf im Hotel *Zur Heide* in Süderingen.

Eugen war ein Mensch von der Sorte, die mit allen konnten, wie Olaf es einmal ausgedrückt hatte. Mit allen, ausgenommen seiner Ehefrau, die ihn für einen abenteuerlustigen Fernfahrer verlassen hatte. Seine einzige Leidenschaft, so sagte man in Sommerstorf und den umliegenden Orten, galt seinem selbst gebrauten Bier, was jeder an seiner Figur sehen konnte.

Eugen erwartete die Trauergäste bereits. Er kondolierte den Heimerles und verbeugte sich vor Heimerles Kollegen.

Frau Heimerle hatte ein veganes Buffet bei einem Partyservice in Süderingen geordert, das nun von allen bestaunt wurde.

„Gut und reichlich", meinte Eckhard Lürs, was so viel bedeutete wie: „Gut wenig, aber reichlich teuer."

Auch seine Frau Kerstin raunte mit Blick auf die bunten Häppchen: „Es scheint, als hätte sie weniger Leute erwartet."

Und Inge, die hinter Agnes stand, flüsterte: „Kein Wunder, dass sie so ein klapperdürres Gespenst ist." Heike pflichtete ihr bei. „Davon kann man beim besten Willen nicht dick werden." Agnes schmunzelte, denn sie wusste, dass Heike Rickmann schon beim Anblick eines Tortenstückes ein halbes Kilo zulegte und alle Frauen, bei denen es sich anders verhielt, insgeheim beneidete.

Saskia Heimerle griff mit ihrer großen, knochigen Hand nach einem Glas und klopfte erstaunlich behutsam mit einem Teelöffel dagegen. Das Gemurmel erstarb.

„Liebe Freunde und Nachbarn", begann sie. Agnes hatte fast vergessen, wie hell und brüchig ihre Stimme klang. Sie bildete einen beinahe irritierenden Kontrast zu ihrer herben Erscheinung mit dem raspelkurzen Haar.

„Ich danke euch allen, dass ihr heute meinen Mann auf seinem letzten Gang begleitet habt. Die nächsten Wochen und Monate werden für meine Kinder und mich nicht leicht sein und da ist es uns ein Trost zu wissen, dass ihr alle Heribert in guter Erinnerung behalten werdet.

Als wir vor fünfzehn Jahren nach Heidenbeck gezogen sind, war ich, zugegeben, sehr skeptisch und tat mich als Stadtmensch zuerst schwer, Heriberts Begeisterung fürs Landleben zu teilen. Ich war überrascht und überwältigt, mit wie viel Wärme wir hier aufgenommen worden sind und wie schnell wir hier unter euch Gleichgesinnte und Weggefährten gefunden haben." Sie lächelte ein wenig. „Trotzdem habe ich bis vor Kurzem immer wieder mit dem Gedanken gespielt, meine Zelte hier abzubrechen. Erst in den letzten Wochen hat sich mein Entschluss zu bleiben gefestigt."

Saskia Heimerle umklammerte das Wasserglas so fest, dass ihre Fingerknöchel weiß hervortraten und Agnes schien es, als recke sie angriffslustig ihr Kinn.

„Ein Ende ist immer zugleich auch ein Neuanfang, sagt man nicht so? Ich habe in den letzten Wochen vor Heriberts Tod beschlossen, mein kleines Atelier umzubauen und mich als Galeristin selbständig zu machen. Es ist traurig, dass mein Mann das nicht mehr erleben wird, aber ich weiß, was ich tue, ist in seinem Sinne, denn er hat mich bis zuletzt in meiner Berufung zur Künstlerin bestärkt und unterstützt."

Sie machte eine kleine Pause, wobei sie über die Köpfe der meist sprachlos staunenden Anwesenden hinwegblickte. Dann schloss sie: „Vielen Dank an euch alle. Und nun bedient euch bitte."

Niemand sagte ein Wort, oder wagte gar, den Anfang am Buffet zu machen, sodass Saskia Heimerle schließlich nach einem kleinen Teller griff und sich zwei Häppchen auftat.

„Ich bewundere Ihre Haltung, Frau Heimerle", sagte Agnes, die selbst noch unschlüssig vor der bunten

Speisenauswahl stand. „Und ich freue mich für Sie, dass Sie auch in dieser schweren Zeit nach vorne schauen.“

Saskia Heimerle betrachtete Agnes, als überlege sie, ob sie Freund oder Feind vor sich hatte.

„Danke“, erwiderte sie und schenkte Agnes ein unterkühltes Lächeln.

„Ich wusste ehrlich gesagt gar nicht, dass sie Künstlerin sind“, fuhr Agnes fort. „Werden Sie nur Ihre eigenen Bilder ausstellen, wenn Sie Ihre Galerie eröffnen?“

„Bilder und Skulpturen, ja. Allerdings werde ich nicht nur meine eigenen Arbeiten ausstellen, sondern mein Atelier und die Galerie auch für andere Künstler öffnen.“ Saskia Heimerle wirkte nun ein wenig zugewandter.

„Unser Dorfverein in Sommerstorf ist sehr interessiert an regionaler Kunst und Kultur. Wenn Sie möchten, können Sie gerne im alten Pfarrhaus Informationsmaterial auslegen.“

„Das wäre wirklich sehr hilfreich. Vielleicht haben Sie ja auch Interesse daran, sich mein Atelier einmal anzusehen.“

Agnes nickte. „Das würde ich in der Tat gerne. Ich kann aber auch verstehen, wenn Sie in der nächsten Zeit niemanden empfangen möchten.“

Saskia Heimerle hob überrascht die Brauen. „Im Gegenteil. Besuchen Sie mich doch bald einmal!“

Die beiden Herren im Anzug waren herangekommen und blieben nun in angemessenem Abstand zu ihnen stehen, sodass Frau Heimerle sich ihnen zuwandte. Sie wechselten mit gedämpften Stimmen einige Worte, wobei der Mann mit dem Zopf ihr eine Visitenkarte mit

grünem Muster überreichte. Dann verabschiedeten sie
sich. Saskia Heimerle ging zu dem Stuhl, über dem ihre
Jacke hing und steckte das Kärtchen hinein. Nachdenklich beobachtete Agnes sie dabei. Hätte sie nicht vor
eineinhalb Stunden an der Beerdigung von Saskia Heimerles Ehemann teilgenommen, hätte sie vermutet,
auf einer sehr steifen Stehparty gelandet zu sein, bei
der es darum ging, Geschäfte anzubahnen.

Sie sah sich in der Gastwirtschaft um. Heimerles
Sohn lehnte in einer Ecke und tippte und wischte unentwegt auf seinem Smartphone herum. Seine Schwester kaute grimmig auf einem der Vollkornhäppchen
und Agnes fragte sich, ob ihre Miene ein Ausdruck der
Trauer war, oder ob sie damit ihr Missfallen über das,
was sie gerade im Mund hatte, zum Ausdruck brachte.

Der Pastor und der Bürgermeister lösten sich aus der
Gruppe um die Chormitglieder heraus, die weit abseits
vom Buffet stand. Ihnen folgten drei Gemeindcratsmit-
glieder. Gemeinsam schritten sie zu Saskia Heimerle
hinüber, um sich zu verabschieden. Nur ein kleines
Stück entfernt von Agnes, ganz in der Nähe des Ein-
gangs, stand ein Grüppchen, das sich flüsternd unterhielt. Es waren vier junge Leute, die zur Bürgerinitiative gehörten. Das einzige Mädchen darunter kam Agnes sehr bekannt vor, und plötzlich fiel ihr der Name
wieder ein. Es war Lena Harms, eine ehemalige Schülerin. Sie musste mittlerweile Anfang zwanzig sein. Ihre
Eltern hatten sich getrennt, als Lena eingeschult wurde
und sie war bei der Mutter in Süderingen aufgewachsen, erinnerte sich Agnes. Sie stellte fest, dass Lena offensichtlich die einzige Trauernde unter den Beerdi-
gungsgästen war. Ständig wischte sie sich über die

Augen. Nun traten zwei Paare und ein einzelner Mann an das Buffet heran, und Agnes machte ihnen Platz. Sie alle trugen noch dieselben Kleider und Frisuren wie damals in den achtziger Jahren, als sie sich an Antiatomkraftkundgebungen beteiligt hatten. Nur waren sie in ihren Kleidern um fünfunddreißig Jahre gealtert, und wirkten ein wenig aus der Zeit gefallen.

Ein einzelner Mann, der vorher den Eindruck gemacht hatte, als gehöre er zu dieser Gruppe, schlenderte mit einem Getränk in der Hand auf Saskia Heimerle zu, die sich gerade mit ihrer Tochter unterhielt. Zu seinen Jeans trug er ein hellgraues Jackett und einen Seidenschal in gedeckten Rot- und Grüntönen. Er legte ihr kurz die Hand auf die Schulter. Es war eine sehr vertraute Geste, die Saskias Sohn, der immer noch in einigem Abstand zu seiner Mutter an der Wand lehnte, mit Argwohn betrachtete, während ihrer Tochter derselbe Missmut wie vorhin ins Gesicht geschrieben stand. Levi und Leandra, so hießen die beiden. Leandra war ebenfalls eine Schülerin von Agnes gewesen, sie erinnerte sich daran, dass sie mitten im dritten Schuljahr in die Klasse gekommen war, als ihre Eltern aufs Land gezogen waren. Sie war ein introvertiertes Kind gewesen, das immer unglücklich gewirkt und das hervorragende Leistungen in Mathematik gezeigt hatte.

Das lauter werdende Getuschel hinter ihr riss sie aus ihren Erinnerungen. Zwischen den jungen Leuten gab es offenbar Unstimmigkeiten. *Oje*, dachte Agnes. *Ich habe es geahnt.*

Einer der Jungen hielt Lena am Arm fest, doch sie riss sich los und marschierte mit hochrotem Kopf und glitzernden Augen auf Saskia zu. Was Lena zu ihr sagte, verstand Agnes nicht, vermutlich war es nichts allzu Nettes. „Das ist jetzt wohl kaum der passende Zeitpunkt!" Saskias Begleiter versuchte das Mädchen zu beruhigen, doch sie stieß ihn von sich und kam Saskia bedrohlich nahe.

„Das, was Sie tun, hätte Heribert nie gewollt", stieß Lena hervor.

Obwohl Saskia nicht größer war als das Mädchen, gelang es ihr, sie mit ihren steingrauen Augen von oben herab anzuschauen. Sie zischte ihr etwas zu.

„O nein, so schnell werden Sie mich nicht los!"

Alle starrten nun entsetzt auf die Szene, die sich ihnen bot. Saskia holte aus und verpasste dem Mädchen eine schallende Ohrfeige, die in der Stille wie ein Peitschenhieb klang. Lena schrie auf. „Das werden Sie noch bereuen, das schwöre ich!" Dann rannte sie aus der Gaststube und die drei jungen Männer folgten ihr mit finsteren Mienen auf dem Fuß.

***

„Also, das war wirklich die seltsamste Beerdigung, an der ich je teilgenommen habe." Agnes hatte Enno Fritjoff zum Tee eingeladen. Die beiden saßen in ihrem kleinen, gemütlichen Wohnzimmer auf dem geblümten Sofa und während sie sprach, schenkte sie Enno eine Tasse kräftigen Ostfriesentee ein.

„Erinnern Sie sich, dass ich heute Morgen sagte, ich habe ein komisches Gefühl?"

„Dann wussten Sie also, dass es irgendwelche Differenzen gab?" Enno sah sie aufmerksam an. Agnes allerdings schüttelte den Kopf.

„Nein, ich wusste nichts von einem Streit zwischen Frau Heimerle und den jungen Leuten. Aber ich habe beispielsweise erwartet, dass Heribert Heimerles Beerdigung nur im engsten Familienkreis stattfindet. Mir schien es aber so, als ob sie möglichst viele Zuschauer dabeihaben wollte."

Nachdem Enno nichts sagte, fuhr sie fort: „Eigentlich war das keine Beerdigung, es war eine Kampfansage."

„Eine Kampfansage? Wie meinen Sie das?" Enno stellte seine Teetasse ab und war nun ganz bei der Sache.

„Nun, Frau Heimerle sagte doch, sie hätte mit dem Gedanken gespielt, aus Heidenbeck wegzuziehen. Sie sagte, sie hat sich erst kurz vor dem Unfall ihres Mannes anders entschieden."

„Gewiss, das kann viel heißen", warf Enno ein.

Agnes hatte plötzlich das Gefühl, als wollten sich ihre Gedanken überschlagen.

„Das kann tatsächlich eine Menge heißen. Offenbar haben diese jungen Leute, allen voran die kleine Harms, geglaubt, sie würde das Dorf nun verlassen. Möglicherweise waren sie froh, sie endlich loszuwerden. Sie weiß das und erklärt öffentlich: Ich bleibe! Vielleicht ist der Tod ihres Mannes auch der Grund, aus dem sie hierbleiben will. Vielleicht hat da jemand nachgeholfen und sie will herausfinden, wer?"

Enno schüttelte energisch den Kopf. „Nein, das glaube ich nicht. Wenn es nämlich Zweifel daran gegeben hätte, dass Heimerles Tod ein Unfall war, dann hätten wir längst davon erfahren. Denn wenn die Spurensicherung aus Lüneburg kommt, bleibt das nicht unbemerkt. Und die Damen, die Heimerles Leiche gefunden haben, wären alle noch mal befragt worden. Das hätten sie Ihnen bestimmt erzählt."

Agnes seufzte. „Sie haben recht. Trotzdem könnte es auch sein, dass Frau Heimerle der Tod ihres Mannes gelegen kam, und sie sich deswegen entschlossen hat, hierzubleiben."

„Das kann schon möglich sein, und das wäre sicher kein besonders netter Zug. Strafbar ist das allerdings nicht." Er lächelte und schob sich einen Orangenkeks in den Mund.

Agnes nahm sich ebenfalls einen Keks, führte ihn zum Mund und ließ ihn wieder sinken.

„Vielleicht hatte Heribert Heimerle eine Affäre mit der kleinen Harms. Das würde ihren Ausbruch und die Tränen erklären, und natürlich auch die Reaktion von Frau Heimerle."

Enno fand allmählich Gefallen an Agnes' Rätselraten.

„Ja, so etwas halte ich für realistisch. Kennen Sie das Mädchen näher?"

Agnes spülte ihren Keks mit einem Schluck Tee hinunter.

„Lena Harms war meine Schülerin. Sie müsste mittlerweile dreiundzwanzig oder vierundzwanzig Jahre alt sein." Agnes zog die Stirn in Falten, wie sie es immer tat, wenn sie nachdachte. „Sie ist ungefähr im selben Alter wie Heimerles Tochter. Nein! Lena war eine Klasse unter Leandra Heimerle.

Als ich die beiden Mädchen unterrichtet habe, dachte ich immer, die zwei könnten Freundinnen werden, denn beide waren unglücklich und alleine."

„Ach? Weswegen denn?"

„Lenas Eltern hatten sich kurz nach ihrer Einschulung getrennt. Und Leandra Heimerle kam während des dritten Schuljahres in meine Klasse. Sie vermisste ganz offensichtlich ihre Freunde in Hamburg." Agnes schüttelte missbilligend den Kopf. „Der Heimerle war über fünfzig. Das Mädchen hätte seine Tochter sein können!"

„Na ja", beschwichtigte Enno sie, „wir vermuten nur, dass eine intime Beziehung eine Option gewesen sein könnte, aber sicher sein können wir uns nicht."

„Wissen Sie, dass mich Frau Heimerle eigeladen hat, damit ich mir ihr Atelier ansehe?"

Enno lachte amüsiert auf. „Und jetzt haben Sie vor, die Einladung anzunehmen, um sie ein bisschen auszuhorchen?"

„Aushorchen?" Nun lachte auch Agnes. „Das klingt ziemlich unfreundlich. Aber ich werde sie in den nächsten Tagen einmal besuchen, und sie fragen, wie es ihr geht."

Zufrieden mit dieser Idee biss sie in einen Keks.

# Montag, 20. Mai

Am darauffolgenden Montag, gleich nach dem Mittagessen, beschloss Agnes Plietsch ganz spontan, das gute Wetter für eine kleine Fahrradtour nach Heidenbeck auszunutzen. Sie stoppte beim Supermarkt, um einen Blumentopf zu kaufen und hielt dabei noch einen kleinen Plausch mit einer Nachbarin, die gerade vom Bäcker kam. Agnes entschied sich für eine Glockenblume, die im Beet ebenso gedeihen würde, wie im Pflanzkübel, und verstaute sie sorgsam in ihrem Fahrradkorb. Dann schlug sie den Weg in Richtung Heidenbeck ein. Trotz der Sonne blies ein frischer Wind, sodass sie auf der schmalen Gemeindestraße ordentlich strampeln musste. Nach dreieinhalb Kilometern hatte sie das kleine Dorf erreicht. Gleich hinter dem Ortsschild führte eine schmale Straße von einer Autobreite auf das Anwesen der Heimerles – anders konnte man den Gebäudekomplex nicht nennen – zu. Der Resthof, ein alter Fachwerkbau mit angrenzendem Stall und einem Nebengebäude, war mit viel Liebe und noch mehr Geld instand gesetzt worden. Allein das Reetdach erforderte sicher eine Gebäudeversicherung, in deren Höhe so mancher Landbewohner den Abtrag für sein Häuschen bestritt.

Die Einfahrt auf den Hof wurde von zwei Linden flankiert. Dort stieg sie von ihrem Fahrrad ab und schob. Ein wenig versteckt hinter der rechten Linde gab es einen Unterstand für die Mülltonnen. Agnes war schon fast daran vorbei, als ihr eine kleine, gemusterte Karte auffiel, die im feuchten Gras lag. Es war eine Visitenkarte, die ihr irgendwie bekannt vorkam. Jemand hatte sie im Altpapier entsorgen wollen, und sie war dann neben der Tonne auf dem Boden gelandet. Agnes hob das leicht aufgequollene Stück Papier auf und steckte es gedankenverloren in ihre Jackentasche, um dann weiter auf das Haus zuzugehen.

Auf dem Nebengebäude, das im rechten Winkel an das Wohnhaus angrenzte, war eine Solaranlage angebracht worden und dem Wohnhaus gegenüber stand ein Carport, der drei Autos Platz bot.

Der gepflasterte Hof mit seinen Gartenmöbeln im Vintagestil und den geschmackvoll arrangierten Blumenkübeln mutete an wie ein Bild aus einer Hochglanzgartenzeitschrift. Das Einzige, das die Harmonie dieses Anblickes störte, waren die vier Autos, die im und neben dem Carport standen.

Ein schmutziger Beetle mit beschädigter Stoßstange parkte links von einem in die Jahre gekommenen Kombi, der trotz seiner Antiatomkraft- und Greenpeace-Aufkleber bestimmt annähernd so viel Feinstaub ausblies, wie ein kleiner Öltanker. Daneben stand ein unscheinbarer, dunkelblauer Kleinwagen und neben dem Carport parkte ein silberner SUV, der vermutlich so viel wert war, wie die drei anderen Fahrzeuge zusammen.

Ein wenig außer Atem schob Agnes ihr Fahrrad über das im Bogenmuster verlegte Kopfsteinpflaster. Im Windschatten des Hauses war es herrlich warm, auch weil der rote Klinker die gespeicherte Sonnenenergie reflektierte.

Agnes steuerte auf die weiß gestrichene Bank neben der Haustür zu, um daneben ihr Fahrrad abzustellen. Auf dem Weg dorthin hielt sie jedoch inne. Trotz der geschlossenen Fenster waren Stimmen zu hören. Zweifelsohne wurde drinnen ein lautstarker Streit ausgetragen. Was die grelle Frauenstimme sagte, konnte Agnes nicht verstehen, doch sie schien zu versuchen, ihr Gegenüber zu beschwichtigen. Agnes hielt den Atem an und lauschte, was die bedrohliche Männerstimme zur Antwort brüllte: „Aber ich brauche das Geld jetzt!"

Plötzlich klapperten hinter ihr Schuhe über das Pflaster und sie fuhr beinahe schuldbewusst herum.

„Frau Plietsch?" Leandra Heimerle sah ihre ehemalige Lehrerin überrascht an.

„Oh, Leandra, schön, dich zu sehen. Wie geht es dir?" Es war Agnes peinlich, beim Lauschen ertappt worden zu sein, doch Leandra schien das nicht zu bemerken. Sie zuckte nur mit den Schultern.

Agnes musterte sie. Leandra war zu einer hübschen jungen Frau herangewachsen, wenn sie auch ein wenig kräftig um die Hüften war. Ihr langes, dunkelblondes Haar trug sie zu einem ordentlichen Knoten hochgesteckt, was ihr eine altersunangemessene Strenge verlieh, die so gar nicht zu der verwaschenen Jeans und dem grauen Hoodie passte.

„Deine Mutter hat mich eingeladen, mir ihr Atelier anzusehen. Aber ich denke, es passt im Augenblick nicht sonderlich gut." Sie deutete auf das Fenster, hinter dem der Streit deutlich hörbar weiterging.

Leandra verzog ihr Gesicht zu einem angedeuteten Lächeln. „Machen Sie sich nichts draus, das ist gerade der ganz normale Umgangston zwischen meiner Mutter und meinem Bruder. Außerdem wollte Levi sowieso gleich fahren."

„Oh", machte Agnes betroffen. „Vielleicht liegt das ja an den Umständen. Manche Menschen reagieren seltsam, wenn sie in Trauer sind."

„Ich glaube, da überschätzen Sie jetzt den Gefühlsreichtum meines Bruders." Ihr Sarkasmus schien Leandra sofort peinlich zu sein, doch bevor sie in Schweigen verfiel, wechselte Agnes das Thema.

„Ich nehme an, du wohnst nicht mehr hier."

„O nein, ich lebe seit einer Weile wieder in Hamburg. Ich bin nur vorübergehend wieder hier, weil ich gerade umziehe und meine neue Wohnung noch nicht frei ist."

„Ja, ich erinnere mich, dass du nach eurem Umzug aus Hamburg nicht besonders glücklich warst."

Überrascht hob Leandra die Brauen. „Das wissen Sie noch?"

„Aber gewiss!" Agnes war zufrieden, einen Draht zu dem Mädchen gefunden zu haben. „Du warst eine sehr gute Schülerin. Besonders deine Leistungen in Mathematik waren herausragend. Ich nehme an, du hast dich für ein naturwissenschaftliches Studium entschieden."

Leandra errötete leicht. Sie war es offensichtlich nicht gewohnt, dass man sich für sie interessierte, geschweige denn, dass man sie lobte.

„Ich habe gerade meinen Bachelor in Betriebswirtschaft gemacht, als Jahrgangsbeste." Sie errötete noch mehr.

„Das freut mich aber für dich! Und was hast du jetzt vor?"

„Also, eigentlich wollte ich gleich meinen Master dranhängen. Aber nun habe ich einen unbefristeten Job bei einer Bank bekommen. Ich habe dort zuerst ein Praktikum in der Immobilienabteilung gemacht. Während des Studiums habe ich dort immer wieder ausgeholfen. Und jetzt bin ich finanziell unabhängig und kann mir eine eigene Wohnung leisten." Sie blickte zum Haus, als wollte sie sagen: Im Gegensatz zu meinem Bruder.

Agnes verstand sofort und nickte verständnisvoll.

„Ja, Jungs sind oftmals Spätzünder, nicht nur, was die Selbständigkeit angeht. Manchmal werden sie einfach zu sehr verwöhnt und man nimmt ihnen zu viel Eigenverantwortung ab."

Leandra setzte eine altkluge Miene auf. „Levi hat sich bisher immer auf unsere Eltern verlassen." Doch sofort sah sie betreten zur Seite, als hätte sie schon mehr gesagt, als sie beabsichtigt hatte.

„Tja, so ist das", half ihr Agnes, das Thema zu wechseln.

„Aber du bist offensichtlich zufrieden mit deiner Berufswahl."

Nachdem Leandra nur verlegen lächelte, fragte Agnes weiter. „Ich vermute, du bist in den nächsten Monaten wieder öfter hier, um deine Mutter zu unterstützen?"

Leandra sah nun auf einen Punkt in der Ferne.

„Meine Mutter kommt eigentlich ganz gut klar. Und so alleine, wie es scheint, ist sie ja auch nicht." Sie hielt einen Augenblick inne, dann fuhr sie fort.

„Ich werde mal meiner Mutter Bescheid sagen, dass Sie sie besuchen wollten. Tschüss, Frau Plietsch. Es war schön, Sie mal wiederzusehen.“
Damit verschwand sie im Haus.

***

Leandra hatte sich die allergrößte Mühe gegeben, gleichmütig zu klingen. Um nichts auf der Welt wollte sie, dass irgendjemand erfuhr, wie es in ihr brodelte. Dabei hätte sie die Ungerechtigkeit, unter der sie seit Jahren gelitten hatte, am liebsten laut herausgeschrien. Aber Schreien war nun mal nicht ihre Art. Schließlich war sie nicht wie ihr bescheuerter Bruder, dieser verachtenswerte Waschlappen, der sich immerzu in Selbstmitleid suhlte. Mit seinem kindischen Gejaule und Geschrei hatte er es immer geschafft, alle Aufmerksamkeit auf sich zu ziehen. Was waren da schon ihre hervorragenden Leistungen in der Schule und im Studium? Hauptsache, das kleine Prinzlein hatte es dank des Einsatzes der Eltern geschafft, doch nicht sitzen zu bleiben, sich durchs Abitur zu mogeln, hatte sich zum vierten oder fünften Mal endgültig entschieden, was er studieren wollte. Leandra lehnte sich kurz an die kühle Wand.
Nein, wenn sie es ihnen allen heimzahlte, dann auf ihre Art. Und auf gar keinen Fall würde sie sich die Blöße geben zu zeigen, wie sehr man sie über all die Jahre verletzt hatte. Sie lächelte in sich hinein. Schade nur, dass ihr Vater nicht mehr erleben konnte, wie wenig Levi sein Tod kümmerte. Sein Lieblingskind hatte noch nicht einmal die Beerdigung abwarten können,

da lag er der Mutter schon in den Ohren, wie hoch sein Anteil an der Lebensversicherung wohl ausfallen würde. Und der Vater würde es nie erfahren. Wirklich schade war das!

***

„Vielen Dank, das wäre nicht nötig gewesen." Saskia Heimerle stellte die Topfblume, die Agnes ihr überreicht hatte, auf dem weiß lackierten Metalltischchen ab. Agnes konnte beim besten Willen nicht ausmachen, ob Frau Heimerle sich freute. Der Streit mit ihrem Sohn schien jedenfalls an ihr abgeperlt zu sein.

„Dann lassen Sie uns doch in mein Atelier rübergehen, Frau Plietsch."

Mit festen, weit ausholenden Schritten lief sie voran und öffnete die doppelflügelige Tür aus Glas. Warme Luft strömte ihnen entgegen. Der langgezogene, licht durchflutete Raum hatte auf beiden Seiten mehrere bodentiefe Fenster und die dem Wohngebäude abgewandte Stirnseite des Ateliers bestand aus einer durchgehenden Fensterfront. Saskia Heimerle folgte Agnes' Blick.

„Jetzt ist es herrlich warm hier, aber im Winter ist es manchmal kaum auszuhalten vor Kälte. Deswegen muss hier die Isolierung verbessert werden. Das geschieht, wenn ich den Carport abreißen und einen Verkaufs- und Ausstellungsraum anbauen lasse."

„Das ist sicher eine kostspielige Angelegenheit", meinte Agnes. In diesem Moment hörte sie hinter sich ein Rascheln und drehte sich um.

„Das ist mein langjähriger Freund Lorenz Arndt, ein Maler und Bildhauer aus Berlin", stellte Saskia den Mann vor. Agnes reichte ihm die Hand zur Begrüßung, deren Druck er kraftvoll erwiderte. Sie erkannte in ihm den Begleiter Frau Heimerles bei der Beerdigung wieder. Er trug nun Wollsocken in ausgetretenen Gesundheitslatschen, dazu eine zerschlissene Latzhose und ein kariertes Hemd. Agnes betrachtete sein kurzgeschorenes, fast schwarzes Haar. Zwischen Augenbrauen und Haaransatz lagen kaum zwei Fingerbreit. Seine eng zusammenstehenden Augen huschten wie schwarze Käfer hin und her. Der Ansatz einer Tonsur hatte ihn aus der Entfernung älter wirken lassen, doch seiner glatten Haut unter dem Dreitagebart nach musste er wenigstens zehn Jahre jünger sein als Saskia Heimerle.

„Wir arbeiten schon seit Jahren immer wieder mal zusammen", kommentierte sie Agnes Blick. Agnes war jedoch überzeugt, dass sich die Gemeinsamkeiten der beiden nicht nur auf künstlerischer Ebene erschöpften und sie fragte sich unwillkürlich, was Heribert Heimerle wohl von einem Nebenbuhler unter seinem eigenen Dach gehalten hatte.

„Dann werden Sie Ihre Galerie sicher auch zusammen betreiben", meinte Agnes. „Wenn Sie schon länger zusammenarbeiten."

„Natürlich." Saskia Heimerle zeigte ihr ein schmallippiges Lächeln.

Agnes sah sich nun suchend um. „Haben Sie denn einige Arbeiten, die ich sehen darf?"

Plötzlich wurden Saskia Heimerles Züge weicher, und sie führte Agnes um eine Stellwand herum. Gleich mehrere Bilder von Pflanzen und Insekten in

Pastelltönen waren zu sehen. Agnes war überrascht, dass Frau Heimerles grobschlächtige Hände derart zarte Gebilde zustande bringen konnten.

„Wunderschön, wirklich beeindruckend!"

„Meinen Jahreszeitenzyklus habe ich letztes Jahr in Berlin ausgestellt, das hier sind Auftragsarbeiten im selben Stil", erklärte die Künstlerin, nun ganz in ihrem Element.

„Haben Sie denn Werbematerial, vielleicht ein paar Flyer? Die könnte ich doch im alten Pfarrhaus auslegen. Und vielleicht möchten Sie ja auch in Sommerstorf einige Ihrer Arbeiten ausstellen. Im Juni findet unser alljährliches Dorffest statt. Da würde eine Ausstellung ihrer Werke gut dazu passen. Die Lokalpresse wird ebenfalls sehr interessiert sein."

Frau Heimerle fühlte sich sichtlich geschmeichelt. „Ja, das wäre eine gute Idee."

Dann wechselte sie einen kurzen Blick mit ihrem Freund. „Möchten Sie Herrn Arndts Werke auch sehen?"

Seine kleinen Skulpturen waren nicht halb so beeindruckend wie die Bilder seiner Partnerin, doch Agnes sparte auch hier nicht mit Lob. Gerade arbeitete er an neuen Entwürfen, die er mit Kohle auf große Papierbögen skizzierte, was man seinen verfärbten Fingern auch ansah.

„Herr Arndt entwirft gerade sakrale Motive, während ich mich eher auf Gebrauchskunst spezialisiert habe."

*Was sicher einträglicher sein wird*, ergänzte Agnes in Gedanken.

Während Lorenz Arndt sich wieder seinen Entwürfen zuwandte, erhielt Agnes noch eine kleine Führung durch den Privatgarten der Heimerles, in dem hübsche kleine Elfen und Kobolde unter Eiben saßen oder Wasser in einen sehr ungepflegten Teich spien.

„So etwas in der Art ließe sich bestimmt auf unserem Dorffest oder auch auf dem Weihnachtsmarkt gut verkaufen", meinte Agnes. „Wenn sie möchten, dann kommen Sie doch einfach mal vorbei. Die Damen im Dorfverein würden sich sehr freuen."

Sie verkniff sich die Bemerkung, dass ein wenig Gesellschaft ihr in dieser schweren Zeit sicher guttun würde. Denn Agnes glaubte nicht eine Sekunde daran, dass Heribert Heimerle auf seinem Anwesen vermisst wurde, besonders nicht von seiner Frau.

# Dienstag, 21. Mai

Als Heike Rickmann am Dienstagvormittag ihre Nordic-Walking-Runde beendet und geduscht hatte, machte sie sich auf den Weg zu Agnes. Sie wusste, dass ihre Freundin spätestens gegen zehn Uhr dreißig ihre Einkäufe besorgt haben würde und gab zur Sicherheit noch eine Viertelstunde drauf, bevor sie klingelte.

„Guten Morgen, Agnes! Hast du eine halbe Stunde Zeit? Es ist wegen des Dorffestes.“

Heike hatte bei der letzten Versammlung vorgeschlagen, neben Essen, Trinken und Flohmarkt am Vormittag und Tanz am Abend das Fest auch mit kulturellen Beiträgen zu bereichern. Sie war glücklich, in Agnes eine begeisterte Mitstreiterin gefunden zu haben.

„Komm rein, ich habe noch Kaffee in der Thermoskanne. Setz dich, ich hole dir eine Tasse.“

Heike setzte sich an den Küchentisch und spähte hinüber zum Fenster über der Spüle. An Agnes' Stelle, so dachte sie wieder einmal, hätte sie den Tisch unter das Fenster gestellt, um beim Frühstück die Straße im Blick zu haben. Aber da Agnes keinen Geschirrspüler hatte, was für eine einzelne Person auch Unsinn wäre, konnte sie, während sie ihr Geschirr abwusch, bequem aus dem Fenster schauen. Da hatte nun mal jeder seine eigenen Vorlieben. Sie wartete, bis Agnes sich ebenfalls gesetzt und ihr eine Tasse gebracht hatte.

„Hast du denn schon mit Eva gesprochen?" Agnes
schenkte ihrer Freundin ein und schob ihr die Milch
rüber.

„Ich hatte eine bessere Idee", meinte Heike. „Hast du
die Wochenendausgabe der Zeitung noch hier? Da
stand was über eine Jazzband. Das sind ein paar ältere
Herren aus der Nachbargemeinde. Ich wollte erst mit
dir reden, was du dazu meinst."

„Das klingt nicht schlecht. Ich habe übrigens auch
eine Idee. Wir könnten im Pfarrhaus Bilder ausstellen."

„Bilder?"

Agnes nickte. „Bilder und Skulpturen. Von Saskia
Heimerle."

Heike riss die Augen auf, als Agnes ihr einen Flyer mit
Werken von Saskia Heimerle zeigte. „Wie kommst du
denn dazu?"

Agnes erzählte ihr in allen Einzelheiten, was sie am
Vortag erlebt und gesehen hatte.

„Und du meinst, die ist nicht nur fremdgegangen, sondern hat ihren Liebhaber auch noch mit nach Hause gebracht?" Missbilligend schüttelte Heike den Kopf. „Das
ist wirklich eine merkwürdige Familie."

„Tja, wie gesagt. Die Heimerle ist nicht gerade sympa-
thisch, aber dafür interessant. Und sehr begabt."

Heike hielt ihre Tasse mit beiden Händen fest und
blickte nachdenklich in Richtung Fenster. „Mir scheint,
der Unfall ihres Mannes ist ihr gerade recht gekommen. Vielleicht wollte er sie ja rausschmeißen und ihren Bildhauer gleich mit dazu? Da hätte die Heimerle
aber dumm aus der Wäsche geschaut. Andererseits
kann ich verstehen, dass man sich einen Liebhaber

sucht, wenn man mit so einem Scheusal verheiratet ist."

Agnes sah ihre Freundin amüsiert an.

„Wer weiß, vielleicht hatten die Heimerles diesbezüglich ein Arrangement? Und vielleicht war er zu seiner Frau ganz anders? Sonst hätte sie ihn sicher schon längst verlassen."

Heike lachte auf. „Du meinst, er wusste, dass seine Frau ihn mit einem anderen betrügt und hat dabei noch zugesehen? Dazu war der Heimerle ein viel zu eitler Pinsel. So einer duldet einen Nebenbuhler ebenso wenig wie eine andere Meinung."

„Hm", machte Agnes, wie um ihrer Einschätzung recht zu geben.

„Sag mal, du hast doch neulich mit Gisela gesprochen. Wie geht es ihr denn?"

Heike zuckte mit den Schultern. „Sie hat nicht viel gesagt. Nur, dass sie nicht böse ist, dass wir ohne sie gesungen haben."

„Und wie geht es Wolfgang? Hast du ihn gesehen?"

Heike zögerte. „Gisela möchte eigentlich nicht, dass ich es jemandem erzähle."

Sie setzte ihre Tasse ab und legte die Hände in den Schoß. „Wolfgang ist schwer depressiv. Trotzdem weigert er sich, eine Therapie zu machen. Gisela mag ihn gar nicht mehr alleine lassen, weil sie Angst hat, er könne sich was antun. Und das belastet die ganze Familie."

Sie atmete geräuschvoll aus. „Und um den Lütten macht sie sich auch Sorgen, um Dirk. Er geht nicht mehr zum Fußball und zur Feuerwehr. Stattdessen sitzt er nur noch am Computer."

„Weißt du, was das damals war mit Dirk und dem Heimerle?", bohrte Agnes weiter.

Heike zuckte die Schultern. „Da weiß ich nur das, was Kerstin uns erzählt hat. Ich fand es allerdings merkwürdig, dass der Junge seine Anzeige so mir nichts, dir nichts wieder zurückgezogen hat. Aber wir könnten eigentlich mal Inge fragen. Vielleicht hat Olaf ihr ja was erzählt. Er hat damals die Anzeige aufgenommen."

„Das ist eine Idee", meinte Agnes und dachte bei sich, Olaf würde irgendwann noch mal in Teufels Küche kommen, wenn er sich von seiner Frau immer wieder Dienstgeheimnisse aus der Nase ziehen ließe.

***

Als Agnes am Nachmittag in ihrem Vorgarten dem sprießenden Löwenzahn zu Leibe rückte, dachte sie immer wieder über Heribert Heimerle nach. Die Zeitung hatte einen Nachruf abgedruckt, auf Seite fünf, ganz oben. Darin wurde sein Engagement für den Natur- und Umweltschutz ein letztes Mal lobend erwähnt, wobei der Autor des Artikels ein wenig süffisant in einem Nebensatz bemerkte, dass mit Heimerles Ableben wohl wieder mehr Ruhe in das Rathaus der Samtgemeinde einkehren würde. Eigentlich, wenn sie es recht bedachte, stand da verklausuliert, Heimerle sei ein Querulant gewesen, der vielen Leuten wirklich auf die Nerven gefallen war. Für diese sprachliche Meisterleistung zollte sie dem Artikelschreiber Respekt.

Sie war ganz in Gedanken und bemerkte das leise Quietschen und Schniefen erst spät. Agnes richtete sich auf und wischte sich die erdigen Finger an ihrer Gartenhose ab.

„Lena! Wie siehst du denn aus! Bist du gestürzt?"

Lena Harms humpelte mit ihrem verbeulten Fahrrad den Eichenwinkel entlang. Das Vorderrad war zu einer Acht verbogen und der Lenker schief. Außerdem war ihre Hose zerrissen. Das rechte Knie und ihr rechter Ellenbogen waren verschmiert von Dreck und Blut und Strähnen ihres welligen, goldfarbenen Haars, das sie zu einem losen Zopf gebunden hatte, hingen ihr wirr ins verweinte Gesicht.

Agnes ließ ihre Harke fallen und kam dem Mädchen entgegen. „Komm erst mal rein zu mir."

Lena ließ ihr Fahrrad auf den Gehweg fallen und ließ sich widerstandslos in Agnes Küche führen. Sie reichte Lena einen Waschlappen fürs Gesicht und ein Handtuch.

„Hier, wasch dich erst mal ein wenig ab, ich hole den Verbandskasten."

Agnes half ihr dabei, den Schmutz von der aufgeschürften Haut zu spülen und desinfizierte die Stellen unter dem Gejammer des Mädchens, während sie unentwegt beruhigend auf Lena einredete.

„So, und nun erzähl mal, was dir passiert ist", forderte sie das Mädchen auf, nachdem sie es verarztet hatte.

Lena zuckte nur die Schultern und starrte auf ihre Turnschuhspitzen.

Da traf Agnes die Erkenntnis wie der Blitz.

„Du bist den Weg gefahren, auf dem Herr Heimerle verunglückt ist. Wolltest wissen, wie es passiert ist."

Lena hob ruckartig den Kopf und starrte ihre ehemalige Lehrerin an. Ihre Augen schwammen in Tränen, als sie nickte.

„Ich bin so schnell ich konnte, den Berg hinuntergefahren und mit dem Rad weggerutscht. Aber ich bin im Gestrüpp hängen geblieben und nicht die ganze Böschung runtergefallen, so wie er.“

Agnes legte ihr sanft die Hand auf die Schulter. „Du hast ihn sehr gemocht.“

Da verbarg Lena ihr Gesicht in den Händen und schluchzte hemmungslos, während Agnes ihr minutenlang beruhigend über den Rücken strich.

„Alle sind froh, dass er tot ist!“, stieß sie endlich hervor. „Aber er war ein guter Mensch, ich weiß das!“

Agnes reichte ihr ein Papiertaschentuch. „Wieso denkst du, dass jemand über den Tod von Herrn Heimerle froh ist?“

„Haben Sie den miesen Artikel in der Zeitung nicht gelesen?“ Lena trompetete in das Taschentuch. Und Agnes dachte, so verklausuliert war die Kritik der Zeitung an Heribert Heimerle wohl doch nicht gewesen.

„Meinst du, er wurde einfach nur falsch verstanden?“

Lenas Augen glänzten plötzlich beinahe fiebrig. „Er wollte die Natur schützen vor so skrupellosen und geldgierigen Bauern wie den Carstensens. Das haben die ihm übel genommen und versucht, Druck auf die Kommunalpolitiker auszuüben, damit sie mit ihrer Umweltzerstörung weitermachen können. Wissen Sie eigentlich, wie viele Rotmilane jährlich durch Windkraftanlagen allein in Deutschland sterben?“

Agnes wusste es nicht. Aber sie hatte den Eindruck, dass es dem Mädchen guttat zu reden.

„Weißt du was, Lena? Ich koche uns jetzt einen Tee und du erzählst mir etwas über eure Bürgerinitiative. Ich glaube nämlich, du könntest mir helfen, meine Wissensdefizite auszugleichen."

Noch während das Wasser im Kocher rauschte, begann Lena: „Heribert hat die BI vor zwölf Jahren gegründet. Um die Rotmilane zu retten. Diese Vögel stehen bei uns auf der roten Liste. Ich habe selbst einen gefunden, der von Carstensens Windkraftanlagen an der Bundesstraße erschlagen worden ist. Grauenvoll! Das können Sie sich nicht vorstellen. Außerdem, haben Sie eine Ahnung, wie gefährlich Infraschall ist, Frau Plietsch?"

Agnes wiegte den Kopf hin und her. „Ich vermute, ungefähr so, als würde man den ganzen Tag mit seinem Handy am Ohr verbringen."

Lena winkte ab. „Das ist doch gar nichts dagegen. Heribert sagte, davon entsteht zum Beispiel Krebs! Möchten Sie Krebs bekommen?"

Das verneinte Agnes aufs Entschiedenste, bezweifelte aber insgeheim Lenas Theorie, die sie offensichtlich ohne zu hinterfragen von ihrem Idol übernommen hatte.

„Ja, ich habe immer wieder in der Zeitung gelesen, dass die Bürgerinitiative gegen die Windmühlen der Carstensens protestiert hat. Und das offensichtlich erfolgreich, denn außer den fünf kleinen, die hinter Seebeck stehen, gibt es keine weiteren."

„Dabei haben der Carstensen und sein Bruder einen riesigen Windpark geplant", behauptete Lena im Brustton der Überzeugung. „Mindestens vierzig Stück sollten es werden, sagte Heribert."

„Das klingt in der Tat nach viel. Weißt du auch, wo die hätten stehen sollen?“

„Na, gleich hinter Heidenbeck, an der Gemeindestraße nach Trollingsbüttel.“

Entlang dieser Straße, so überlegte Agnes, hätten vermutlich keine zehn Windmühlen Platz. Sie sagte: „Das wäre ja ganz in der Nähe des Hauses von Familie Heimerle.“

Als Lena sie herablassend musterte, als wolle Agnes eine der vielen Unterstellungen wiederholen, die immer wieder gegen Heimerle laut geworden waren, ergänzte Agnes ein wenig listig: „Ich vermute, er hat sich um seine Familie Sorgen gemacht. Wenn man von Infraschall Krebs bekommen kann, ist das doch verständlich.“

Das besänftigte Lena sofort.

„Kennst du seine Familie? Sicher waren seine Frau und seine Kinder auch bei *grün statt grau* aktiv.“

Lena strafte Agnes mit einem vernichtenden Blick. „Die haben sich nicht die Bohne interessiert für seine Arbeit. Seine Frau denkt ja nur an sich und an ihre Bilder. Nicht mal, als Heriberts Hunde vergiftet wurden, hat sie ihn unterstützt. Die armen Tiere! Das waren noch richtige Babys. Nicht einmal ein Jahr alt, die beiden. Ich bin ganz oft bei Heribert vorbeigekommen, um die Welpen zu streicheln und um sie auszuführen. Sie können sich gar nicht vorstellen, wie süß Berner-Sennen-Welpen sind.“ Ihre Züge hellten sich für einen Augenblick auf, um sich sofort wieder zu verdüstern.

„Ich und meine Freunde haben überall Zettel aufgehängt, und um Hinweise gebeten.“

Agnes horchte auf. „Wann war das noch mal?“

„Das ist jetzt fast zwei Jahre her. Heribert hat erst vermutet, die Carstensens stecken dahinter, oder die Typen vom Angelverein.“

„Und was denkst du?“

Lena zuckte mit den Schultern. „Beides wäre möglich. Der Mertens und sein Sohn sind ja auch so fiese Fischmörder. Und sie sind Mitglieder im Angelverein.“

Agnes gab sich Mühe, nicht zu lächeln. Sie kannte den alten Mertens nur flüchtig und wusste, dass er ein Freund von Petra Mützels Mann war. Von diesem wiederum hatte sie schon einige geräucherte Forellen geschenkt bekommen, die sehr wohlschmeckend gewesen waren. Wie ein Tierquäler benahm sich Matthias Mützel, der Vorsitzende des Angelvereins, allerdings nicht. Agnes kannte ihn eher als passionierten Naturschützer.

„War Herr Heimerle denn gegen das Angeln?“, fragte sie.

„Natürlich! Die zerstören doch den ganzen Fluss und lassen die Tiere noch nicht mal nachts in Ruhe. Das Angeln sollte verboten werden, vor allem nachts. Es gab da in Süderingen mal so eine Infoveranstaltung vom *Wasser, Land und Luft e. V.* Das ist eine bundesweite Organisation, die sich für Tierrechte einsetzt. Da bin ich Mitglied, und Heribert war es auch. Die haben uns übrigens auch gegen die Zersiedelung der Landschaft und Flächenfraß durch weiteren Straßenbau unterstützt.“

*Aha, die Umgehungsstraße*, dachte Agnes.

Bevor sich Lena weiter in Fahrt über Umweltschutz und Tierrechte reden konnte, bremste Agnes sie aus.

„Sag mal, Lena, was war das eigentlich auf der Beerdigung für ein Streit zwischen dir und Frau Heimerle?“

Lena wurde abwechselnd rot und blass und ihre Lippen wurden schmal, so schmal, dass Agnes unwillkürlich an Saskia Heimerle denken musste.

„Früher oder später wird es ja doch bekannt." Das Mädchen straffte die Schultern. „Wir, also die Jungs und ich, wollen ein Grundstück in Trollingsbüttel kaufen. Die alte Schmiede, um genau zu sein. Die wollen wir kaufen und wieder herrichten. Später soll da ein Treffpunkt für Naturschützer entstehen. Aber wir werden dort natürlich auch wohnen. Das heißt, wenn wir das Geld zusammenbekommen, das wir für das Grundstück und die Renovierung brauchen. Das Haus ist ja denkmalgeschützt und außerdem sehr baufällig." Lena nagte an ihrer Unterlippe.

„Und was hat das mit Frau Heimerle zu tun?"

Lenas Augen wurden plötzlich wieder feucht. „Heribert wollte unser Projekt unterstützen. Er hat mit uns den Verein *NaturSchmiede* gegründet und er hat versprochen, uns einen Privatkredit zu geben. Damit wollten wir die Schmiede kaufen und außerdem war Heribert dabei, Spenden einzuwerben, damit wir genug Eigenkapital hätten, um einen weiteren Bankkredit zu bekommen. Er hatte das Geld schon auf das Treuhandkonto unseres Vereins überwiesen, das sagte er mir am Tag vor seinem Tod. Und seine Frau hat es uns einfach weggenommen."

Lena liefen nun wieder die Tränen über die Wangen. „Wir stehen jetzt mit zwei Campingwagen und einem Zelt auf dem Grundstück, das uns gehören sollte und wahrscheinlich werden wir wegen Saskia alle obdachlos!"

***

Nachdem Agnes bei Enno Fritjoff angerufen und ihn gebeten hatte, Lena Harms nach Hause zu bringen, oder zumindest an den Ort, den sie zur Zeit ihr Zuhause nannte, setzte sie sich ins Wohnzimmer, legte sich ihr Strickzeug auf den Schoß und dachte über Zufälle nach. Und über Geld. Dem Anwesen der Heimerles war anzusehen, dass die Familie sehr vermögend war. Saskia Heimerles Einkommen, das sie mit ihrer Kunst erzielte, schätzte sie eher als ein Taschengeld ein, sodass die Familie also ganz traditionell ihren Unterhalt aus dem Verdienst des Ehemannes bestritt. Agnes hatte gehört, dass Heribert Heimerle Rechtsanwalt gewesen war. Das allein garantierte jedoch nicht zwangsläufig den Lebensstil, den die Heimerles bislang gepflegt hatten. Wer auf so großem Fuße lebte, der musste auch anderweitig vermögend sein.

Möglicherweise waren sie aber auch verschuldet. In diesem Fall wäre es töricht gewesen, dem Projekt *NaturSchmiede* ein privates Darlehen zu gewähren. Ein Darlehen, das Saskia Heimerle sofort zurückgebucht hatte, kaum dass ihr Ehemann verunglückt war.

Sie hatte noch nicht eine Masche gestrickt, als es klingelte.

„Ich dachte, wir könnten zusammen Abendbrot essen."

Es war Enno, der eine Brötchentüte hochhielt.

Agnes trat zur Seite. „Gerne, wenn ich Sie nicht bei Ihrer Arbeit störe."

„Ach, ich brauche ohnehin ein wenig Abstand zu meinem Manuskript. Es hakt gerade etwas."

Agnes lächelte in sich hinein. Enno Fritjoff war nicht nur ausgesprochen liebenswürdig, er war auch neugierig. Eine Neugierde, die er sich in jahrzehntelanger Berufstätigkeit angewöhnt hatte und die ihn von vielen anderen Männern unterschied, soweit Agnes das beurteilen konnte.

Während sie den Küchentisch deckte und Tee aufsetzte, berichtete sie Enno, was sie bei ihrem Besuch bei Saskia Heimerle erlebt und was sie von Lena erfahren hatte. Und sie schloss: „Mir scheint, Heribert Heimerle hat sich gerade zur rechten Zeit den Hals gebrochen."

„Das klingt jetzt so, als glauben Sie, seine Frau könnte nachgeholfen haben."

Mit einem Augenzwinkern biss Enno in sein Fleischsalatbrötchen.

Agnes strich gedankenverloren die Butter auf ihrer Brötchenhälfte glatt. „Und wenn tatsächlich jemand nachgeholfen hat?"

Enno schluckte und wischte sich den Fleischsalat vom Mundwinkel. „Das habe ich Ihnen doch schon gesagt. Hätte es Anhaltspunkte für Fremdverschulden gegeben, dann hätte Olaf sofort die Lüneburger mit einem Spusi-Team angefordert."

„Nun ja, ich will niemandem zu nahe treten, und ich mag Olaf wirklich gerne. Er ist ein wirklich liebenswürdiger Mensch und sicher auch sehr gewissenhaft. Aber er kann manchmal auch ein bisschen bräsig sein."

Enno kicherte. „Lassen wir ihn das mal nicht hören! Und auch nicht Inge, die redet kein Wort mehr mit Ihnen."

Agnes blieb ernst. „Aber wenn er nun doch etwas übersehen hat? Ich meine, wenn es keine ganz offensichtlichen Spuren gäbe, dann wäre das doch möglich. Vielleicht hat ihm ja jemand aufgelauert und so den tödlichen Sturz provoziert."

Nun wurde auch Enno nachdenklich. „So etwas wäre natürlich möglich. Aber das wiederum wäre ohne Zeugen, die das beobachtet haben, nicht nachzuweisen."

„Wissen Sie was, Enno? Wir könnten morgen Vormittag einen kleinen Spaziergang zu der Unfallstelle machen. Wir machen uns unser eigenes Bild von der Lage. Ich hab nämlich so ein komisches Gefühl bei der Sache."

# Mittwoch, 22. Mai

Agnes und Enno hatten sich für den Mittwochvormittag zu einem Spaziergang am Holmbach verabredet. Kurz vor zehn, sie hatte gerade ihren Haushalt in Ordnung gebracht, schlüpfte sie in ihre bequemsten Schuhe, zog ihre Steppweste über und trat vor die Tür. Um Punkt zehn ging im Haus gegenüber die Tür auf und Enno Fritjoff kam heraus. Auch er trug Turnschuhe und eine beige Übergangsjacke. Gut gelaunt marschierten sie den Eichenwinkel hinauf und nahmen anschließend den Weg am Holmbach entlang, den sonst Heikes Nordic-Walking-Gruppe einschlug.

„Haben Sie sich schon mal überlegt, wer überhaupt wusste, wann er diesen Weg mit dem Fahrrad fuhr?"

„Das weiß ich nicht. Noch nicht! Aber ich habe mir darüber auch schon so meine Gedanken gemacht."

Enno nickte zufrieden, und so liefen sie eine Weile schweigend nebeneinander her, während der Holmbach zu ihrer Rechten leise plätscherte. Auch wenn er sich in der Sache Heimerle absolut nichts von diesem Spaziergang versprach, so genoss er doch Agnes' Gegenwart.

Er mochte ihr mitfühlendes Interesse an anderen Menschen, das vermutlich seinen Ursprung in jahrelanger pädagogischer Tätigkeit hatte.

Als Kriminalbeamter hatte er Verbrechen aufgeklärt, indem er Fakten zusammentrug. Nüchtern und sachlich, ohne Ansehen der Person und ihrer Beweggründe. Hätte er sich alles, was er erlebt hatte, zu Herzen genommen, dann hätte er niemals bis zur Pensionierung durchgehalten. Er hatte sich voll und ganz auf die Spuren konzentriert und die Alibis, die es zu überprüfen und manchmal zu widerlegen galt. Was aber die Täter zu ihren Taten getrieben hatte, das hatte er oft gar nicht wissen wollen.

Für die Bewertung seiner Ermittlungsergebnisse, das Einbeziehen menschlicher Tragödien und Abgründe als Ursache für alle möglichen gesetzeswidrigen Verzweiflungstaten waren andere zuständig. Das war die Aufgabe der Gerichte. Und das war gut so. Trotzdem, oder vielleicht auch deswegen, hatte er bisweilen das Gefühl gehabt, seine eigene Menschlichkeit bliebe bei all der verordneten Nüchternheit auf der Strecke.

Es war dieser mitfühlende Blick auf die Menschen, der ihm im Laufe seines eigenen Berufslebens fast abhandengekommen war. Manchmal, wenn Agnes ihm von den Leuten im Dorf erzählte, von ihren Nickligkeiten oder ihrem Herzschmerz, da schien es ihm, als wirke ihre Gegenwart auf ihn wie Medizin. Bei ihr heilte er vom Technokraten zum Menschen. Aber davon ahnte Agnes nichts.


„Da vorne geht es zum Mertenshof hinauf. Das muss die Stelle sein.“

Agnes war ein wenig außer Atem, da sie den strammen Schritt von Enno nicht gewohnt war.

Als er es endlich bemerkte, verlangsamte er prompt sein Tempo.

„Hier geht es wirklich steil hinunter", stellte Enno fest. „Die Fichte hier muss es gewesen sein. Ich glaube, da ist auch noch was zu sehen. Die kleinen Büsche da unten sind zusammengetrampelt."

Agnes kniff die Augen zusammen. „Ja, ich sehe, was Sie meinen. Da muss er gelegen haben." Sie schauderte. „Eine scheußliche Vorstellung, die Kontrolle über sein Fahrrad zu verlieren und sehenden Auges in sein Unglück, beziehungsweise gegen den Baum zu fahren."

Enno nickte. Dann betrachtete er sie von der Seite. „Und? Wonach meinen Sie, sollten wir jetzt suchen?"

Ihr Blick wanderte in die Richtung, aus der Heimerle gekommen sein musste.

„Lassen Sie uns doch mal den Weg zum Mertenshof hinaufgehen."

Der Feldweg, der zum Hof führte, stieg steil an und traf ziemlich genau im rechten Winkel auf den Waldweg. Einige Meter oberhalb des Waldweges stand ein schiefer Wegweiser, auf dem auf grünen Pfeilen die nächstgelegenen Orte und die Kilometer bis dorthin zu lesen waren. Neben dieses Schild stellte sich Enno. „Wenn ihm zum Beispiel hier die Kette gerissen wäre, dann wäre er genau geradeaus auf die Fichte zugerast."

„Was passiert eigentlich nach einem Unfall mit so einem Fahrrad? Behält das die Polizei?"

Enno schüttelte den Kopf. „Nur, wenn das Verkehrsmittel als Beweisstück gilt. Vermutlich hat Frau Heimerle es wieder zurückbekommen. Aber das weiß Olaf bestimmt."

Agnes nahm sich vor, Olaf Dietrichs danach zu fragen, spätestens bei der nächsten Chorprobe.

Unschlüssig drehte sie sich hin und her, bückte sich, um den ausgefahrenen Feldweg genauer zu betrachten und erhob sich wieder.

„Ich glaube, Sie haben recht. Diesmal scheint mich mein Gefühl getrogen zu haben."

Noch bevor sie den Satz zu Ende gesprochen hatte, peilte Enno einen Punkt hinter ihr an. Sie wandte sich um und betrachtete die Eiche, einen noch jungen Baum, der vielleicht dreißig oder fünfunddreißig Jahre alt sein mochte. Er ging vor der Eiche in die Hocke. „Sehen Sie her, Agnes. Vielleicht hat Sie Ihr Gefühl doch nicht getrogen."

Agnes kniff die Augen zusammen, konnte aber nicht erkennen, was Enno meinte. Sie kam zu ihm und bückte sich, um die Stelle an der Baumrinde zu betrachten, auf die er deutete. Enno drehte sich, noch immer in der Hocke, um einhundertachtzig Grad und sah zu dem Wegweiser hinüber.

„Ist das etwa ein Stück Faden?", fragte Agnes und deutete auf etwas Schwarzes, das an der Rinde hing, und das auf den ersten Blick einem sehr dicken Stück Zwirn ähnelte.

Als sie das herunterhängende Ende anhob, fühlte sie, dass es sich dabei um eine Art Kunststoff handelte.

„Das könnte eine Angelschnur sein", meinte Enno.

Agnes öffnete den Reißverschluss ihrer Handtasche. „Ich werde die Stelle mal fotografieren, nur für alle Fälle." Sie holte ihr Smartphone heraus und machte einige Bilder.

„Sollen wir das hängen lassen oder lieber mitnehmen?", fragte sie. „Als Beweis sozusagen?"

Enno winkte ab. „Dafür bräuchten wir ein scharfes Messer oder eine Schere.“

Sofort kramte Agnes in den Untiefen ihrer Tasche. Gleich darauf zauberte sie ihr Necessaire hervor, das sie immer bei sich trug, was dem Leid brüchiger Nägel geschuldet war.

„Damit wird es gehen.“ Sie reichte Enno zuerst eine Nagelschere, dann einen nagelneuen Gefrierbeutel.

Enno schmunzelte. „Ich habe mich schon immer gefragt, welche Geheimnisse die Handtasche einer Frau birgt. Vermutlich sind Sie auch für das Überleben in der Wildnis bestens ausgerüstet.“

Agnes lachte. „Manchmal finde ich beim Spazierengehen Pflanzensamen, die ich für meinen Garten mitnehmen möchte. Dafür habe ich immer ein oder zwei kleine Tüten dabei.“

Vorsichtig schnitt Enno die Schnur ab und ließ sie, ohne sie zu berühren, in die Plastiktüte gleiten, die Agnes ihm hinhielt. Dann rappelte er sich wieder auf und ging, die Entfernung in ungefähr meterlangen Schritten messend, zum Wegweiser hinüber.

Sein Blick wanderte von den beiden grünen Pfeilen, die in unterschiedliche Richtungen wiesen, zum Boden hinunter auf die Quäke, die in dicken Büscheln um den Pfosten wuchs. Doch hier war nichts von einer Schnur zu sehen. Zum Schluss prüfte er den Wegweiser, der sich dem Baum auf der anderen Seite des Feldweges zugeneigt hatte, auf seine Standfestigkeit.

„Es wäre doch interessant zu wissen, seit wann der Pfosten so schief steht“, murmelte er.

„Das werde ich herausfinden, verlassen Sie sich darauf." Mit diesem Satz steckte Agnes den Gefrierbeutel mit dem Corpus Delicti in die Handtasche.

***

Noch am selben Tag stattete Agnes ihrer Freundin Heike Rickmann einen Besuch ab. Ungeduldig hatte sie auf das Ende der Mittagsruhe gewartet, wie es sich gehörte. Um Punkt drei hatte sie ihr Fahrrad aus dem Schuppen geholt und war losgefahren. In weniger als zehn Minuten hatte sie den Ortskern mit seinen idyllischen Fachwerkhäusern passiert und den Nordtorfer Weg erreicht. Die verklinkerten Einfamilienhäuser dort waren neuer und größer als die kleinen Siedlungshäuschen im Eichenwinkel, doch strahlten sie mit ihren üppig blühenden Vorgärten nicht weniger ländlichen Charme aus als die alten Fachwerkhäuser zwischen Kirche und Dorfkrug.

Heike war gerade dabei, den Geschirrspüler einzuräumen, als Agnes läutete.

„Störe ich?", fragte sie und schob sich an Heike vorbei.

„Nein, du gewiss nicht!", lachte sie und schloss hinter ihrer Freundin die Haustür. Sie wischte sich die feuchten Finger an ihrer Blümchenschürze ab und ging voraus in die Wohnküche.

„Komm, setz dich. Ich wollte mir gerade einen Kaffee kochen. Man gönnt sich ja sonst nichts. Willst du auch einen?"

„Oh, eine halbe Tasse könnte ich wohl noch vertragen."

Heike füllte Kaffeepulver und Wasser in die Maschine, holte zwei Tassen aus dem Schrank und rieb mit dem Lappen noch einen Soßenfleck von der Tischplatte, bevor sie sich endlich zu Agnes setzte.

„So, und nun erzähl mal. Du sitzt hier ja schon wie auf Kohlen."

„Eigentlich habe ich erst mal nur eine Frage", begann Agnes.

„Ich wüsste gerne, ob dir an dem Wegweiser beim Mertenshof etwas aufgefallen ist."

Heike sah sie verständnislos an.

„Da kommt ihr doch regelmäßig dran vorbei, wenn ihr beim Nordic Walking den Weg am Holmbach entlang nehmt", half ihr Agnes auf die Sprünge.

Heike runzelte die Stirn. „Du meinst also die Stelle, wo der Heimerle verunglückt ist?"

Agnes nickte.

„Was soll mir daran aufgefallen sein?"

„Zum Beispiel, ob jemand ihn verdreht hat. Oder ob er irgendwie anders steht als sonst."

Heike lehnte sich zurück und dachte nach. Plötzlich erhellte sich ihr Gesicht.

„Ja, letzten Donnerstag bin ich mit dem Fahrrad nach Guhlstorf zu meiner Schwägerin gefahren. Da dachte ich, der alte Mertens muss wohl mit dem Trecker dagegen gefahren sein, als er den Acker …"

Sie hielt inne und die Kaffeemaschine fauchte. „Moment mal. Das kann ja gar nicht sein. Das Feld reicht bis an den Weg und da wächst gerade Winterweizen. Er hat also gar keinen Grund, mit dem Trecker auf das Feld zu fahren."

„Du meinst also auch, dass das Schild erst seit Kurzem so schief steht?", fragte Agnes.

„Ist das denn wichtig?"

„Nun, wir, das heißt Enno und ich, haben uns gefragt, ob bei Heimerles Unfall jemand nachgeholfen haben könnte. Rein theoretisch versteht sich, ohne jemanden konkret zu verdächtigen."

„Ihr meint, weil es so viele Leute gibt, die ihn ... nicht leiden konnten, um es mal freundlich auszudrücken? Aber was hat das mit dem Schild beim Mertenshof zu tun?"

Agnes überlegte, ob es richtig war, eine derartige Verdächtigung auszusprechen, doch dann meinte sie: „Möglicherweise hat jemand eine Stolperfalle für ihn gebaut." Sie erzählte Heike von ihrem Fund.

„Aber bitte, Heike", sie hob beschwichtigend die Hände. „Behalte das erst einmal für dich. Es kann ja genauso gut sein, dass wir uns irren. Und dann stehen wir blamiert bis auf die Knochen da!"

„Du kannst dich darauf verlassen, Agnes, ich werde zu keinem ein Sterbenswörtchen sagen."

Sie holte den Kaffee, befüllte die beiden Tassen und schüttete den Rest des Kaffees in die Thermoskanne.

„Meinst du, dass seine Frau die Finger mit im Spiel hat?", fragte Heike und schob Agnes die Milchtüte herüber.

„Du meintest ja auch, die ist kalt, wie eine Hundeschnauze."

„Nun ja, zumindest profitiert sie von seinem Tod."

Dann erzählte Agnes von ihrer Unterhaltung mit Lena Harms.

„Deswegen stehen also die Campingwagen bei der alten Schmiede. Olaf hat neulich davon erzählt." Heike nahm einen Schluck Kaffee. „Ich muss mal Bernd fragen, wem das Grundstück gehört. Als Bürgermeister weiß er das bestimmt."

Agnes nickte. „Aber sag mal, Heike, bist du nicht auch mit Christiane befreundet, der Jüngsten von Marlies? Die arbeitet doch bei der Sparkasse. Und wie ich Christiane kenne, weiß die doch bestimmt, ob die Heimerles Schulden hatten."

„Du meinst, ich soll sie mal ganz unverblümt fragen?" Heike blickte skeptisch. „Vergiss es. Die erzählt doch alles gleich brühwarm ihrer Mutter und dann weiß innerhalb kürzester Zeit so ziemlich jeder zwischen Nordtorf und Süderingen, dass wir der Heimerle was unterstellen."

Agnes stimmte ihr bedauernd zu. Aber dann blitzten ihre Augen auf.

„Vielleicht, Heike, müssen wir das Ganze nur geschickt genug anstellen."

***

Joachim Carstensen saß auf seiner Terrasse in der Sonne und schenkte sich sein drittes Bier ein. Er hatte sich zur Feier des Tages im Dorfkrug einen Fünf-Liter-Humpen von Egons selbstgebrautem Sommerstorfer Bier bestellt und das ließ er sich nun Schluck für Schluck kühl und herb die Kehle hinunterrinnen. Ein Feierabend wie früher. *Was für ein herrlicher Tag*, dachte er. Nur gut, dass seine Sabine noch nicht wieder zurück war. Sie würde bestimmt gleich wieder meckern und ihn an seinen hohen Blutdruck und seine Cholesterinwerte erinnern. Seit seinem Herzinfarkt vor einem Jahr achtete er sehr auf seine Gesundheit, mäßigte sich beim Essen und Trinken, worin ihn seine Frau tatkräftig unterstützte. Aber heute war ihm das alles egal. Nach all dem Stress hatte er sich diesen mittlerweile seltenen Genuss verdient. Nach einem weiteren, kräftigen Schluck stellte er das Henkelglas auf dem Tisch ab. Joachim Carstensen spürte, wie der Alkohol ihm zu Kopf stieg. Er schloss die Augen und hielt sein Gesicht in die Sonne.

Eine Last war von ihm abgefallen. Es schien ihm wie ein Wunder, dass all seine Sorgen nun endgültig vorbei waren! Jahrelang hatte Heimerle, dieser Mistkerl, versucht, ihn mit Klagen und einstweiligen Verfügungen kleinzukriegen, hatte den Streit um die Windkraftanlagen mit immer neuen juristischen Winkelzügen auf die Spitze getrieben. Und jetzt hatten seine Bürgerinitiative *grün statt grau* und der Verein *NaturSchmiede e.V.* es mangels eines Anwaltes versäumt, weitere Rechtsmittel gegen die Baugenehmigung für seine Windkraftanlagen einzulegen. Die Frist war gestern um Mitternacht abgelaufen. Mit anderen Worten: Es hatte Heimerle genau zur rechten Zeit erwischt. Geschah ihm recht, diesem Arschloch.

Na ja, er hätte sich nicht unbedingt gleich das Genick brechen müssen. Joachim hätte sich schon damit zufrieden gegeben, wenn er ein paar Wochen bewegungsunfähig im Krankenhaus hätte verbringen müssen. Dass es nun so gekommen war, machte ihm und seiner Familie allerdings das Leben um einiges leichter.

Am Wochenende würde sein Bruder aus Flensburg kommen, um mit ihm die Einzelheiten zu besprechen. Da die Baugenehmigung für seine Windkraftanlagen jetzt endgültig Bestand hatte, wollten sie mit dem Aufstellen so schnell wie möglich beginnen. Für die Firma, in der sein Bruder Klaus-Uwe als Geschäftsführer arbeitete, bedeutete der Bau seiner acht Anlagen vermutlich die Rettung vor der Insolvenz. Die Aufträge für kleine Windkraftanlagen waren mehr und mehr zurückgegangen. Gleichzeitig verdrängten auch in dieser Branche wenige große Konzerne die mittelständischen Firmen.

Klaus-Uwe war der Erstgeborene und hätte nach dem Willen des Vaters den Hof in Heidenbeck übernehmen sollen. Doch er hatte sich nach seinem Fachabitur entschieden, Ingenieur zu werden, sodass der Vater dann ihm, Joachim, den Hof überschrieben hatte. Es war eine Lösung gewesen, mit der bis heute alle zufrieden waren.

Klaus-Uwe hatte sich schon während seines Studiums für das Thema *Erneuerbare Energien* interessiert. Als vor fünfzehn Jahren alle raus aus der Atomenergie und auf saubere Formen der Energiegewinnung umsteigen wollten, hatte sein Bruder die Idee gehabt, in Windenergie zu investieren. Damals waren sie beide überzeugt gewesen, dass die Energiewende der richtige Weg sei. Es ging ihnen um die Möglichkeit, Energie dezentral zu produzieren, um von den großen Energieerzeugern unabhängiger zu werden und gleichzeitig den Umweltschutz voranzutreiben. Windenergie! Das war eine gute Sache und außerdem innovativ.

Ja, er hatte damals einen Kredit aufgenommen, um seinem Bruder das Erbteil auszuzahlen, damit der das Startkapital für seine Firma aufbringen konnte: Zephyrus GmbH. Das war ihm nicht leicht gefallen, denn die Milchwirtschaft warf kaum Gewinne ab. Ohne Sabines Verdienst wäre das damals nicht möglich gewesen. Sie würden bis heute nicht über die Runden kommen, vor allem weil er seit seinem Herzinfarkt kürzer treten musste. Seinen Nebenjob als Schulbusfahrer, mit dem er die Schulden bei der Bank abbezahlen wollte, hatte er aufgeben müssen.

Sich nach all den Anstrengungen und Entbehrungen dann von so einem dahergelaufenen Pseudo-Öko in aller Öffentlichkeit als größte Umweltsau im Landkreis bezeichnen zu lassen, war wirklich der Gipfel gewesen. Profitgier hatte der Heimerle ihm und Klaus-Uwe damals unterstellt! Dass die kleine Firma, in die sein Bruder sein ganzes Erbteil gesteckt hatte, kurz vor der Pleite stand, interessierte ihn nicht. Auch nicht, dass sein Bruder und er sich sehr wohl um den Schutz von Vögeln und Fledermäusen gekümmert hatten. Das Gutachten, das Klaus-Uwe in Auftrag gegeben hatte, war allerdings nach Meinung der Bürgerinitiative nichts wert und angeblich fehlerhaft.

Dass Heimerle sich vor allem an seinen Windkraftanlagen störte, weil er sie von seinem Grundstück aus sehen konnte und sie deshalb nach seiner Meinung das Landschaftsbild erheblich störten, interessierte die angeblichen Umweltschützer, die er mobilisiert hatte, nicht im Geringsten. An denen war jede Kritik abgeperlt wie Wasser an einer Lotosblüte.

Joachim Carstensen wischte sich mit der flachen Hand übers Gesicht und atmete tief durch. Verdammt, er regte sich schon wieder über diesen Schwachkopf auf! Das war schlecht fürs Herz. Ein Blick auf die Uhr sagte ihm, dass seine Frau jeden Moment von der Arbeit kommen würde. Er trug den Bierkrug in die Küche und machte sich auf den Weg in den Stall. Am besten nicht mehr an das Arschloch denken, befahl er sich.

# Donnerstag, 23. Mai

„Dann wollen wir mal wieder!" Heike Rickmann stellte fest, dass ihre Nordic-Walking-Gruppe vollständig war. Elke Pitzkow hatte als Letzte ihren Wagen auf dem Parkplatz der Apotheke abgestellt und stand nun in ihrem pinkfarbenen Laufdress bei den anderen.

Heike, ebenfalls in Pink und Schwarz gekleidet und die Finger fest um ihre Nordic-Walking-Stöcke geschlossen, folgte dem Blick der anderen Frauen in den Himmel. Es sah nicht unbedingt nach Regen aus, dennoch war es bewölkt.

„Wieder die kleine Runde?", fragte sie und alle stimmten ihr zu.

Seit dem Tag, als sie den toten Heribert Heimerle am Holmbach gefunden hatten, waren sie noch nicht wieder an der Unfallstelle vorbeigelaufen. Zwar hatten sie vielfältige, durchaus einleuchtende Gründe dafür gehabt: Termine oder anschließende Arztbesuche, die eine frühere Rückkehr vom Laufen erforderlich machten, das Wetter oder Mariannes Knie. Ohne dass sie es aussprachen, war es dennoch so, dass sie diesen Ort mieden. Das hinderte die Frauen jedoch nicht daran, ständig über dieses aufwühlende Ereignis miteinander zu reden, und noch weniger hielt es die Klatschbasen davon ab, sich begierig auf alle Neuigkeiten über die Familie Heimerle zu stürzen, um diese dann, hier und da ein wenig ausgeschmückt, weiterzutragen.

Vor allem Marlies Weber hatte ein gehobenes Bedürfnis nach Informationen. Sie hatte bereits beim Einkaufen Berichte aus dritter Hand über Heimerles Beerdigung gesammelt. Nachdem sie wegen eines Zahnarztbesuches den Nordic-Walking-Treff am Dienstag verpasst hatte, war sie nun ganz begierig, eine detaillierte Schilderung der Abläufe von Heike zu bekommen. Und dies kam Heike gerade sehr zupass.

Als sie den Weg in Richtung Heidenbeck einschlugen, drängte sich Marlies sofort neben Heike.

„Ich habe gehört, beim Leichenschmaus nach Heimerles Beerdigung ging es hoch her?", begann sie unvermittelt. Heike schilderte ihr die Beerdigung und die anschließenden Vorkommnisse im Dorfkrug in allen Einzelheiten und schloss mit der Frage: „Was hältst du davon, dass die Heimerle jetzt auf ihrem Hof eine Galerie eröffnen will?"

Marlies Weber fühlte sich natürlich geschmeichelt, dass Heike sie nach ihrer Meinung fragte. Sie schnaubte. „Eine Künstlergalerie? Was für ein Spinnkram!"

Heike stimmte ihr zu. „Ich frage mich, wie sie allein den Anbau, den sie plant, bezahlen will. Sie arbeitet doch nicht, also zumindest nicht richtig. Das Geld hat ja wohl er verdient."

„Sie will anbauen? Aber das ist doch schon ein riesengroßes Haus! Was will eine alleinstehende Frau mit so viel Platz?" Marlies schüttelte verständnislos den Kopf. „Außerdem, wenn sie das Haus in Ordnung halten will, dann hat sie doch gar keine Zeit, auch noch Bilder zu malen. Und eine Putzfrau wird sie sich ja demnächst auch nicht mehr leisten können."

„Hat sie denn jemanden, der zu ihr kommt?“

„Ja, eine Zugezogene aus Neu-Trollingsbüttel, das hat mir eine Freundin erzählt. Die wohnt in der Nähe der Heimerles und hat das Auto immer auf den Hof fahren sehen.“ Marlies war hoch zufrieden, dass auch sie etwas Wissenswertes zu den Gerüchten beisteuern konnte.

„Der Heimerle muss eine Menge Geld verdient haben“, meinte Heike nun. „Er war Rechtsanwalt. Mich würde schon mal interessieren, wo er gearbeitet hat.“

Darauf wusste auch Marlies keine Antwort.

Nun wurde Heike direkt. „Ich frage mich schon länger, ob die Heimerles überhaupt ein Konto bei der Sparkasse in Süderingen haben?“

„Nein, soweit ich weiß, sind die bei einer anderen Bank“, meinte Marlies. „Christiane denkt, dass der Heimerle bestimmt auch für eine Bank gearbeitet hat. Das würde auch erklären, dass sie so viel Geld haben. Als Anwalt der Bank bekommt er doch bestimmt auch einfacher einen Kredit als unsereiner.“

Marlies hatte also schon bei ihrer Tochter Erkundigungen über die Finanzen der Heimerles eingezogen. *Schade*, dachte Heike, *dass Marlies und Christiane als Informationsquellen ausscheiden.*

Die Strecke führte nun leicht bergauf, sodass Marlies sich mehr als Heike auf ihre Atmung konzentrieren musste. Fieberhaft überlegte Heike, ob Marlies noch irgendetwas Interessantes wissen konnte, was Saskia Heimerle betraf. Sie musste sich selbst, wenn auch widerwillig, eingestehen, dass sie die Frau nicht leiden konnte. Zwar glaubte Heike nicht daran, dass Saskia Heimerle direkt Schuld am Tod ihres Mannes trug, aber das Stückchen Angelschnur, von der Agnes ihr erzählt hatte, gab ihr doch zu denken. Und wer weiß, vielleicht hatte die Heimerle ja jemanden angestiftet, ihrem Mann eine Falle zu stellen? Vielleicht ihren Bildhauer? Ja, der Heimerle traute sie das zu. Und zu Marlies sagte sie: „Vielleicht verkauft sie den Hof ja doch, die Heimerle. Oder sie vermietet Zimmer an Feriengäste."

„Glaub ich nicht", schnaufte Marlies. „Dafür ist das Haus gar nicht ausgelegt. Dietmar, der Schwager von meiner Christiane, also der Bruder von Rainer, der ist doch Fliesenleger. Und der hat bei den Heimerles das Bad neu gemacht. Ende Februar war das erst. Sie wollte unbedingt eine Dusche haben, dafür musste die Wanne raus. Und Dietmar sagte noch zu Christiane, also, wenn ich so ein großes Haus hätte, dann würde ich mir doch zwei richtige Badezimmer einbauen. Eines mit Dusche und eines mit Wanne. Nur ein Badezimmer und eine extra Toilette, und das auf hundertvierzig Quadratmeter Wohnfläche!" Sie schnaubte verächtlich über so viel Sparsamkeit an falscher Stelle. „Das ist bestimmt sein schwäbischer Geiz gewesen."

„Da hast du recht, Marlies, unter solchen Voraussetzungen kann man nicht an Feriengäste vermieten. Obwohl es da bestimmt Interessenten gäbe. Angler zum Beispiel, die eine Unterkunft für ein Wochenende suchen."

Marlies lachte gackernd auf. „Glaubst du im Ernst, unser Angelverein würde deren Zimmer an Angelgäste vermitteln?"

Heike lachte mit und Petra Mützel, die die ganze Zeit über dicht hinter ihnen hergelaufen war, stimmte mit ein.

„Eher würde sich Matthias die Zunge abbeißen, das könnt ihr mir glauben. Wo doch der Heimerle sich für ein Nachtangelverbot stark gemacht und behauptet hat, die Angler würden die Natur zerstören. Das Gegenteil ist nämlich der Fall!"

Heike nickte. Sie konnte sich noch gut daran erinnern, wie empört Petra ihnen im vergangenen Herbst von der Veranstaltung einer Tierrettungsorganisation in Süderingen erzählt hatte. Der Vortrag hatte sich unter anderem gegen den Süderinger Angelverein gerichtet, in dem Petras Mann Matthias Vorsitzender war. Es hatte sich herausgestellt, dass Heimerle den Veranstaltungsraum für diesen Verein gemietet hatte. Auch da hatte sich Heribert Heimerle keine Freunde gemacht.

Nach einer knappen Dreiviertelstunde standen alle wieder vor der Apotheke und verabschiedeten sich voneinander. Heike war enttäuscht, dass sie Agnes keine Neuigkeiten berichten konnte.

Doch am Abend hatte sie allen Grund zur Freude. Als Bernd Rickmann gegen halb zehn müde und erschöpft aus einer Besprechung nach Hause kam, brachte Heike ihm sein Abendbrot, das sie für ihn vorbereitet und wie gewöhnlich beiseite gestellt hatte. Er machte sich sofort über seinen Berg appetitlich belegter Brote her, während seine Frau sich zu ihm setzte.

„Und, gibt es etwas Neues?" Diese Frage gehörte zu ihrer allabendlichen Routine, und üblicherweise fasste Bernd seinen Arbeitsalltag in knappen Worten zusammen, um anschließend seine Frau nach besonderen

Vorkommnissen zu fragen. Heute hatte er allerdings Neuigkeiten, die Heike sehr interessierten.

„Stell dir vor, Joachim Carstensen kann nun endlich seine Windmühlen aufstellen. Er hat mich heute angerufen und mir mitgeteilt, dass die Bürgerinitiative keine weiteren Rechtsmittel gegen die Genehmigung des Bauantrages eingelegt hat. Wir vermuten beide, dass der Grund dafür Heimerles Tod ist. Er hat ja seine Bürgerinitiative auch rechtlich vertreten. Wahrscheinlich hat keiner von den anderen mitbekommen, dass die Einspruchsfrist am Dienstag verstrichen ist."

„Na, das ist doch mal eine erfreuliche Nachricht. Ich vermute, Carstensen wird das fürs Erste nicht an die große Glocke hängen."

Bernd nickte mit vollem Mund. „Aber spätestens, wenn die Baumaßnahmen beginnen, stellen wir uns wieder auf Ärger ein." Wieder biss er herzhaft in sein Jagdwurstbrot.

„Was ist eigentlich mit der alten Schmiede? Ich habe gehört, der Heimerle wollte sie kaufen, doch seine Frau ist in letzter Minute vom Vertrag zurückgetreten."

Bernd starrte seine Frau entgeistert an und verschluckte sich dabei.

„Verdammt, Heike, woher weißt du das schon wieder?" Heike lächelte überlegen und schenkte ihm alkoholfreies Bier in sein Glas, damit er seinen Hustenanfall unter Kontrolle bekam.

„Agnes hat mit davon erzählt. Und die weiß es von der kleinen Harms. Du weißt schon: Lena. Die Heimerle hat ihr beim Leichenschmaus eine geklebt, das habe ich dir doch erzählt. Lena ist übrigens bis zur zehnten mit unserem Jonas in eine Klasse gegangen. Erinnerst du dich?"

Bernd hustete ein letztes Mal. „Und was genau hat sie Agnes erzählt?"

„Sie meinte, dass Heribert Heimerle ihrem Verein ein privates Darlehen gegeben hat, um die alte Schmiede zu kaufen, doch seine Frau hat das Geld sofort wieder zurückgebucht. Das muss alles kurz nach seinem Unfall passiert sein."

„Na, das ist ja mal wirklich interessant." Bernd kratzte sich am Kinn und sah Heike nachdenklich an.

„Hat Lena auch von weiteren Interessenten für das Grundstück erzählt? Oder von Problemen mit dem Landesamt für Denkmalpflege?"

Heike richtete sich kerzengerade auf. „Nein, wieso?"

„Ach, nur so." Bernd stopfte sich einen besonders großen Bissen in den Mund und Heike bemerkte sehr wohl, dass er nicht weiter über das Thema sprechen wollte.

„Ich dachte mir schon, dass es da Denkmalschutz-Auflagen gibt. Die Schmiede ist doch bestimmt zweihundertfünfzig Jahre alt. Das wird nicht billig", fuhr sie fort. „Da braucht man schon eine Menge Geld, um allen Auflagen gerecht zu werden. Oder was meinst du?"

„Zweihundertsiebenundachtzig Jahre ist sie alt", nuschelte er. „Und ja, ein Umbau wäre kostspielig. Es bräuchte auch ein vernünftiges, überzeugendes Konzept."

„Und das hat der Verein nicht?"

Bernd zog seine Frau zu sich heran und küsste sie. „Du weißt doch, ich darf dir keine Einzelheiten erzählen, solange kein offizieller Beschluss in der Sache gefasst ist."

Heike schmiegte sich zufrieden an ihn. „Aber sicher weiß ich das."

# Freitag, 24. Mai

Gegen vier Uhr morgens schreckte Heike auf, als die Haustür ins Schloss fiel. Einige Minuten später kroch sie schlaftrunken aus dem Bett, schlüpfte in ihre Pantoffeln und tapste in den Flur. Niklas' Schuhe waren weg, das fiel ihr sofort auf. Sie ließ sich auf einen Küchenstuhl fallen und noch während sie dabei war, den Traum abzuschütteln, aus dem sie gerade erwacht war, hörte sie die Feuerwehrsirenen. Nun war an Schlaf nicht mehr zu denken. Jedes Mal, wenn ihr Sohn zu einem Feuerwehreinsatz ausrückte, machte sie sich Sorgen.

„Typisch Muttertier", würde Niklas wieder sagen, könnte er sie in der Küche sitzen sehen, eine tiefe, steile Falte zwischen den Brauen.

Die Falte grub sich noch tiefer in die Stirn, als sie noch weitere Einsatzfahrzeuge mit Sirenen hörte. Schnell warf sie sich eine Jacke über und trat vor die Haustür. Nachdem sie in alle Richtungen geblickt und ihre Nase in den Wind gehalten hatte, bemerkte sie in Richtung Osten, dort wo Heidenbeck lag, eine dunkle Rauchsäule am rosa verfärbten Morgenhimmel.

Gegen halb acht kehrte Niklas zurück, gerade als seine Geschwister das Haus verließen. Trotz seiner körperlichen Erschöpfung und den Ringen unter den Augen wirkte er aufgekratzt. Seine Kleider verbreiteten Rauchgeruch.

„Und? Was ist passiert?" Heike schenkte ihrem Sohn Kaffee ein.

Sie hatte den Frühstückstisch schon wieder abgeräumt mit Ausnahme eines Gedeckes für Niklas.

„Na, gebrannt hat es."

Heike rollte mit den Augen. Sie hasste es, wenn sich ihre Kinder jedes Wort aus der Nase ziehen ließen. Niklas, der seine Mutter nur zu gut kannte, grinste. Gelassen schlürfte er erst seinen heißen Kaffee und begann dann:

„Wir waren in Heidenbeck, bei dem Ökofreak, der vor ein paar Wochen gestorben ist."

„Bei der Heimerle? Ist das Reetdach abgebrannt?"

Niklas nahm sich ein aufgebackenes Brötchen aus den Korb und schüttelte den Kopf. „Sie hat Glück gehabt, dass wir so schnell vor Ort waren. Es hat in ihrem Anbau, diesem Atelier gebrannt, aber wir konnten gerade noch verhindern, dass die Flammen auf das Hausdach übergreifen. Jetzt hat sie natürlich einen riesigen Wasserschaden und muss das Dach ihres Anbaus neu decken lassen."

Heike verschränkte die Arme. „Soso. Das Atelier", murmelte sie.

„Olaf war auch da. Er vermutet Brandstiftung und hat die Polizei in Lüneburg informiert. Die schicken einen Brandermittler."

„Hat Olaf gesagt, warum er von Brandstiftung ausgeht?"

Niklas kaute und antwortete dann mit vollem Mund: „Da lag ein Stein mitten im Atelier und ein Fenster war kaputt. Die Scherben lagen innen."

„Das ist ja interessant!"

„Morgen steht alles in der Zeitung. Es war sogar ein Pressefotograf da." Niklas hielt inne und betrachtete seine Mutter, die gedankenverloren auf den Tisch sah. „Ist was?"

Heike straffte schnell die Schultern und schüttelte den Kopf. „Nein, nein. Ich überlege nur gerade", sie lächelte und holte einen Lappen, um einen Teil der Krümel vom Tisch zu wischen.

„Du überlegst, wer das gewesen sein könnte?" Niklas amüsierte sich sichtlich. „Du hättest Polizistin werden sollen, Mama."

Um zehn Uhr hatte Heike ihre Hausarbeit erledigt und machte sich mit dem Fahrrad auf den Weg zu Agnes. Ungeduldig lugte sie durchs Küchenfenster des kleinen Siedlungshäuschens, nachdem sie geläutet hatte, und genau in diesem Moment öffnete ihre Freundin die Tür.

„Nanu, Heike, du bist heute aber früh dran. Komm herein."

Heike schob sich an Agnes vorbei und marschierte in die Küche. „Stell dir vor, was heute Morgen passiert ist." Dann berichtete sie alles, was Niklas ihr erzählt hatte und schloss: „Ich wette, da steckt die kleine Harms dahinter."

„Hm", machte Agnes. „Es sieht tatsächlich ganz so aus, als wolle jemand Saskia Heimerle vergraulen."

Sie dachte nach. Dass niemand Heribert Heimerle leiden konnte, war Agnes klar. Aber seine Frau? Nach allem, was sie wusste, hatte sie sich aus den Naturschutzaktionen immer herausgehalten, hatte ihre eigenen Interessen verfolgt. Ihre Kunst war nach Agnes' erstem

Urteil vollkommen unpolitisch und nicht geeignet, damit jemandem auf die Füße zu treten. War Lena Harms so erzürnt wegen des zurückgeforderten Geldes, dass sie eine Straftat beging?

„Ich weiß nicht recht, Heike. Lena mag zwar einen ausgeprägten Hang zum Dramatischen haben, und sicher war sie sehr böse auf Saskia Heimerle wegen des versagten Kredites, aber ich kann mir nur schwer vorstellen, dass sie deswegen zur Brandstifterin wird.

„Und wenn sie jemanden dazu angestiftet hat?", entgegnete Heike.

„Ich bin sicher, dass Olaf allen infrage kommenden Spuren und Motiven nachgehen wird."

Heike stimmte ihrer Freundin zu.

„Das wird er sicher tun. Aber ich bezweifle, dass er der Richtige dafür ist, aus diesem Mädchen etwas Brauchbares herauszubekommen."

„Und wer ist deiner Meinung nach für diese Aufgabe besser geeignet?", fragte Agnes. Heike antwortete nicht. Stattdessen setzte sie ein listiges Lächeln auf.

***

Als sich der Chor wieder pünktlich um achtzehn Uhr im alten Pfarrhaus zur Probe traf, war der Brand bei Saskia Heimerle sofort Thema Nummer eins. Alle, die nicht schon im Supermarkt oder durch Heike Rickmann davon gehört hatten, hingen Olaf Dietrichs an den Lippen, als er, auf Geheiß seiner Frau, mit äußerst knappen Worten das Geschehen aus polizeilicher Sicht schilderte.

Nach dem Ende der Chorprobe räumten Heike und Inge wie immer die Notenständer weg. Den ganzen Abend über hatte Heike auf eine passende Gelegenheit gewartet, um sich mit Inge kurz unter vier Augen unterhalten zu können, und jetzt, als sie die Notenständer in die kleine Abstellkammer neben der Küche schafften, war es soweit.

„Sag mal, Inge, unser Niklas meinte, es sei Brandstiftung gewesen. Hat Olaf denn schon einen Verdacht?"

Wie immer zierte sich ihre Cousine ein wenig. Dennoch genoss sie ihre Stellung als die Ehefrau des Polizisten und auch dieses Mal hatte Heike den Eindruck, als leite Inge mit ihrem Mann zusammen die Polizeistelle.

„Du weißt doch, Olaf darf über laufende Ermittlungen nichts erzählen. Aber", sie blickte zur Tür, „natürlich haben wir uns schon unsere Gedanken gemacht. Die Einzige, die der Heimerle wohl nicht ganz grün war, ist Lena Harms. Ich denke, Olaf wird sie sich als Erste vorknöpfen."

Sie hörte abrupt auf zu sprechen, als ihr Mann die Küche betrat.

„Na, seid ihr schon fertig?"

„Ja", meinte Heike. „Wie wäre es mit einem Feierabend-Köm?" fügte sie schnell hinzu. „Inge, sagtest du vorhin nicht etwas von Eierlikör?"

Inge verstand sofort. „Ja, der steht im Kühlschrank. Der muss ohnehin weg. Wo sind Petra und Sanne?"

Es stellte sich heraus, dass neben Inge und Olaf Dietrichs und Heike nur noch Agnes und Enno da waren. Alle anderen hatten sich schon verabschiedet.

Die beiden Herren und Agnes nahmen im Salon Platz, wo der altmodische Kronleuchter warmes Licht verbreitete. Nachdem fünf Schnapsgläser mit Korn und Eierlikör gefüllt waren und sie sich zugeprostet hatten, begann Heike: „Also, wenn das bei der Heimerle nun wirklich Brandstiftung war, dann ist Lena Harms doch bestimmt die Verdächtige Nummer eins."

Als Olaf einen gestrengen Blick in die Richtung seiner Frau warf, ergänzte Heike noch schnell: „Zumindest meinte Niklas das heute Morgen, als er vom Löschen kam."

Sofort wurde Olafs Gesichtsausdruck milder und er schob Heike sein leeres Glas hin.

„Ja, der Brandermittler meinte, das könne Brandstiftung gewesen sein. Er hat sich den faustgroßen Stein angesehen, den wir gefunden hatten und er hat vermutlich auch die Überreste eines Molotowcocktails entdeckt. Aber das ist eine laufende Ermittlung." Er sah Heike mit hochgezogenen Brauen an, die sofort verstand, dass weiteres Nachhaken völlig zwecklos war.

„Ach, Olaf, Lena Harms hat mir erzählt, dass jemand vor ungefähr zwei Jahren die beiden Hunde der Heimerles vergiftet hatte", wechselte Agnes nun das Thema. „Hat sich diese Sache damals eigentlich aufklären lassen?"

Olaf kratzte sich am Hinterkopf. „Das war in der Tat sehr merkwürdig. Herr Heimerle war ziemlich aufgebracht auf die Polizeiwache gekommen, um Anzeige zu erstatten. Und schon am übernächsten Tag hatte er die Anzeige wieder zurückgezogen. Meinte, das hätte sich alles geklärt. Die Tiere hätten irgendwelche giftigen Pflanzen gefressen. Aber ich erinnere mich, dass er das auf meine Vermutung hin zuerst noch für unmöglich gehalten hatte."

„Das ist nun wirklich merkwürdig."

Agnes drehte ihr Glas in den Händen. „Mit anderen Worten, wenn er gelogen hat, dann wusste er, wer seine Hunde getötet hat. Dennoch wollte er die Person vor Strafverfolgung schützen."

Olaf Dietrichs zog die Brauen zusammen, als müsse er sehr angestrengt über Agnes' Worte nachdenken. Dann nickte er. „Ja, ich denke, so kann man das sehen."

„Denken Sie etwa, das könnte in irgendeinem Zusammenhang mit der Brandstiftung stehen?", wollte Enno wissen.

„Ich bin mir nicht sicher", meinte Agnes. „Denn die Brandstiftung richtet sich eindeutig gegen Saskia Heimerle. Das Feuer ist in ihrem Atelier ausgebrochen. Bei der Sache mit den Hunden scheint es sich doch eher um einen Akt zu handeln, mit dem der Täter oder die Täterin Heribert Heimerle treffen wollte, denn nachdem was Lena mir erzählt hat, gehörten die Tiere ihm."

Gedankenverloren ließ sie ihren Blick über den Tisch wandern.

„Das, was diese beiden Fälle aber verbinden könnte, ist der Wunsch nach Rache. Nach Rache und Bestrafung."

# Samstag, 25. Mai

Am Samstagmorgen saß Agnes Plietsch lange am Küchentisch und las ihre Zeitung. Das Feuer in Heidenbeck hatte es auf die Titelseite der Wochenendausgabe geschafft. Neben einer ausführlichen Schilderung der Löscharbeiten gab es in einer Extraspalte noch ein Interview mit dem Brandermittler der Kriminalpolizei, der über seine Tätigkeit aufklärte.

Agnes dachte darüber nach, in welchem Zusammenhang das Feuer und der Tod der Welpen wohl stehen mochten. Und sie überlegte immer noch, ob Heimerles tödlicher Unfall vielleicht doch ein Attentat auf ihn gewesen sein könnte.

Seufzend legte sie ihre Lesebrille beiseite und stand auf, um den Küchentisch abzuräumen. Es war Zeit, es wenigstens vor sich selbst zuzugeben: Sie fühlte sich ganz und gar unausgelastet. Der Schuldienst mit all seinem Trubel und den Herausforderungen fehlte ihr. So war es. Sie wusste auch, dass sie sich dringend ein neues Betätigungsfeld suchen musste. Agnes sah zu Enno Fritjoffs Haus hinüber. Wenigstens er hatte im Ruhestand eine Aufgabe gefunden, nämlich einen Kriminalroman zu schreiben, auch wenn sie den Eindruck hatte, dass er mit seiner Arbeit daran nicht recht von der Stelle kam. Manchmal glaubte Agnes, er trödelte nur herum und war nicht bei der Sache, wenn er, die Hände auf dem Rücken, in seinem Garten auf und ab ging. Sie hatte Enno kurz nach ihrer Pensionierung angeboten, seinen Romanentwurf einmal gegenzulesen, doch er hatte das errötend abgelehnt, und meinte, der Text sei noch längst nicht so weit, ihn jemandem zum Lesen zu überlassen. *Schade eigentlich*, dachte Agnes. Sie hätte gerne mehr über Ennos Arbeit bei der Kriminalpolizei gewusst.

Und schon war sie mit ihren Gedanken wieder bei Heribert Heimerle. Hätte sich das Stückchen Schnur, das sie gefunden hatten, als brauchbare Spur erwiesen, dann hätte Enno sicher darauf gedrungen, mit Olaf darüber zu reden. Stattdessen hatte er ihren Fund gar nicht weiter erwähnt. Und dennoch, wenn ihr Gefühl sie nicht trog, das tat es im Übrigen nur selten, dann war da etwas faul.

Nach kurzer Zeit hatte sie sich einen Plan überlegt, nach dem sie vorgehen wollte.

Als Erstes zog sich Agnes ihre bequemsten Schuhe an und machte einen kleinen Spaziergang auf den Friedhof. Sie rechnete fest damit, Marianne Wiechert dort zu treffen. Marianne hielt trotz ihrer Arthrose nichts von Muße und Stillstand. Heike meinte, sie hätte Hummeln im Hintern, weil sie es, ausgenommen bei Starkregen und Glatteis, nicht fertig brachte, zu Hause auf ihrem Sofa zu sitzen.

Ihr größtes Vergnügen bestand darin, ihren Orthopäden Lügen zu strafen, der ihr schon vor Jahren prophezeit hatte, sie würde demnächst nicht mehr laufen können und deswegen ein künstliches Kniegelenk benötigen. Marianne hatte jedoch beschlossen, den Schmerz auf eigene Faust zu bekämpfen, und zwar mit Kohlblattwickeln, Teufelskrallentee und regelmäßiger

Bewegung. Mindestens einmal pro Woche verkündete Marianne Wiechert, dass sie ihren Arzt im Grunde für einen Quacksalber hielt, der sie seinerseits – zumindest nach Mariannes Bekunden – als medizinisches Wunder betrachtete. Im Übrigen stand sie jedem im Dorf, der sich mit einem Zipperlein an sie wandte, mit Rat und Tat und den Hausmitteln ihrer Großmutter zur Seite. Und das war der Grund, weswegen Agnes Marianne sprechen wollte.

„Hallo, Marianne! Kann ich dir helfen?"

Marianne Wiechert schnippelte gerade an der Buchsbaumhecke herum, die das Grab ihres Ehemannes säumte. Er war vor achtzehn Jahren gestorben.

„Nein, lass gut sein. Ich bin auch schon fast fertig."

Ächzend begab sie sich wieder in aufrechte Position.

„Hast du schon das Grab vom Heimerle gesehen? Die ganzen Kränze und Blumen verwelkt, und niemand fühlt sich zuständig, sie wegzuwerfen." Verständnislos schüttelte Marianne den Kopf, um ihren eigenen Worten Nachdruck zu verleihen.

Dass Marianne gleich das Gespräch über Familie Heimerle eröffnete, kam Agnes sehr gelegen.

„Vielleicht liegt das ja daran, dass Saskia Heimerle momentan mit dem Brand in ihrem Atelier zu tun hat."

Marianne gab ein grimmiges Geräusch von sich, das Agnes vermuten ließ, dass sie einen Brand im eigenen Haus nicht als Entschuldigung für irgendwelche Nachlässigkeiten bei der Grabpflege durchgehen ließ.

„Schön sieht das aus." Agnes deutete auf das ordentlich gepflegte Grab, an dem es nun definitiv nichts mehr zu tun gab. Marianne fühlte sich sichtlich geschmeichelt.

„Wollen wir ein Stück zusammen gehen?" Marianne stimmte gern zu und stellte als Erstes die Harke wieder ordentlich an ihren Platz neben dem Wasserbassin. Dann schlugen sie den Weg zu Heimerles Grab ein. Die verwelkten Pflanzen boten tatsächlich einen traurigen Anblick. Agnes bückte sich, um die vom Regen verklebten Schleifen auseinanderzufalten.

„Deine Kollegen Lutz und Friedhelm", las Agnes laut.

„Wenigstens die Kinder hätten hier für Ordnung sorgen können. Alt genug sind sie schließlich", grollte Marianne weiter. Agnes erhob sich wieder und fragte ganz unvermittelt: „Marianne, ich weiß, du kennst dich sehr gut mit Pflanzen aus. Auch mit Heil und Giftpflanzen." Mariannes grimmiger Ausdruck war nun wie weggewischt und sie sah, wie immer, wenn jemand ihren Rat brauchte, sichtlich zufrieden aus.

„Suchst du was für deinen Garten?"

„Nein, das nicht, zumindest nicht im Augenblick. Aber ich hätte eine Frage zu giftigen Pflanzen. Eine Bekannte von mir hatte einen Hund, von dem sie annimmt, er könne sich in ihrem Garten an einer Pflanze vergiftet haben. Welche Pflanzen könnten denn dafür infrage kommen?"

„War der Hund klein oder groß?"

„Es war ein junger, recht großer Hund." Agnes war froh, dass Marianne keinen Verdacht schöpfte, was sie mit ihrer Frage bezweckte.

„Nun, junge Hunde fressen fast alles. Verderben sich schon mal den Magen. Aber wenn er davon eingegangen ist, und deine Bekannte meint, dass er im Garten etwas gefressen hat, dann soll sie mal schauen, ob sie

Eisenhut hat. Oder Eibe. Thuja könnte auch infrage kommen."

„Da werde ich sie mal fragen, ob sie eine dieser Pflanzen hat", log Agnes.

„Meine Großnichte hatte in Nordtorf ein Pferd im Stall", erzählte Marianne nun. „Da sind vor zwei oder drei Jahren mehrere Pferde umgekommen, weil einer doch tatsächlich Thuja-Heckenschnitt an die Pferde verfüttert hat. Das Pferd meiner Großnichte war auch dabei. Ich weiß noch, dass alle, die im Stall ein und ausgingen, einen Vortrag über Giftpflanzen bekommen haben. Damit sowas nicht noch mal passiert."

„Die armen Tiere! Konnte der Tierarzt denn gar nichts mehr tun?"

Marianne schüttelte den Kopf. „Das ging zu schnell."

„Und hat man den Verdächtigen gefunden?"

„Nein, leider nicht. Es hat sich auch keiner getraut, das zuzugeben. Was meinst du, was das alleine an Schadenswiedergutmachung gekostet hätte? Bei vier toten Pferden!"

„Tja, man kann nur hoffen, dass der Täter lebenslang ein schlechtes Gewissen hat", meinte Agnes.

Es dauerte nicht lange, bis Marianne zu ihrer üblichen Litanei über ihr Kniegelenk und die Ärzteschaft im Allgemeinen ansetzte. Agnes hatte beinahe ein schlechtes Gewissen, dass sie ihr kaum zuhörte. Ihre Gedanken kreisten immer wieder um die getöteten Hunde und die Brandstiftung in Saskia Heimerles Atelier, zwei Akte der Rache, die, so unterschiedlich, wie sie sich darstellten, kaum von ein und derselben Person verübt worden sein konnten. Dennoch war beiden gemeinsam, dass sich hinter ihren Taten ein immenser

Hass verbarg, eine angestaute Frustration, die, um sich auf diese Weise Bahn zu brechen, ein erhebliches Maß an krimineller Energie erforderte.

Bei dem Giftanschlag auf die Hundewelpen tippte Agnes sofort auf eine Täterin. Vielleicht jemand, der Hunde generell nicht mochte. Aber bei der Brandstiftung? Vor ihrem inneren Auge sah sie einen kräftigen Männerarm, der einen faustgroßen Stein mit Präzision und Kraft durch die Scheibe schleuderte, und der anschließend eine brennende Flasche zielgenau durch das geborstene Fenster hinterherwarf.

Trotzdem: Auch wenn dies eher wie die Tat eines Mannes anmutete, konnte natürlich eine Frau die Anstifterin dazu sein. Vielleicht steckte ja wirklich Lena Harms dahinter? Doch nie und nimmer hatte dieses Mädchen etwas mit dem Tod der Welpen zu schaffen, die sie selbst geliebt hatte, und die zu allem Überfluss auch noch ihrem Helden Heribert Heimerle gehört hatten.

Agnes unterdrückte einen Seufzer. Sie hatte sich ganz offensichtlich komplett verrannt.

# Montag, 27. Mai

Heike Rickmann war gerade dabei, Zwiebeln zu schneiden, als das Telefon klingelte. Sie wischte sich die Hände in der Schürze ab und klemmte sich den Hörer zwischen Schulter und Ohr.

„Gut, dass du da bist." Es war ihr Ehemann Bernd. Er rief normalerweise nie um diese Zeit an.

„Ich mache gerade Gulasch. Was gibt es denn so Dringendes?"

„Sag, Heike, kennst du jemanden, der sich gut mit Lena Harms versteht?"

„Mit Lena? Worum geht es denn?" Heike blinzelte ihre Zwiebeltränen weg.

„Das – kann ich dir so jetzt nicht sagen. Aber ich hätte nicht angerufen, wenn es nicht wichtig wäre."

Seine Stimme klang so angespannt, dass bei Heike sofort alle Alarmglocken losschrillten. Sie schloss die Augen und überlegte kurz.

„Agnes hat sich neulich lange mit ihr unterhalten. Ich glaube, sie kann ganz gut mit Lena. Warum willst du das denn wissen?"

„Ist Agnes zu Hause?"

Heike legte die Stirn in Falten. „Um diese Zeit normalerweise schon. Soll ich sie mal anrufen?"

Es gab ein kurzes Schweigen am anderen Ende der Leitung, dann sagte Bernd: „Ich werde einen Streifenwagen vorbeischicken und sie abholen lassen."

„Abholen lassen? Um Gottes willen, Bernd! Nun sag doch schon, was los ist!“

„Lena droht, sich umzubringen. Sie hat sich in der alten Schmiede verbarrikadiert. Olaf wollte ihr nur zur Brandnacht ein paar Fragen stellen. Aber, na ja, es ist alles sehr kompliziert.“

Heike atmete heftig aus.

„Ich fahre jetzt los und bringe Agnes nach Trollingsbüttel. Das geht schneller.“

Ohne den Kommentar ihres Mannes abzuwarten, legte Heike auf. Sie streifte ihre Schürze ab und schrieb ihren Kindern noch eine Notiz: *Gulasch gibt es abends. Es sind noch Kartoffelsalat und Frikadellen im Kühlschrank. Kuss, Mama.*

Dann schlüpfte sie in ihre Schuhe und fischte dabei den Autoschlüssel vom Haken.

Keine drei Minuten später klingelte sie Sturm an Agnes' Tür.

„Zieh dir schnell was über, du musst mitkommen und der Polizei helfen“, überfiel sie ihre Freundin, ohne ihr die Gelegenheit zu geben, auch nur ein Wort zu sagen. Agnes, die eben vom Einkaufen zurückgekehrt war, folgte ihr, ohne sich lange mit Fragen aufzuhalten, zum Wagen.

„Ich glaube, du bist mir allmählich eine Erklärung schuldig“, meinte Agnes schließlich, als sie das Ortsschild von Sommerstorf hinter sich gelassen hatten und die Gemeindestraße entlangbrausten.

Heike gab alle Informationen, die sie von Bernd erhalten hatte, wortgetreu wieder. Agnes schüttelte den Kopf und ihre Freundin warf ihr einen schnellen Seitenblick zu.

„Meinst du, sie hat ein schlechtes Gewissen?“

Agnes knipste ganz in Gedanken den Verschluss ihrer Handtasche auf und zu.

„Ich weiß es ganz ehrlich nicht. Aber ich hoffe, ich werde helfen können.“

Etwa hundert Meter vor der Ortsgrenze von Trollingsbüttel stand ein Streifenwagen am Fahrbahnrand. Ein Polizist wies Heike an, den Wagen zu stoppen. Sie kurbelte das Fenster runter und stellte sich dem Beamten vor.

„Meine Freundin Agnes Plietsch wird vom Polizeihauptmeister Olaf Dietrichs erwartet.“

Der Polizist wandte sich ab, sprach in sein Funkgerät, wartete die Antwort ab und wies Heike schließlich an, weiterzufahren.

Kurz hinter dem Ortsschild war die Straße abgesperrt. Drei Streifenwagen und ein Polizeibus standen dort, dazu mehrere Männer und Frauen in Polizeiuniform.

Heike sog scharf die Luft ein. „Sogar das SEK“, murmelte sie.

Heike und Agnes entdeckten Olaf Dietrichs gleichzeitig. Er lief zusammen mit einem anderen Polizisten auf und ab und war sichtlich angespannt, doch er versuchte zu lächeln, als sie ausstiegen.

„Gut, dass das geklappt hat.“ Er wandte sich sogleich an Agnes.

„Lena hat sich im Haus verbarrikadiert. Hat gedroht, alles anzuzünden, wenn wir nicht gehen.“

Heike schlug sich die Hand vor den Mund und Agnes zog die Stirn in Falten.

„Hat sie denn ein Telefon bei sich?", wollte sie von Olaf wissen.

„Das wissen wir nicht. Außerdem hat keiner ihre Nummer."

An seine Kollegen gewandt, sagte er: „So, das ist die Dame, die uns vielleicht weiterhelfen kann."

Die Polizistinnen und Polizisten nickten Agnes zu, und machten den beiden Platz, damit sie an den Absperrbarken vorbeikamen. Ungefähr fünfzig Meter vor ihnen gabelte sich die Straße. Rechts, verborgen von Rotdorn und dicht belaubten Sträuchern, lag die Schmiede. Als das baufällige Haus endlich in Sichtweite war, zögerte Agnes. „Sollte ich nicht besser alleine gehen? Vielleicht fürchtet sie sich vor der Polizei."

Olaf kratzte sich am Hinterkopf. „Ja, das wird wohl besser sein. Ich folge dir, sobald ich dich mit ihr sprechen höre. Außerdem sind schon einige Kollegen an der Rückseite des Hauses bei den Campingwagen."

Die Vorstellung, nicht ganz allein mit einer mutmaßlichen Brandstifterin zu sein, beruhigte Agnes und verlieh ihr die nötige Zuversicht für ihr Unterfangen. Sie legte alle Ruhe und Gelassenheit in ihre Stimme, die sie aufbringen konnte, als sie vor der Tür stand und dem Mädchen zurief: „Lena? Hallo, Lena, ich bin es, Agnes Plietsch!"

Sie betrachtete die Front des Fachwerkhauses. Die Haustür schien fest geschlossen. Vermutlich hatte Olaf vorhin den schmucklosen Türklopfer betätigt. Der Türknauf fehlte und grüne Farbe war bereits großflächig abgeblättert. Auf der linken Seite der Tür gab es ein vollkommen verwittertes, schiefes Sprossenfenster, an dem ebenfalls Reste grüner Farbe zu sehen waren. Die äußeren Scheiben des Fensters waren zerbrochen. Rechts neben der Tür gab es drei Stallfenster, deren Scheiben zwar intakt, jedoch blind von jahrzehntealten Schmutzablagerungen waren. Einige Klinkersteine waren aus der Fassade herausgebrochen oder herausgefallen und lagen in den Brennnesseln, die vor dem Haus wuchsen.

Auf dem steilen Eternitdach war eine kleine Gaube aufgepflanzt, die wie ein Fremdkörper wirkte. Und in dieser Gaube öffnete sich nun ein Fenster.

„Gehen Sie weg! Gehen Sie und sagen sie den Polizisten, sie sollen abhauen, sonst zünde ich hier alles an! Ich habe zwei Benzinkanister bei mir!"

Lenas Stimme klang schrill vor Angst. Konnte sie sich von der Polizei derart in die Enge getrieben fühlen? Oder, schoss es Agnes durch den Kopf, wurde sie von einer Person im Haus bedroht?

„Bist du alleine, Lena?", rief sie hoch.

Das Mädchen zögerte. „Ja", sagte sie schließlich.

„Lena, ich möchte dir helfen. Ich würde gerne ungestört mit dir reden. Ist das möglich?"

„Sie können nicht hier rein." Wieder schwang ein Anflug von Panik in ihrer Stimme mit.

„Wovor hast du solche Angst?"

„Ich habe keine Angst!"

Agnes rang sich ein Lächeln ab. „Gut, dann kannst du ja zu mir nach draußen kommen. Wir könnten eine kleine Runde spazieren gehen."

Lena lachte schrill.

„Sie können mich nicht reinlegen. Also gehen sie besser."

Agnes erkannte im schwankenden Ton von Lenas Stimme ihre Chance.

„Es gibt für alle Probleme eine Lösung, Lena. Und du willst doch nicht den Rest deines Lebens hier drinnen bleiben."

„Doch, genau das will ich", jammerte sie nun. „Wir lassen uns nicht von hier vertreiben. Das ist unser Haus. Heribert hat es uns versprochen!"

Daher wehte also der Wind. Es ging Lena nicht – oder zumindest nicht nur – darum, sich von dem Verdacht der Brandstiftung reinzuwaschen.

„Wer sagt denn, dass ihr die alte Schmiede verlassen sollt?"

„Von Soest will unser Haus räumen lassen. Am Ende des Monats!" Lena begann zu schluchzen.

„Nun, da bleiben ja noch ein paar Tage, in denen man über alles sprechen kann. Herr von Soest sagtest du? Der Bauunternehmer aus Süderingen?" Agnes überlegte fieberhaft, wie es ihr gelingen könnte, mit dem Mädchen im Gespräch zu bleiben. Lena machte auf sie den Eindruck eines Kätzchens, das auf einen Baum geklettert war und nun nicht mehr wusste, wie es alleine wieder herunterkam.

„Von Soest will uns aus unserem Haus verjagen. Er sagt, die alte Schmiede gehöre nun ihm. Und es sei gefährlich hier drin. Aber das glauben wir ihm nicht."

Agnes' ratloser Seufzer mischte sich mit einem langgezogenen Stöhnen, das aus dem Haus zu kommen schien. Ein wenig irritiert blickte sie zu Lena Harms hinauf. Auf dem verweinten Gesicht des Mädchens spiegelte sich plötzlich maßloses Erstaunen, das sogleich blankem Entsetzen wich. Im nächsten

Augenblick war sie verschwunden. Gleichzeitig stob unter lautem Ächzen des Hauses eine gigantische Staubwolke aus dem Fenster, die Lenas Schrei aus dem Inneren beinahe erstickte. Das Poltern ging über in ein Bersten und Splittern von Holz, der Boden bebte und nach wenigen Sekunden lag das Haus stumm da, während der Staub auf Agnes herabrieselte.

Kräftige Arme rissen sie zur Seite und schoben sie energisch Olaf entgegen, der ganz plötzlich hinter ihr aufgetaucht war. Noch ehe Agnes begriffen hatte, was gerade geschehen war, stürmten Polizisten auf das Haus zu und riefen nach Lena.

Auch Heike war nun da und starrte mit ungläubigem Entsetzen auf das Haus, auf das immer noch Staub herabregnete.

„O mein Gott, ist die Schmiede nun eingestürzt?"

„Wir brauchen die Feuerwehr, und wenn es geht, auch das THW!", brüllte einer der Polizisten und beantwortete damit Heikes Frage.

Minuten, die sich wie Stunden anfühlten, vergingen, ehe der erlösende Klang von Sirenen ertönte. Die Feuerwehr und ein Notarzt, dicht gefolgt von einem Rettungswagen, rauschten heran und bald darauf war auch schon das von den Rettungskräften ersehnte Bergungsfahrzeug des Technischen Hilfswerkes da.

Agnes hakte sich bei Heike unter und sie entfernten sich von der Schmiede, um den Rettungskräften nicht im Weg zu stehen. Stumm warteten sie in der Nähe und hofften bange Minuten auf eine erlösende Nachricht. Der Tonfall der Helfer veränderte sich plötzlich und Olaf lief auf sie zu.

„Sie haben sie, sie lebt!"

Erleichtert fielen sie einander in die Arme.

„Wie geht es dem Mädchen? Ist sie bei Bewusstsein?" Agnes hatte sich aus Heikes Umarmung gelöst und machte einige Schritte auf die Sanitäter zu.

Dr. Jordan erhob sich und nickte Agnes zu.

„Sie hat verdammtes Glück gehabt."

In diesem Moment wandte Lena den Kopf. Ihr Gesicht war zerkratzt und das blonde Haar vom Ziegelstaub rot verfärbt. Sie sah Agnes so jämmerlich an, dass diese nicht anders konnte, als zu ihr zu gehen.

„Ronny", flüsterte Lena. „Er ist noch im Haus. Ihr müsst ihn retten."

Agnes' Herz machte einen Satz.

„Es ist noch jemand im Haus!", rief sie. Dies löste sofort hektische Aktivität unter den Helfern aus.

Nachdem der Rettungswagen mit Lena in Richtung Lüneburg aufgebrochen war, machten sich auch Heike und Agnes auf den Rückweg nach Sommerstorf. Am späten Nachmittag erhielt Agnes schließlich den erlösenden Anruf von Heike.

„Gerade habe ich Nachricht von Olafs Inge erhalten. Sie haben es geschafft, der Junge lebt! Er ist unverletzt geblieben."

Erleichtert sank Agnes in ihren Sessel.

„Das ist eine gute Nachricht. Wer ist der Junge? Ich hatte vorhin nur Ronny verstanden und mir die ganze Zeit Gedanken gemacht, ob ich ihn kenne."

„Er heißt Ronny Piontek und studiert in Lüneburg", antwortete Heike. „Er kommt aber nicht aus der Gegend. Agnes, was hältst du davon, wenn wir uns morgen Nachmittag treffen? Auf den ganzen Schreck haben wir uns Kaffee und ein schönes Stück Kuchen verdient.“

***

Bernd Rickmann kam an diesem Abend später als sonst nach Hause.

„Was für ein Tag“, stöhnte er, als er sich auf das Sofa fallen ließ.

Heike holte zwei Flaschen Bier aus dem Kühlschrank und schenkte erst ihrem Mann, dann sich ein Glas voll.

„Inge hat mich heute angerufen, um mir zu sagen, dass sie den Jungen gefunden haben. Was sind das nur für dumme Kinder! Sich in ein baufälliges Haus einzuquartieren.“

„Noch dazu eines, das ihnen gar nicht gehört.“

Bernd nahm einen kräftigen Schluck. „Vorhin rief mich noch die Zeitung an und wollte wissen, wie die lokale Politik mit Hausbesetzern umzugehen gedenkt. Sie hätten für Mittwoch ein Interview mit einigen sogenannten Aktivisten geplant, die behauptet haben, es sei Schuld der Polizei, dass Lena und dieser Student beim Einsturz des Hauses verletzt worden sind.“

„So ein Blödsinn! Die Polizei war zig Meter weit entfernt, als es passierte. Die sollten lieber froh sein, dass Polizei vor Ort war. Wer weiß, ob dieser Unfall sonst so glimpflich ausgegangen wäre. Was ist eigentlich mit diesem Studenten, der mit im Haus war? Ich habe von Inge nur gehört, dass ihm nichts passiert ist.“

„Er hat lediglich ein paar Schrammen abbekommen, und ist den Rettungskräften einfach entwischt. Tja, angeblich haben sich diese jungen Leute nur in der

112

Schmiede verschanzt, um sich gegen eine Zwangsräumung zu wehren.“

„Wem gehört die alte Schmiede denn jetzt? Dem von Soest etwa?“

Bernd sah seine Frau an. „Das hat sich ja schnell herumgesprochen. Heinrich von Soest hat letzte Woche das Grundstück mitsamt der baufälligen Schmiede gekauft. Da er natürlich um den baulichen Zustand des Hauses wusste, hat er die jungen Leute des Grundstückes verwiesen und ihnen mit einer Anzeige wegen Hausfriedensbruchs gedroht. Er hat natürlich auch schon verschiedene Pläne zur Restaurierung und Nutzung des Gebäudes, aber da wird erst mal noch verhandelt, was davon umsetzbar ist.“

„Das ging aber schnell mit dem Kauf. Er scheint ja schon mit scharrenden Hufen gewartet zu haben, dass Saskia Heimerle vom Kaufvertrag zurücktritt.“

„Frau Heimerle war nie an dem Haus interessiert, soweit ich informiert bin. Der Verein *NaturSchmiede* wollte das Grundstück haben. Den haben diese jungen Hausbesetzer gegründet und Heribert Heimerle hatte sie lediglich rechtlich beraten, habe ich gehört.“

„Und ihnen das Geld für den Kauf zur Verfügung gestellt. Das hat Lena jedenfalls behauptet.“

Bernd nickte. „Soweit ich nun weiß, hatte von Soest schon länger Interesse an dem Grundstück. Die Eigentümer der Schmiede hatten ihn zunächst mit einer Expertise beauftragt und hatten vor, ihn mit der Instandsetzung des Gebäudes zu beauftragen, wollten aber partout nicht an ihn verkaufen.“

Heike tippte sich nachdenklich mit dem Zeigefinger an die Nase.

„Dann scheinen sie in Geldnöten zu sein, die ehemaligen Besitzer. Wenn sie so plötzlich ihre Meinung ändern."

„Mag sein, aber erstens kenne ich die Leute nicht, und außerdem fiele das unter mein Dienstgeheimnis."

Mit diesem Satz machte er den Fernseher an und signalisierte Heike, dass das Gespräch über die Schmiede für ihn beendet war.

# Dienstag, 28. Mai

Am Nachmittag trafen sich Agnes und Heike wie verabredet zum Kaffee. Heike hatte Eierlikörmuffins gebacken, die im ganzen Haus einen unwiderstehlich süßen Duft verbreiteten.

„Ich habe im Wohnzimmer gedeckt", rief Heike über die Schulter, als Agnes ihre Strickjacke an der Garderobe aufhängte. Sie füllte noch schnell den Kaffee in die Thermoskanne um und folgte dann ihrer Freundin.

„Gerade habe ich noch mit Petra telefoniert." Heike schenkte Kaffee ein und setzte sich endlich.

„Was die Planung des Dorffestes angeht, sind wir wirklich gut in der Zeit." Heike nahm sich ein Muffin von der Etagere.

„Petra hat die Musik organisiert, eine Gruppe, die tanzbare Oldies spielt."

„Dann also nicht die Jazzband, von der du mir neulich erzählt hast?", fragte Agnes.

„Nein, die waren schon ausgebucht. Und ich glaube, mit Petras Wahl sind wir, was das Tanzen angeht, ohnehin besser dran."

Agnes nickte zufrieden. Sie liebte es zu tanzen. Da sie nur selten die Gelegenheit dazu hatte, freute sie sich besonders darüber, dass Petra sich, genau wie in den letzten beiden Jahren, darum gekümmert hatte.

„Für Getränke wird sicher wieder Eugen sorgen. Ohne sein selbstgebrautes Dorfkrugbier kann ich mir ein Dorffest gar nicht vorstellen."

Heike nickte zustimmend. „Außerdem gibt es wieder eine Sektbar. Und mit etwas Glück sogar Pimm's Bowle. Den Kuchen werden wir vom Dorfverein stellen. Vielleicht kannst du ja auch noch ein Blech Donauwellen beisteuern."

„Gerne!", beteuerte Agnes. „Das habe ich auch Inge schon versprochen."

„Und grillen werden wieder die Jungs von der Feuerwehr. Die Einnahmen sollen in ihre neue Ausrüstung investiert werden, erklärte Heike. „Gerade jetzt wissen wieder alle, wie wichtig eine gut funktionierende Dorffeuerwehr ist. Hoffentlich spenden die Leute auch großzügig."

„Das wäre in der Tat in jedermanns Interesse", stimmte Agnes ihr zu. Sie hielt kurz inne und fügte dann hinzu: „Aber da wir gerade von Feuer sprechen, was machen wir nun mit der Bilderausstellung?"

Heikes Gesicht verdunkelte sich. „Vermutlich ist der Heimerle die Lust am Dorffest vergangen. Wer weiß, was von ihren Bildern noch übrig ist."

Agnes nickte nachdenklich und seufzte dann. „Vermutlich werden die meisten ihrer Sachen allein durch das Löschwasser verdorben sein. Ich werde mich morgen mal auf den Weg zu ihr machen und sie fragen."

Heike stimmte ihr zu. „Gute Idee. Ach, und da fällt mir noch was ein."

Während sie Kaffee nachschenkte, erzählte sie Agnes alles, was sie über den Kauf der alten Schmiede von ihrem Mann erfahren hatte.

„Und jetzt wüsste ich nur zu gerne, wem die Schmiede vorher gehört hat. Es wird wohl jemand aus Trollingsbüttel sein", schloss sie ihren Kurzvortrag.

„Vielleicht sollten wir Marlies fragen. Wenn jemand das weiß, dann sie."

Marlies Weber war mit Abstand die neugierigste Frau, die Agnes kannte. Sie wusste nahezu alles über die Bewohner zwischen Nordtorf bis Seebeck und vermutlich auch darüber hinaus. Besonders wenn es um Verwandtschafts- und Besitzverhältnisse ging, hatte Marlies ein brillantes Gedächtnis. Außerdem brannte sie geradezu darauf, ihren Wissensschatz mit anderen zu teilen.

„Du hast recht, Agnes. Wenn es über die ehemaligen Besitzer der Schmiede irgendetwas Interessantes in Erfahrung zu bringen gibt, dann hat Marlies das bestimmt schon herausgefunden. Und wie wir wissen, wird sie damit nicht lange hinterm Berg halten."

Damit sollte Heike recht behalten.

# Mittwoch, 29. Mai

Nachdem Agnes ihre Einkäufe und die Hausarbeit erledigt hatte, holte sie ihr Fahrrad aus dem Schuppen. Es war beinahe windstill und sonnig, sodass sich ihre Tour nach Heidenbeck wesentlich angenehmer gestaltete.

Nach gerade einmal zwanzig Minuten gemütlicher Fahrt hatte sie das Anwesen der Heimerles erreicht. Sofort fiel ihr auf, dass nur noch zwei Autos im Carport standen, der alte Kombi mit seinen Aufklebern an der Heckscheibe und am Kofferraumdeckel und der kleine dunkle Seat.

Das Dach des Ateliers war mit Kunststoffplanen abgedeckt und die Wände wiesen Rußspuren auf. Es grenzte an ein Wunder, dass das Haus keinen Schaden genommen hatte. *Ein Jammer um die hübschen Bilder,* dachte sie und stellte ihr Fahrrad vor der Bank neben der Haustür ab.

Agnes hatte die Hand noch nicht von der Klingel genommen, als sich die Tür öffnete.

„Guten Tag, Frau Heimerle, ich hoffe, ich störe nicht."

Saskia Heimerle schüttelte den Kopf und setzte ein frostiges Lächeln auf. „Kommen Sie herein. Möchten Sie etwas trinken?" Sie trat einen Schritt zu Seite.

„Oh, gerne."

Agnes folgte Frau Heimerle in die Küche, die so groß war, wie das gesamte Erdgeschoss in Agnes' Haus.

Staunend ließ sie den Blick durch den Raum schweifen. Sie hatte noch nie eine so edel ausgestattete und gleichzeitig auf alt getrimmte Küche gesehen. Die Möbel schienen aus lauter Einzelstücken zu bestehen, waren aber in Größe und Stil perfekt aufeinander abgestimmt. Auch die Elektrogeräte sahen nur auf den ersten Blick wie Antiquitäten aus. In Wirklichkeit verbarg sich hinter der altmodischen Fassade hochmoderne Technik. Selbst das Waschbecken wirkte antik, war aber bestimmt ein teures Designerstück.

„Der Fußboden besteht aus antiken Ziegelsteinen", erläuterte Saskia Heimerle, als wäre Agnes zu einer Hausbesichtigung gekommen. „Und die Wandfliesen sind alle handbemalte Unikate, die englischen Keramikfliesen aus dem neunzehnten Jahrhundert nachempfunden sind. Der Eichentisch ist ebenfalls neunzehntes Jahrhundert, er stammt allerdings aus dem süddeutschen Raum."

„Ich habe noch nie eine so prachtvolle und individuelle Küche gesehen."

Trotz aller Bewunderung fragte Agnes sich mit einem Blick auf Saskia Heimerles knochige Gestalt, ob irgendjemand aus der Familie diese Küche je genutzt hatte, außer um grünen Salat zuzubereiten. Dabei musste sie an Heikes wundervolle, herrlich duftende Kuchen denken, und bekam Appetit.

Frau Heimerle war indes zufrieden mit Agnes' Lob und Bewunderung und goss ihrem Gast großzügig ein Glas Wasser ein.

„Ich nehme an, Ihr Besuch hat einen bestimmten Grund", stellte Saskia Heimerle fest.

Zwar irritierte sie im ersten Moment Frau Heimerles Direktheit, dennoch war Agnes auch erleichtert, dass sich ihr Besuch nicht durch allerhand Höflichkeitsfloskeln oder Small Talk unnötig in die Länge ziehen würde.

„Natürlich haben Sie gerade Wichtigeres zu tun nach dem Brand in Ihrem Atelier. Aber ich wollte Sie dennoch fragen, ob Sie noch an einer Beteiligung an unserem Dorffest interessiert sind.“

Agnes hoffte, die Frage, ob es denn überhaupt noch etwas auszustellen gab, taktvoll genug verpackt zu haben.

„O ja, das Dorffest. Das hätte ich tatsächlich beinahe vergessen. Wenn es eine Möglichkeit gibt, einige Bilder auszustellen, würde ich das gerne tun. Sie sagten, die örtliche Presse wird anwesend sein?“

„Ich denke schon“, meinte Agnes. „Und es freut mich sehr für Sie, dass nicht alle ihre Bilder verbrannt oder vom Löschwasser verdorben sind.“

„Um ehrlich zu sein, haben meine Sachen keinerlei Schaden genommen. Ich hatte einen großen Teil am Tag vor dem Brand ins Haus geholt. Und meine Tochter, die das Feuer gleich bemerkt hatte, hat den verbliebenen Rest gerettet. Allerdings sind alle aktuellen Arbeiten von Herrn Lorenz Arndt vollkommen zerstört. Er ist jetzt gerade in Berlin, um mit seinem Auftraggeber einen späteren Abgabetermin seiner Entwürfe auszuhandeln.“

Agnes war sich nicht sicher, ob sie ihre Glückwünsche oder ihr Bedauern zum Ausdruck bringen sollte. Also nickte sie nur ernst.

„Nun, wenn Sie also immer noch Interesse daran haben, ihre Werke bei uns im alten Pfarrhaus auszustellen, dann freut uns das sehr. Vielleicht sollten Sie Anfang nächster Woche vorbeikommen, um sich den Raum anzusehen. Wäre das möglich?“

Agnes notierte ihre Telefonnummer, und Saskia Heimerle versprach, sich bei ihr zu melden. Es gab nun keinen Grund mehr, noch länger in der frostigen Gesellschaft Saskia Heimerles zu verweilen.

„Wie geht es Leandra?“, fragte Agnes, indem sie sich erhob. „Ist sie denn schon umgezogen?“

Saskia Heimerle stutzte und Agnes konnte nicht ausmachen, ob sie sich über das Interesse an ihrer Tochter wunderte, oder sich erst an Leandras Adresse erinnern musste.

„Ihr Umzug hat sich noch mal um einige Wochen verschoben“, antwortete sie schließlich. „Die Wohnung ist noch nicht fertig renoviert.“

„Vielleicht begleitet Leandra Sie ja zum Dorffest, wenn sie ohnehin noch hier wohnt. Ich würde mich jedenfalls sehr freuen, sie wiederzusehen.“

„Ich werde es ihr ausrichten.“

Mit diesen Worten begleitete sie Agnes zur Haustür und schloss hinter ihr ab.

***

In der Küche nahm Saskia den Zettel mit der Telefonnummer der Lehrerin und legte ihn in ihr Adressbuch. Saskia war noch immer hin- und hergerissen von der Möglichkeit, über das Dorffest in der regionalen Kulturszene Fuß zu fassen und der Sorge, von der

Dorfgemeinschaft und ihrer klaustrophobischen Enge vereinnahmt zu werden.

Immerhin hatte die Plietsch auf peinliche Beileidsbekundungen verzichtet. Oder auf dumme Fragen zu Lorenz, auch wenn ihr die Frage nach ihm sicher auf der Zunge gebrannt hatte. Ja, sie konnte die Gedanken anderer Menschen förmlich sehen, wie sie immer denselben ausgetretenen Spuren, denselben konventionellen Mustern folgten.

Saskia war selbstverständlich klar, dass sich das ganze Dorf das Maul über sie und Lorenz zerriss. Schon auf Heriberts Beerdigung hatte sie bemerkt, wie die Leute sie beobachtet hatten, in der Hoffnung und Erwartung, irgendeine anstößige Geste, ein falsches Wort oder einen verdächtigen Blick zwischen ihnen auszumachen.

Es war egal, was sie sagte oder tat, alle Welt glaubte, sie und Lorenz hätten eine Affäre, ein Verhältnis, oder wie auch immer diese Spießer das nennen mochten, was zwischen ihnen beiden war. Dabei hatten sie alle keine Ahnung.

Ihr Ehemann war da nicht besser gewesen. Ein eifersüchtiger, alter Trottel, der in seiner Kleinkariertheit besser in das Dorf gepasst hatte, als ihm lieb gewesen war. Sie hatte Heribert immer wissen lassen, dass sie ihn nur aus Trotz geheiratet hatte, und das hatte er ihr nie verziehen. Umso geflissentlicher hatte er ignoriert, wie wenig sie von Anfang an zueinander gepasst hatten.

Ihre Mutter hatte sie noch gewarnt. Sie war der Meinung gewesen, Heribert hätte es vor allem auf ihr Geld abgesehen. Doch das stimmte nur zum Teil.

Saskia schüttelte unwillkürlich den Kopf. Wie viel Wert Männer doch immer auf Sex legten. Heribert hatte geglaubt, nur weil es ein paarmal gut gelaufen war im Bett, würde der Rest sich fügen, würde sie sich einem halbgebildeten Emporkömmling fügen, der sie und ihr Geld als seine Trophäe betrachtete. Ihre Bewunderung, nach der er immer wie ein Hund geheischt hatte, hatte sie ihm versagt, denn er hatte sie nicht verdient.

Er war ein Mann gewesen, dessen Prinzipien ausschließlich der Selbstinszenierung dienten, der von anderen die Moral forderte, die er selbst nicht besaß. Je mehr er versucht hatte, seine Selbstgefälligkeit und Rechthaberei hinter seiner politischen Gesinnung zu verbergen, desto mehr hatte sie ihn verachtet.

Versonnen blickte Saskia aus dem Küchenfenster auf den Hof.

Sie hatte drei Fehler in ihrem Leben begangen, die sie in ihrem Fortkommen und ihrer Entwicklung als Künstlerin behindert hatten.

Die ersten beiden Fehler waren ihre Heirat und dann die Kinder gewesen, die sie von Heribert bekommen hatte. Und der dritte war, Heribert freie Hand beim Kauf des Hauses zu lassen.

Der einzige Grund, weshalb sie sich nicht getrennt hatten, war natürlich das Geld gewesen, ihr Erbe, das in diesem gemeinsamen Haus steckte. Sie hatte ihm mehrere Male vorgeschlagen, sich zu trennen, allerdings nur unter der Bedingung, dass er keinen Anspruch auf ihr Geld erhob.

„Nur über meine Leiche“, hatte er ihr jedes Mal geantwortet. Nun, zumindest dieser Wunsch war ihm erfüllt worden.

***

Als Agnes aus Heidenbeck zurückkam, stand Enno am Zaun und winkte ihr zu.

„Hallo, Enno!“

Sie schob ihr Fahrrad in den Garten und lief dann über die Straße, da Enno ihr offensichtlich etwas mitzuteilen hatte.

„Hallo, Agnes, ich wollte Ihnen nur sagen, dass ich heute beim Literaturcafé nicht dabei sein werde. Ich habe eine Verabredung in Lüneburg mit meinen ehemaligen Kollegen. Wären Sie so nett, mich bei den Damen zu entschuldigen?“

„Aber natürlich!“

Sie hielt einen Moment inne. „In Lüneburg sagten Sie?“

„Ja, genau. Mein Kollege Jürgen Thiess feiert sein vierzigjähriges Dienstjubiläum. Das hatte ich fast vergessen.“

„Würden Sie mich mit nach Lüneburg nehmen?“

„Natürlich, sehr gerne sogar! Aber was ist mit den Vorbereitungen für das Dorffest? Wollten Sie da heute nicht noch etwas besprechen?“

Agnes winkte ab. „Das geht auch ohne mich. Ich werde gleich bei Heike anrufen und uns beide für heute Nachmittag entschuldigen. Wann wollten Sie denn losfahren?“

Enno überlegte kurz. „So gegen vierzehn Uhr, dann bin ich inklusive Parkplatzsuche rechtzeitig dort. Und bleiben wollte ich bis längstens neunzehn Uhr. Wollten Sie in Lüneburg etwas besorgen?"

Agnes schüttelte den Kopf. „Ich wollte einen Krankenbesuch machen. Lena Harms liegt doch im Klinikum."

„O ja. Das ist eine gute Idee. Was ist mit ihrer Mutter? Sie hatten mir doch erzählt, dass sie nach der Trennung ihrer Eltern bei ihrer Mutter aufgewachsen ist."

Agnes zuckte die Schultern. „Wie das Verhältnis der beiden zueinander ist, weiß ich nicht. Aber ich bin mir sicher, sie wird mir das heute erzählen. Dann komme ich also kurz vor zwei zu Ihnen."

Die Stunde bis zur Abfahrt verging wie im Fluge. Zuerst telefonierte Agnes mit Heike, um Enno und sich für den Nachmittag zu entschuldigen, und um ihr zu sagen, dass Saskia Heimerle sich mit einer kleinen Bilderausstellung am Fest beteiligen wollte. Dann suchte sie zwischen den Knabbereien, die sie in ihrem Vorratskeller aufbewahrte, nach Schokolade und fand schließlich eine hübsche kleine Schachtel mit Pralinen, die sie Lena mitbringen wollte.

Pünktlich um zehn Minuten vor zwei schloss sie ihre Haustür ab und ließ den Schlüssel in ihre Handtasche gleiten. Gerade in diesem Moment trat Enno aus der Tür. Er trug eine dunkelblaue Windjacke, der man ansah, dass sie lange Zeit zusammengefaltet im Schrank gelegen hatte.

„So, dann wollen wir mal", sagte Enno gut gelaunt. „Schön, dass Sie mich begleiten. So wird mir die Fahrt nicht eintönig."

Agnes lächelte. „Ich muss mich bei Ihnen bedanken, dass Sie mich mitnehmen. „Heute war ich übrigens bei Frau Heimerle, das hatte ich vorhin ganz vergessen zu erzählen."

Sie berichtete Enno, was sie bei ihrem Besuch erfahren hatte.

„Wenn ich sie richtig verstanden habe, dann ist kein einziges ihrer Bilder beschädigt worden. Ist das nicht ein glücklicher Zufall?"

Enno Fritjoff schwieg einen Moment, bevor er ihr antwortete. „Das finde ich allerdings schon sehr merkwürdig."

Agnes sah ihn verwundert an. „Sie glauben also, es war kein Zufall?"

„Zumindest würde ich als Ermittler noch mal alle Spuren sehr gewissenhaft überprüfen."

Mit gerunzelter Stirn blickte sie geradeaus auf die Fahrbahn.

Ob Saskia Heimerle die Brandstiftung nur inszeniert hatte, um ihre Brandschutzversicherung zu betrügen? Möglicherweise hing das mit der Galerie zusammen, die sie bauen lassen wollte. Und vielleicht, bei diesem Gedanken wurde ihr unbehaglich, hatte Leandra ihrer Mutter bei diesem Betrug geholfen.

***

An diesem Mittwoch trafen sich nur drei Frauen zum Literaturcafé.

Nachdem Petra Mützel von ihrem zuletzt gelesenen Liebesroman erzählt und Heike Rickmann einen spannenden, wenn auch unblutigen Detektivroman angepriesen hatte, meinte Inge Dietrichs plötzlich: „Wer weiß, wie sich das bei uns aus kriminalistischer Sicht weiterentwickelt."

Alle sahen sie mit großen Augen an. Als Ehefrau des Polizisten kam ihren Worten in diesem Fall natürlich besondere Bedeutung zu.

„Wie meinst du das?", wollte Petra wissen und schob sich ein Stück Rhabarberkuchen in den Mund.

„Na, haben wir nicht auch eine Leiche?", entgegnete Inge. „Und einen Fall von Brandstiftung? Außerdem ist da noch dieser höchst verdächtige Verein *Natur-Schmiede*! Ich bin ja schon gespannt auf den Hintergrundbericht in der Zeitung zum Einsturz der Schmiede. Olaf ist heute Morgen von einem Lokalreporter interviewt worden. Er wollte alles über den Polizeieinsatz wissen."

„Mit der Leiche meinst du wohl den Heimerle", bemerkte Petra. „Aber das war doch nur ein Unfall und kein Mord, wie in Heikes Kriminalroman!"

Inge nickte. „Aber das Feuer bei der Heimerle", entgegnete sie, „das war Brandstiftung. Es gibt ja nicht so viele Möglichkeiten, wer dahinterstecken könnte. Und denkt doch nur mal an die Szene bei Heimerles Beerdigung!"

„Was denkst du, Heike?", fragte Petra. „Meinst du, Lena und ihre Freunde würden so weit gehen und der Heimerle das Haus anzünden, nur weil Lena mit ihr einen Streit hatte?"

Heike hatte den beiden sehr aufmerksam zugehört und machte nun ein ernstes Gesicht. „Ich denke, da könnte schon was dran sein, aber nur aufgrund von Vermutungen ein Urteil fällen? Ich denke, wir sollten abwarten, was die Auswertung der Spuren ergibt, die die Polizei gesichert hat.“

„Ja, da hast du wohl recht“, seufzte Inge, wobei ein großes „Aber“ im Raum stehen blieb und jede der Anwesenden merkte, wie Inge eine entsprechende Bemerkung hinunterschluckte.

„Tja, und weil wir gerade beim Thema sind“, fuhr Heike fort, „die Heimerle will trotz alledem ihre Bilder beim Dorffest ausstellen. Was haltet ihr davon, wenn wir ihr die Eingangshalle des alten Pfarrhauses zur Verfügung stellen?“

„Das ist eine gute Idee“, antwortete Petra. „Dann können sich die Leute ihre Bilder ansehen, wenn sie am Kuchenbuffet anstehen.“

„Ich dachte, ihr Atelier ist ausgebrannt! Hat sie denn noch etwas, das man ausstellen *kann*?“, fragte Inge verwundert.

„Doch“, meinte Heike. „Agnes hat gestern Saskia Heimerle besucht, weil sie eben wissen wollte, ob sie überhaupt mitmachen kann. Und sie sagte zu Agnes, dass ihre Bilder alle heile geblieben sind.“

„Na, da hat sie ja noch mal Glück gehabt“, bemerkte Inge spitz.

„Du hast dich um die Kuchen gekümmert, Inge.“ Heike wandte sich ihr zu. „Wie viele sind es denn?“

„Sechzehn Stück bekommen wir gespendet“, antwortete Inge stolz.

„Hat euch der Rhabarberkuchen geschmeckt?", fragte Petra dazwischen. Inge und Heike zeigten sich begeistert von Petras neuem Rezept, sodass sie mit geröteten Wangen zusicherte, diesen Kuchen für das Dorffest zu backen.

„Wo wollen wir die Tische für den Bücherbasar aufstellen, wenn die Bilder in der Eingangshalle stehen?", fragte Inge nun. „Meine Nachbarin hat nämlich angeboten, ihre alten Gartenzeitungen zu spenden. Das Stück einen Euro. Die verkaufen sich bestimmt wie geschnitten Brot."

Heike winkte ab. „Dafür brauchen wir doch höchstens zwei Tische. Die passen auch noch in die Halle zu den Bildern."

Nachdem sie ihre Kaffeetafel aufgehoben und das Geschirr gespült hatten, beschlossen Heike und Inge, dass sie sich in der kommenden Woche mit den Vorsitzenden der freiwilligen Feuerwehr und des Sportvereins im Dorfkrug zusammensetzen wollten, um die letzten Details zu besprechen. Dann trennten sie sich.

Auf dem Heimweg dachte Heike über das nach, was Inge über Lena Harms gesagt, oder viel mehr, was sie unerwähnt gelassen hatte. Insgeheim, das musste sie sich eingestehen, hatte sie bereits ähnliche Gedanken gehabt. Sie hatte Heribert Heimerle nicht leiden können, und somit war sie geneigt, auch an seinen Freunden kein gutes Haar zu lassen.

Ihr Mann nannte das immer den mitgefangen-mitgehangen-Reflex, eine freundliche Umschreibung für Vorurteile.

Energisch schob sie ihr schlechtes Gewissen beiseite. Es war nicht ihre Aufgabe zu klären, wer das Feuer in

Saskia Heimerles Atelier gelegt hatte. Sie würde sich erst einmal auf die Organisation des Dorffestes konzentrieren. Damit hatte sie schließlich schon genug zu tun.

***

Um Viertel vor drei klopfte Agnes an die Tür des Krankenzimmers und öffnete sie zunächst nur einen Spalt breit, da sie erwartete, dass Lena bereits von Besuchern umringt war. Aber sie hatte sich getäuscht. Das Erste, was sie sah, war Lenas blasses Gesicht, aus dem ihr große blaue Augen entgegenblickten.

Sie war ganz allein und sah in dem riesig scheinenden Krankenbett aus wie eine Puppe, die jemand dort vergessen hatte.

„Frau Plietsch!" Die Stimme des Mädchens klang dünn und kraftlos.

Ihr hoffnungsvoller Ausdruck wich einem Anflug leiser Enttäuschung, als sie ihre ehemalige Lehrerin erkannte. Agnes ahnte, dass sie offensichtlich jemand anders erwartet hatte.

„Hallo, Lena, wie geht es dir?"

Agnes zog sich einen Besucherstuhl heran.

„Gestern bin ich operiert worden. Es tut immer noch alles sehr weh."

Sie deutete mit einer fahrigen Geste auf ihre Beine, die beide in Gipsschienen steckten. „Es wird wohl eine Weile dauern, bis ich wieder richtig laufen kann."

Agnes nickte verständnisvoll.

Als sie bemerkte, dass Lena nur mit einem Flügelhemd aus dem Krankenhaus bekleidet war, fragte sie

130

vorsichtig: „Hat dir schon jemand frische Wäsche und dein Waschzeug gebracht?“

Lena schüttelte den Kopf und augenblicklich füllten sich ihre Augen mit Tränen.

„Weiß deine Mutter, dass du im Krankenhaus liegst?“

Wieder schüttelte sie den Kopf und dicke Tränen tropften auf das Kissen. Agnes war kurz davor, das Mädchen in den Arm zu nehmen.

„Sicher werden deine Freunde bald kommen, um dich zu besuchen. Sie werden dann hoffentlich auch daran denken, dir etwas von deinen Sachen mitzubringen“, versuchte sie, Lena zu trösten.

Als Lena jedoch anfing, hemmungslos zu schluchzen, hätte sich Agnes am liebsten auf die Zunge gebissen.

„Ich weiß ja noch nicht einmal, ob Ronny noch lebt!“, stieß sie hervor. „Und ich habe kein Handy, um irgendjemanden anzurufen. Das liegt noch irgendwo in den Trümmern unserer Schmiede.“

Agnes holte ihre Papiertaschentücher aus der Handtasche, reichte Lena eines und legte das fast volle Päckchen auf den Nachttisch.

„Ronny geht es gut, ihm ist überhaupt nichts passiert.“

Agnes half Lena, das Taschentuch auseinanderzufalten, da ihre linke Hand an einem Tropf hing.

„Hättest du nicht gesagt, dass er im Haus ist, wäre die Sache für ihn wohl schlimm ausgegangen. Ich denke, er weiß das und wird sicher bald kommen, um sich bei dir zu bedanken.“

Doch statt sich zu beruhigen, weinte Lena nur noch mehr.

„Niemand wird kommen! Die haben doch alle Schiss vor der Polizei.“

Agnes hob die Brauen. „Wie meinst du das?“

Aus dem Gesicht des Mädchens sprach nackte Verzweiflung. „Es ist wegen des Feuers bei Saskia. Sicher glaubt die Polizei, die Jungs hätten den Brand gelegt.“

„Und? Haben sie etwas damit zu tun?“

„Nein!“, rief Lena und starrte auf ihr auseinander gefaltetes Taschentuch.

Diese Antwort kam eine Spur zu hastig, um Agnes zu überzeugen. „Nun, wenn keiner deiner Freunde am Tatort war, dann hat auch niemand etwas zu befürchten.“

„Sie haben mir gesagt, dass sie es nicht waren und ich glaube ihnen.“

*Also hat keiner der jungen Männer ein Alibi,* dachte Agnes und fragte sich, was Lena wirklich wusste.

„Wenn das so ist, wird die Polizei auch keine Spuren am Tatort finden, die deine Freunde belasten.“

Lena schwieg und presste ihr Taschentuch auf den Mund.

„Die wollen uns doch nur loswerden. Die werden alles machen, um uns aus unserer Schmiede zu vertreiben“, jammerte sie schließlich. „Und der Soest steckt mit denen unter einer Decke. Der wird jetzt irgend so ein kapitalistisches Ding aufziehen, sagt Ronny. Und Saskia ist schuld daran.“

Agnes konnte sich nur mit Mühe ein Lächeln verkneifen.

„Du denkst also immer noch, dass Frau Heimerle die Schuld an allem hat?“

Lena versuchte sich aufzurichten, ihr schmerzverzerrtes Gesicht verriet jedoch, dass sie sich falsch bewegt haben musste. Es dauerte einen Moment, bis Lena zu einer Erklärung ansetzen konnte.

„Ich habe erfahren, dass Saskia unser Projekt von Anfang an verhindern wollte. Weil sie Heribert gehasst hat. Er stand voll und ganz hinter unserer Idee, dieses Naturschutzprojekt aufzubauen. Und weil er davon überzeugt war, wollte sie es verhindern. Das sagte Ronny. Hätte Saskia ihn geliebt, dann würde sie jetzt seinen Wunsch, uns zu unterstützen, respektieren. Stattdessen hat sie uns Heriberts Geld weggenommen und dafür gesorgt, dass dieser Soest, dieser verdammte Kapitalist uns unser Haus wegnimmt.“

Überwältigt von ihrer eigenen Rede schloss sie die Augen und gab sich dem Schmerz und der Erschöpfung hin. Agnes überlegte eine Weile, ehe sie darauf antwortete. Sie versuchte, ihre Stimme milde klingen zu lassen.

„Wenn Herr von Soest der Eigentümer der alten Schmiede ist, dann hat er natürlich das Recht, darüber frei zu verfügen. Aber selbst wenn Frau Heimerle euer Projekt nicht unterstützen wollte, hat das doch nichts mit dem Brandanschlag zu tun. Oder was meinst du?“

Gespannt beobachtete sie Lenas Reaktion. Doch sie presste nur die Lippen zusammen und versuchte, die erneut aufsteigenden Tränen wegzublinzeln, sodass Agnes beschloss, diese Sache auf sich beruhen zu lassen.

„Ich habe dir übrigens Schokolade mitgebracht.“ Sie kramte die Pralinen aus ihrer Handtasche hervor. „Ich hoffe, du magst Vollmilchschokolade.“

„Glauben Sie, dass die Polizei kommen und mich verhören wird?", fragte Lena zaghaft.

„Das ist schon möglich." Agnes legte die Schokolade zu den Taschentüchern auf den Nachttisch. „Aber du solltest dir deswegen keine Sorgen machen."

„Aber was soll ich sagen, wenn sie mich verhören?" Lenas Stimme klang nun so jämmerlich, dass Agnes nicht anders konnte, als nach ihrer Hand zu greifen.

„Am besten wird es sein, du bleibst bei der Wahrheit."

***

Nachdem Agnes das Krankenhaus verlassen hatte, machte sie einen Spaziergang in die Stadt. Sie hatte das dringende Bedürfnis nach Zerstreuung. Deswegen kaufte sie sich einen neuen Kriminalroman und setzte sich damit in eines der vielen schönen Straßencafés.

Als es endlich Zeit war, sich an dem vereinbarten Treffpunkt vor dem Rathaus einzufinden, hatte sie ihren Roman schon zur Hälfte gelesen. Enno kam auf die Sekunde pünktlich und bester Laune aus einer Seitenstraße.

„Und? Wie war Ihr Nachmittag?", fragte sie ihn, als sie sich auf den Weg zum Parkplatz machten.

„Oh, es war sehr schön", begann er und erzählte Agnes, was sich seit seinem Ruhestand in seiner alten Dienststelle alles verändert hatte, was beim Alten geblieben war, und was seine ehemaligen Kollegen über ihre kürzlich abgeschlossenen Ermittlungen berichtet hatten.

„Und wie geht es Lena Harms?", fragte Enno schließlich, als sie im Auto saßen.

„Wenn Sie ihren gesundheitlichen Zustand meinen, würde ich sagen, es geht ihr den Umständen entsprechend gut."

Enno schmunzelte ein wenig, bevor er noch einmal fragte. „Wie geht es ihr sonst?"

Agnes überlegte kurz, was von dem Gehörten für die Ohren eines ehemaligen Polizisten geeignet schien.

„Sie tut mir sehr leid", begann sie schließlich. „Wie es aussieht, hat sie niemanden, der sich um sie kümmert. Ihre Eltern wissen nicht einmal, dass sie im Krankenhaus liegt."

Enno gab einen Laut des Bedauerns von sich, antwortete allerdings nicht sofort, da er sich auf den Feierabendverkehr konzentrieren musste.

Erst als sie die unübersichtliche Kreuzung überquert hatten und der Verkehr wieder floss, hakte er nach.

„Hat sie noch etwas zum Einsturz der Schmiede gesagt? Oder zu der Brandstiftung?"

Agnes zögerte einen Augenblick, bevor sie ihm verriet, was sie vermutete. „Ich bin mir ziemlich sicher, dass Lena weiß, wer den Brandanschlag auf Saskia Heimerles Atelier verübt hat."

Nachdem Enno schwieg, meinte sie: „Jedenfalls werde ich versuchen, Lenas Mutter zu erreichen, damit sie sich um das Mädchen kümmern und ihr den Kopf zurechtrücken kann. Ich habe Frau Harms nämlich als ganz vernünftige, patente Frau in Erinnerung."

# Donnerstag, 30.Mai

Am darauffolgenden Morgen, es war Christi Himmelfahrt, griff Agnes zum Telefonhörer und rief bei Marlies an.

„Einen schönen guten Morgen, Marlies. Ich hoffe, ich störe nicht", begann sie.

„Ach wo, ich habe nichts vor. Du weißt ja, die Männer grillen heute und feiern ein bisschen unter sich."

„Das trifft sich gut. Ich brauche mal dringend deine Hilfe."

„Was gibt es denn?" Ihrer Stimme war anzumerken, dass Marlies sich geschmeichelt fühlte.

„Ich habe im Telefonbuch nach der Nummer von Lenas Mutter gesucht, du weißt schon: Lena Harms. Aber ich konnte sie nicht finden. Ich weiß nur, dass sie und Lena früher in Süderingen gewohnt haben, in der Wohnung über dem Bäcker. Weißt du zufällig, wo Lenas Mutter abgeblieben ist?"

Marlies dachte einen Augenblick nach, bevor sie antwortete. „Ich meine, sie ist weggezogen, schon vor einer ganzen Weile. Weshalb willst du das denn wissen?"

Mit dieser Frage hatte Agnes gerechnet. *Quid pro quo, das ist in solchen Dingen Marlies' Devise*, dachte sie.

„Lena liegt doch im Krankenhaus. Und ich wollte mich vergewissern, dass ihre Mutter darüber Bescheid weiß und sich um Lena kümmert."

„Ach, ihre Mutter weiß nichts von dem Unfall?"

„Ich befürchte in der Tat, sie hat keine Ahnung."

„Hm", machte Marlies. „Dann warst du also bei Lena im Krankenhaus. Hat sie irgendetwas über die Brandstiftung gesagt?", bohrte Marlies weiter.

„Nun, es geht ihr nicht besonders gut. Ihre Beine sind gebrochen. Sie wurde vorgestern operiert und hat starke Schmerzen."

Natürlich war Agnes klar, was Marlies hören wollte, doch sie hatte nicht vor, die Gerüchteküche anzuheizen.

Marlies merkte ihrerseits, dass im Augenblick nichts Brauchbares aus Agnes herauszuholen war.

„So", meinte sie ein wenig verschnupft. „Ich werde mich mal umhören und dir Bescheid geben, falls ich etwas herausbekommen sollte."

„Ach, ich danke dir, Marlies. Damit tust du ein wirklich gutes Werk. Stell dir nur das arme Mädchen vor, wie es da mutterseelenalleine im Krankenhaus liegt."

Marlies brummte etwas Unverständliches in den Hörer. Ihrem Tonfall entnahm Agnes, dass sie mit diesem Lob zufrieden war.


Rechtschaffen müde von der Gartenarbeit ließ Agnes sich am Abend in den Sessel sinken. Sie machte sich den Fernseher an und stellte fest, dass es bis zum Beginn der Nachrichten noch ein Weilchen dauern würde.

Da sie sich nicht für das interessierte, was der Moderator der Unterhaltungssendung mit seinem Fernsehgast zu besprechen hatte, ein Schauspieler oder Musiker, den sie ohnehin nicht kannte, schloss sie erst einmal die Augen.

Das Schrillen der Klingel riss sie aus ihrem Dämmerschlaf. Ächzend erhob sie sich, um die Tür zu öffnen.

„Marlies! Komm herein, möchtest du eine Tasse Tee mit mir trinken?"

„Da sag ich nicht nein", sagte sie und schob sich an Agnes vorbei in den Flur.

Agnes schloss hinter ihr die Tür und bemerkte aus dem Augenwinkel, wie Marlies, zuerst im Flur, dann im Wohnzimmer, jedes Detail mit ihren Augen erfasste. *So, wie ihre Beschreibungen von den Häusern und Einrichtungen ihrer Mitmenschen bislang gewesen sind, muss Marlies über ein fotografisches Gedächtnis verfügen*, dachte Agnes.

„Jetzt sag bloß, du hast heute auf die Schnelle etwas über Frau Harms herausgefunden."

„Hier, ihre neue Adresse und die Telefonnummer." Triumphierend reichte sie Agnes ein zusammengefaltetes Stück Papier.

„Marlies, ich bin sprachlos. Auf dich ist wirklich Verlass!" In Agnes' Stimme lag echte Bewunderung.

„Nimm doch schon mal Platz. Ich setze nur schnell das Wasser auf."

In Windeseile brachte Agnes ein Tablett mit zwei Teetassen, Sahne und Kandiszucker herein und stellte es auf dem kleinen Tisch vor dem Sofa ab. Dann nahm sie Marlies gegenüber in ihrem Sessel Platz und faltete das karierte Blatt auseinander.

„Sie wohnt jetzt in Hamburg?" Agnes blickte überrascht auf.

„Mit ihrem Freund!", ergänzte Marlies in einem Ton, der wie ein Vorwurf klang.

„Wie hast du das denn so schnell herausgefunden?"

Marlies setzte eine recht überhebliche Miene auf. „Ich habe da so meine Quellen."

Agnes verkniff sich ein Schmunzeln. Das war also die Retourkutsche dafür, dass sie nichts von ihrem Besuch bei Lena erzählt hatte.

Um weiteres Nachfragen zu ihrem Besuch im Krankenhaus gleich von vornherein zu unterbinden, beschloss Agnes, ein anderes Thema anzuschneiden.

„Wusstest du eigentlich schon, dass Heinrich von Soest die alte Schmiede gekauft hat?"

„Also ist es doch wahr!" Marlies rutschte ein kleines Stück auf dem Sofa nach vorne und sah Agnes erwartungsvoll an.

„Ja, und nun bin ich schon sehr gespannt darauf, was er mit der Ruine wohl anfangen wird. Die Schmiede liegt ja wirklich sehr malerisch in dieser Senke bei Trollingsbüttel. Aber sie ist schon ein bisschen ab vom Schuss. Und noch dazu akut einsturzgefährdet. Es wird eine Menge Geld kosten, allein das Gebäude zu stabilisieren."

Marlies nickte zustimmend. „Aber weißt du, was ich mich frage?" Sie rückte noch ein Stück näher an Agnes heran, so als besprächen sie gerade etwas Unerhörtes.

„Wie kommen diese Hausbesetzer eigentlich dazu, sich ausgerechnet in der alten Schmiede einzunisten? Das sollen doch Studenten sein. Wie wollen die denn zu ihren Vorlesungen kommen, wenn sie sich in Trollingsbüttel rumtreiben?"

Agnes blieb nun nichts anderes übrig, als ein wenig aus dem Nähkästchen zu plaudern. „Diese jungen Leute haben einen Verein gegründet, um zusammen die alte Schmiede zu kaufen. Dort sollte meines Wissens ein

Naturschutzprojekt entstehen. Sie hatten wohl nicht damit gerechnet, dass ihnen jemand ihr Wunschobjekt so mir nichts dir nichts vor der Nase wegschnappt."

Marlies reckte das Kinn vor. „Und woher wollten sie das Geld nehmen? Das Haus wird kaum etwas wert sein, aber das Land dahinter! Und dann die Sanierung! Sowas kostet doch einen Haufen Geld. Jedenfalls mehr, als so ein paar Studenten auftreiben können. Na, vielleicht steckt da ja auch der Heimerle dahinter. Wer weiß, wen er damit nun wieder ärgern wollte."

*Wenn Marlies etwas kann, dann ist es eins und eins zusammenzählen, das muss man ihr lassen*, dachte Agnes und sagte: „Ich hole uns mal schnell den Tee."

Kurz darauf kehrte sie aus der Küche zurück und stellte die Kanne auf den Tisch.

„Eigentlich ist das ja wirklich ein hübsches kleines Anwesen, die alte Schmiede. Dass da nicht schon längst jemand auf die Idee gekommen ist, etwas daraus zu machen." Agnes holte das Teeei aus der Kanne und schenkte dann die beiden Tassen so voll, dass die obligatorische Sahne und der Kandis noch Platz hatten, ohne ein Fußbad anzurichten.

„Ich meine, da war mal ein Golfplatz im Gespräch. Aber, soweit ich weiß, hat keiner etwas in der Art bei der Gemeinde beantragt", meinte Marlies. „Das hätte meine Tochter mir erzählt."

Agnes runzelte die Stirn. „Ist die Gegend um die Schmiede nicht sogar ein Naturschutzgebiet? Da würde doch niemand die Genehmigung für einen Golfplatz bekommen."

Marlies winkte ab. „Von wegen Naturschutzgebiet. Das behaupten diese schrägen Vögel von Heimerles

Bürgerinitiative doch von jedem Acker hier in der Gegend. Vorletztes Jahr wuchs da nämlich noch Futtermais. Das Land zwischen Heidenbeck und Trollingsbüttel gehört doch den Carstensens. Ich weiß noch, dass der Heimerle die Carstensens sogar daran hindern wollte, dort weiter Futtermais für ihre Kühe anzubauen. Weil er meinte, man müsse aus dem Ackerland ein Naturschutzgebiet machen. Und das alles nur, weil er Carstensens Windmühlen nicht vor der Nase haben wollte. Die hätte man nämlich von seinem Haus aus sehen können. Das alles ist noch gar nicht lange her. Kannst du dich noch an die Leute mit ihren Transparenten erinnern?“

Agnes nickte. „Das muss vor zwei oder drei Jahren gewesen sein.“

„Im Spätsommer werden es drei Jahre“, nickte Marlies. „Und jeder hat doch gleich gewusst, dass der Heimerle den Protest initiiert, damit die Carstensens ihre Windmühlen nicht aufstellen können.“

Agnes nickte bedächtig. „Das kann ich mir lebhaft vorstellen. Die Carstensens müssen ja eine riesige Wut auf Heimerle gehabt haben.“

„So ist es!“, bestätigte Marlies.

Agnes setzte ihre Tasse hart ab. „Dann gehörte die Schmiede also auch den Carstensens?“

„Nein, die Schmiede und das Land dahinter in Richtung Neu-Trollingsbüttel gehört den Gienkes.“

„Wer sind die Gienkes?“, überlegte Agnes. „Wenn sie Kinder im Schulalter haben, müsste ich sie eigentlich kennen.“

„Die Kinder sind noch klein“, unterbrach Marlies ihre Grübeleien.

„Die Sandra Gienke ist ja auch erst kurz über dreißig. Sie ist übrigens die Cousine zweiten Grades vom Mann meiner jüngsten Nichte.“

Agnes nickte, auch wenn ihr die Familienverhältnisse im Augenblick nicht gerade sehr durchsichtig erschienen. Das merkte Marlies.

„Ist ja auch egal“, winkte sie ab. „Die alte Schmiede jedenfalls ist Sandras Erbteil gewesen. Ihre Familie stammt ja aus Neu-Trollingsbüttel. Sie hat noch zwei Geschwister, die sind aber weggezogen. Und von meiner Nichte habe ich gehört, dass sie die beiden ausgezahlt hat. Sie hat deswegen bei der Sparkasse einen Kredit aufgenommen.“ Marlies legte den Finger auf die Lippen als Zeichen, dass das, was nun folgte, ausschließlich für Agnes’ Ohren bestimmt war.

„Meine Christiane hat mir unter dem Siegel der Verschwiegenheit anvertraut, dass sie als Sicherheit die Firma von Ingo, Sandras Mann, angegeben haben.“

Nachdem Agnes eine fragende Miene aufsetzte, erklärte Marlies: „Die Firma kennst du! *Alfred Gienke Sanitär*, in Guhlstorf. Die Firma hat sein Großvater gegründet. Und jetzt steht er praktisch kurz vor der Pleite. Er hat ja was am Knie, eine Meniskusoperation oder so etwas in der Art, und kann seitdem nicht mehr voll arbeiten. Man munkelt, er wird über kurz oder lang an den Pohlmann, seinen Gesellen, verkaufen.“

„Dann können die Gienkes auch ihren Kredit bei der Sparkasse nicht zurückbezahlen. Das erklärt, warum sie die Schmiede verkauft haben.“

Marlies nickte zustimmend. „Und das, obwohl Sandra schon hochtrabende Pläne hatte. Sie wollte dort ein Café eröffnen und auch irgendetwas verkaufen.“

„Oh, sicher Heidehonig, Schnuckenwurst, oder ähnliche Spezialitäten."

Agnes sah vor ihrem inneren Auge eine restaurierte Schmiede mit Sonnenschirmen und kleinen Tischen vor der Tür, wo Wanderer und Urlauber Kaffee tranken und selbstgebackenen Kuchen verzehrten.

„Nein, Sandra stellt Modeschmuck und kleine Handarbeiten her. Das verkauft sie übers Internet. Dafür wollte sie den eigenen Laden in ihrem Café haben. Aber daraus wird jetzt natürlich nichts."

„Das ist aber schade. Es ist schon traurig, wenn solche Lebensträume zerplatzen."

Marlies trank ihren Tee aus.

„Du lieber Himmel, ist das schon spät! Agnes, ich muss jetzt nach Hause. Ich wünsche dir viel Glück bei der Harms."

Agnes begleitete Marlies Weber zur Tür.

„Danke, Marlies! Wir sehen uns ja bestimmt noch am Wochenende beim Einkaufen."

Sie winkte noch einmal, als Marlies mit dem Fahrrad in den Eichenwinkel bog und schloss dann die Tür.

# Freitag, 31. Mai

Agnes träumte, sie saß in einem Café, das die alte Schmiede war, und aß zusammen mit Enno Erdbeerkuchen, den Saskia Heimerle ihnen an den Tisch brachte. Die hübsch gedeckten, kleinen Tische standen jedoch mitten in kniehohen Brennnesseln, sodass Saskia mit dem Tablett in der Hand hüpfen musste, um sich nicht zu verbrennen. Dann stolperte sie plötzlich über eine Angelschnur, die zwischen Agnes' Handtasche und der grün gestrichenen Tür gespannt war. Saskia strauchelte und versuchte, sich an der Hauswand abzustützen. Plötzlich stürzte die alte Schmiede in sich zusammen und der schöne Erdbeerkuchen war bedeckt mit einer dicken Schicht aus Ziegelstaub.

Agnes schreckte hoch. Benommen tastete sie ihr Gesicht ab. Kein Staub. Das war gut. Sie sah blinzelnd auf den Wecker, der erst kurz nach halb fünf anzeigte. Mit einem genüsslichen Seufzer drehte sie sich noch einmal um. Doch der Schlaf wollte sich nicht wieder einstellen, sodass sie anfing zu grübeln. Um halb sechs stand sie dann auf, eine halbe Stunde früher als sonst. Während der Kaffee durch die Maschine lief, klapperte der Briefkasten. Agnes stellte die Tasse, die sie gerade in der Hand hielt, auf den Küchentisch, und eilte zum Briefkasten, um die Zeitung hereinzuholen.

Gespannt blätterte sie die Seite drei auf. Dort prangte ein Bild vom Einsatz der Feuerwehr und des THW, die, so hieß es im Artikel, den kompletten Einsturz der alten Schmiede verhindert hätten. Auch der Bürgermeister Bernd Rickmann wurde zitiert. Er stellte sich hinter die Ordnungsbehörden, da von Seiten der Bürgerinitiative *grün statt grau* an der Rechtmäßigkeit und Verhältnismäßigkeit des vorangegangenen Polizeieinsatzes gezweifelt wurde. Die unverzügliche Räumung des Gebäudes sei nicht nur zur Durchsetzung der Eigentumsrechte des Bauunternehmers von Soest geboten gewesen, erklärte er. Vielmehr habe die Sicherheit der jungen Leute im Fokus gestanden, die sich seit einigen Wochen dort aufgehalten hatten. Er erklärte sich außerdem bereit, den Studenten, die behaupteten, nun von Obdachlosigkeit bedroht zu sein, bei der Wohnungssuche zu helfen.

Es folgte eine sinngemäße Wiedergabe der schriftlichen Erklärung des Studenten Ronny P., die Polizei sei schuld am teilweisen Einsturz einer Zwischendecke, die bei seiner Mitbewohnerin Lena H. zu schwersten Verletzungen geführt habe. Dieser Behauptung widersprachen sowohl der Leiter des Feuerwehreinsatzes, als auch der Ortsbeauftragte des THW. Beide erklärten, die Zwischendecke sei eingestürzt, weil Personen, die sich im Inneren des Gebäude aufgehalten hatten, zwei Stützstreben entfernt hatten, um die Eingangstür damit zu blockieren. Die Streben waren bereits vor Monaten vom Vorbesitzer der alten Schmiede eingesetzt worden, nachdem sich herausgestellt hatte, dass einige der tragenden Balken teilweise verrottet gewesen waren.

Agnes legte die Zeitung beiseite und schenkte sich endlich Kaffee ein.

„Da soll einer sagen, das Leben auf dem Land sei langweilig", murmelte sie.

Nachdem sie gefrühstückt hatte, schlug sie die Zeitung noch einmal auf und überflog den Lokalteil. Sie fand jedoch keinen neuen Hinweis auf die Ermittlungen im Fall der Brandstiftung.

Bis zum späten Nachmittag versuchte Agnes mehrmals, Lenas Mutter zu erreichen. Doch jedes Mal sprang nur der Anrufbeantworter an, auf dem Agnes ihr Anliegen allerdings nicht hinterlassen wollte.

Um kurz vor sechs Uhr abends machte sie sich schließlich mit Enno auf den Weg zum alten Pfarrhaus. Sie freute sich seit Stunden darauf, ihren Kopf durch Singen frei zu bekommen.

Nach dem Ende der Probe, die Chorleiterin hatte das Haus bereits verlassen, drehten sich die Gespräche der Frauen wieder um das bevorstehende Dorffest, während die Männer sich in Inges Auftrag um ein klemmendes Fenster kümmerten. Als Heike den anderen ihren Vorschlag unterbreitete, Saskia Heimerles Bilder in der Diele des Pfarrhauses aufzustellen, schmolzen Gisela Schröters Lippen zu einem Strich zusammen. Ohne ein Wort zu sagen, verließ sie mit zornesrotem Gesicht das alte Pfarrhaus und warf die Tür hinter sich ins Schloss.

Betroffen sahen die anderen ihr hinterher. Heike griff sich an den Hals.

„Oje", murmelte sie. „Vielleicht hätte ich sie schonend darauf vorbereiten sollen."

Hilfesuchend sah sie sich nach Kerstin Lürs um, Giselas beste Freundin.

„Das wäre eine gute Idee gewesen", meinte die nur trocken. „Und außerdem ist das ja ein Fest für die Sommerstorfer, und nicht für die ganze Samtgemeinde."

Heike setzte sich in eine Ecke und starrte schuldbewusst auf ihre Finger.

„Also, ich verstehe ja, dass Gisela den Heimerle nicht leiden konnte", mischte sich nun Inge Dietrichs in die Diskussion.

„Aber jetzt so zu tun, als hätte Heike sich etwas zu Schulden kommen lassen, nur weil sie sich darum bemüht, das Fest attraktiver zu gestalten, das geht nun gar nicht. Wir wollen doch alle, dass möglichst viele Besucher auch aus den anderen Dörfern kommen und Geld hierlassen, das dann am Ende unserer Feuerwehr zugutekommt. Und wenn die Bilder der Heimerle ein paar zusätzliche Gäste anlocken, die dann hier etwas essen und trinken und Geld ausgeben, dann kann uns das doch nur recht sein. Oder wie steht ihr dazu?"

Die anderen stimmten ihr zu.

„Und genau genommen ist Gisela zwar eine gebürtige Sommerstorferin, gehört aber mittlerweile eigentlich zu Süderingen. Genau wie ich auch", ergänzte Ute Rickmann, Heikes Schwägerin.

„Und wenn, dann muss Gisela schon auf mich böse sein", meldete sich Agnes zu Wort. „Denn ich habe das schließlich alles eingefädelt."

Nachdem Kerstin Lürs nichts sagte, fügte sie noch hinzu: „Aber ich kann Gisela auch gut verstehen. Sie hat seit dem Unfall eine Menge durchgemacht."

Der unversöhnliche Ausdruck aus Kerstins Gesicht verschwand und eine gewisse Milde zeigte sich in ihren

Zügen, als Agnes sie fragte: „Wie geht es eigentlich Dirk?“

„Nun ja“, begann Kerstin zögernd. „Er hat es schwer. Muss zu Hause ein Stück weit die Rolle seines Vaters übernehmen. Dirk verdient ja als Handwerker auch nicht so viel, und unterstützt seine Eltern trotzdem finanziell. Dann ist da noch die Oma, Giselas Mutter, die ja auch nicht mehr so kann. Die bringt Dirk auch immer zum Arzt, wenn er kann.“

Nun nickten alle betreten, denn jeder wusste, dass Giselas Mutter an Demenz erkrankt war.

„Ja, bei der Gisela kommt es knüppeldicke. Da muss man auch mal Nachsicht haben, wenn sie ein wenig überreagiert“, meinte Inge und alle stimmten ihr zu.

Nach einem kurzen Moment des Schweigens lenkte Inge das Thema weg von Gisela und hin zu den Kuchen, die für das Fest gebacken werden sollten.

Nach und nach verließen die Chormitglieder das alte Pfarrhaus, bis nur noch Olaf und Inge Dietrichs, Agnes und Enno und Heike übrig waren.

„Seid ihr mit den Ermittlungen zur Brandstiftung schon weitergekommen?“, fragte Agnes, während sie ihre Jacke vom Garderobenhaken in der Diele nahm.

Olaf, der neben ihr stand, kratzte sich hinter dem Ohr. „Leider ist uns einer der Hauptverdächtigen entwischt, sodass wir ihn nicht verhören konnten.“

Agnes hob die Brauen. „Dann hältst du also Ronny Piontek für den Brandstifter?“

Olaf fuhr sich mit zwei Fingern in den Kragen, eine Geste, die verriet, wie unwohl er sich gerade fühlte.

„Ja, ein Motiv hätte er wohl“, fuhr Agnes unbekümmert fort. „Und der Umstand, dass er sich vor der

Polizei versteckt, lässt auf ein reichlich schlechtes Gewissen schließen. Oder auf Angst vor Bestrafung."

„Du weißt, dass ich mich zu laufenden Ermittlungen nicht äußern darf." Olaf versuchte, dabei einen strengen Ton anzuschlagen. Unbeeindruckt davon fragte Agnes weiter. „Ich nehme an, es gibt neben dem Motiv auch eindeutige Spuren, die man dem mutmaßlichen Täter zuordnen kann. Vielleicht Fingerabdrücke am Tatort? Aber wahrscheinlicher sind Fußspuren oder verlorene Gegenstände im Garten. Ist es nicht so?"

Olaf runzelte die Stirn. „Woher weißt du, dass wir im Garten –" Er brach ab. Sein Gesicht nahm nun seinen Hätte-ich-nur-nichts-gesagt-Ausdruck an.

Zufrieden lächelte Agnes und tätschelte Olaf den Arm, während sie gleichzeitig den Zeigefinger auf ihre Lippen legte, als Zeichen, über das eben Gehörte zu schweigen.

Erleichtert, aber auch ein wenig peinlich berührt, nickte Olaf ihr zu.

Als sich Agnes und Enno auf den Heimweg machten, bedeckte sich der Himmel und der Wind frischte auf. Das für den Abend angekündigte Gewitter würde wohl nicht mehr lange auf sich warten lassen.

„Es scheint wohl so, dass tatsächlich einer der jungen Männer aus der alten Schmiede für die Brandstiftung verantwortlich ist."

Enno Fritjoff sah Agnes überrascht an. „Hat Olaf das etwa gesagt?", fragte er.

Sie lachte leise. „Wie man es nimmt. Ich habe das eine oder andere aus ihm herausgekitzelt. Unter Anwendung von Suggestivfragen."

Enno setzte eine amüsiert-strenge Miene auf. „Diese Art der Fragestellung ist in der polizeilichen Vernehmungspraxis nicht gestattet."

„Ich weiß", sagte Agnes leichthin. „Ich wollte auch nur, dass Olaf meine Vermutung bestätigt. Somit war ich mit meiner unzulässigen Art zu fragen also erfolgreich."

„Ich habe den Konflikt zwischen Gisela Schröter und Saskia Heimerle allerdings noch immer nicht ganz verstanden", wechselte Enno nun das Thema.

„Meinen Sie, sie gibt der Familie Heimerle eine Mitschuld am Unfall ihres Mannes?"

„Hm", machte Agnes. „Also wirklich verstanden habe ich das alles auch nicht. Es scheint vermutlich darum zu gehen, wie Heribert Heimerle sich danach Dirk gegenüber benommen hat."

Sie waren wieder im Eichenwinkel angekommen und Enno sah Agnes an.

„Dann gilt also für Frau Heimerle: mitgefangen, mitgehangen?"

Agnes seufzte. „Ich fürchte, Sie haben recht. Das mag uns vielleicht ungerecht erscheinen, ist mit Blick auf Giselas Sicht jedoch nachvollziehbar. Obwohl", Agnes sah an Enno vorbei die Straße hinunter. „Gisela ist normalerweise kein nachtragender Mensch. Da muss wirklich etwas Schlimmes vorgefallen sein."

Sie seufzte ein zweites Mal, allerdings nur deshalb, weil ihr der Wind in die Haare fuhr und auch Ennos Schirmmütze einen kleinen Ruck gab, sodass sie nun schief saß. Ein sanftes Donnergrollen rollte aus der Ferne zu ihnen heran. Enno blickte in den Himmel.

„Ich glaube, wir sollten ins Haus gehen, bevor wir nass werden." Sie verabschiedeten sich rasch voneinander und noch ehe Agnes die Tür hinter sich geschlossen hatte, klatschten die ersten dicken Tropfen aufs Pflaster.

# Samstag, 1. Juni

Am nächsten Morgen strahlte der Himmel in unschuldigem Blau. Agnes beschloss, an diesem Vormittag Holunderblüten zu pflücken, um daraus Gelee zu kochen.

Sie hatte schon ihren Korb am Arm, als das Telefon klingelte.

„Hallo, Agnes!"

„Heike! Du klingst ganz außer Atem. Was ist los?"

„Ich rufe wegen des Festes an. Ich habe Marlies beim Einkaufen getroffen. Sie meinte, sie wüsste noch jemanden, der einen Stand haben will, um zu verkaufen."

„Für den Flohmarkt?" Agnes setzte ihren Korb ab und griff nach Zettel und Stift.

„Ja, aber sie wollte Modeschmuck und Selbstgestricktes verkaufen." Heike klang immer noch ein wenig kurzatmig.

„Also möchte die Dame einen Stand bei den Kunsthandwerkern. Wie heißt sie denn?"

„Es ist Sandra Gienke aus Guhlstorf."

Agnes stockte beim Schreiben. „Gienke, sagtest du? Die ehemalige Besitzerin der alten Schmiede?"

Am anderen Ende der Leitung blieb es für einen langen Moment still.

„Woher weißt du das?", fragte Heike schließlich. Agnes musste lächeln. Sie konnte sich gerade gut vorstellen, wie Heike mit hochgezogenen Brauen den Telefonhörer umklammerte.

„Marlies hat mir davon erzählt. Und vermutlich ist sie nach unserer Unterhaltung auf die Idee gekommen, Sandra Gienke wegen des Standes zu fragen."

„Gut möglich", meinte Heike.

„Kennst du die Gienkes etwa?", wollte Agnes nun wissen.

„Ich kenne Hertha Gienke, die Mutter von Ingo. Sie war mit mir in der Schule, allerdings drei Jahre über mir. Hertha ist übrigens mit Mertens verwandt. Sie ist nett, aber ein bisschen schwatzhaft."

*Wie passend*, dachte Agnes und sagte: „Ich wollte gerade losgehen und Holunderblüten sammeln. Für Gelee."

„Oh, das ist eine gute Idee. Das wollte ich eigentlich auch noch machen. Wenn du noch eine Stunde Zeit hast, könnten wir zusammen losfahren."

Eine gute Stunde später klingelte Heike an Agnes' Tür. In ihrem Fahrradkorb lagen zwei alte Stofftaschen und eine Harke mit Teleskopstiel.

„Oh, du bist ja bestens ausgerüstet." Agnes hatte ebenfalls eine Stofftasche und eine kleine Schere in der Hand.

„Deine Harke kannst du zu Hause lassen. Eine reicht für uns."

„Ja deine ist auch viel länger als die, die ich habe. Wo wollen wir pflücken?"

„Lass uns den Eichenwinkel hochfahren. Ich habe am Holmbach schon Ausschau gehalten, beim Nordic Walking. Da gibt es ein paar schöne Fliederbeerbüsche, die keine Läuse haben."

„Gut", meinte Agnes. „Dann lass uns dahin fahren."

Als sie an der Stelle vorbeikamen, an der Heribert Heimerle verunglückt war, fragte Heike: „Wo genau hast du denn die Angelschnur, oder was das war, gefunden?"

Sie stiegen beide vom Fahrrad und schoben den Weg, der zum Mertenshof führte, ein Stück hoch. „Hier, an diesem Baum hing die Schnur."

Agnes stellte ihr Rad ab und deutete auf die noch junge Eiche.

Heike folgte ihr und bückte sich, um die Stelle zu begutachten. Dann wandte sie sich um, genauso, wie Enno es getan hatte und sagte: „Ja, an der Stelle hätte ihm jemand eine Falle stellen können. Derjenige hätte aber wissen müssen, dass Heribert Heimerle ausgerechnet an diesem Tag und zu dieser Zeit hier entlangfahren würde."

„Weißt du, ich glaube, die Vorstellung, dass ihm jemand eine Falle gestellt haben könnte, war doch eine Schnapsidee. Ich denke, es kann nur ein Unfall gewesen sein. Er hatte einfach nur Pech", entgegnete Agnes.

Heike nickte nachdenklich. *Und Carstensen und Heimerles Frau haben Glück gehabt*, dachte sie.

„Sieh mal, gleich hier nebenan, da wächst auch schon ein schöner Fliederbeerbusch", stellte Agnes erfreut fest. „Der steht bis unten hin in voller Blüte. Meintest du den?"

„Den hatte ich glatt übersehen", gestand Heike. „Weil der Baum davor wächst. Aber wenn wir hier schon mal sind, dann lass uns mal schauen, ob er viele Läuse hat."

Agnes und Heike bahnten sich gerade einen Weg durch das hohe Gras, als sie Schritte auf dem Weg knirschen hörten. Ein leicht übergewichtiger junger Mann

in verschlissenen Cordhosen und Arbeitsstiefeln kam
um die Ecke gestapft. Sein kurzes, farbloses Haar, irgendwie zwischen dunkelblond und hellbraun, stand
ihm leicht fettig um den Kopf, zudem war er schlecht
rasiert.

Argwöhnisch sah er die beiden Frauen an.

Agnes runzelte die Stirn und durchforstete ihr Gedächtnis.

„Florian?", fragte sie schließlich. „Florian Mertens?"

Der junge Mann lächelte und sein blasses Gesicht rö-
tete sich ein wenig vor Freude darüber, dass seine
Grundschullehrerin ihn wiedererkannt hatte.

„Mensch, Frau Plietsch! Sie sehen ja fast genauso aus,
wie früher. Was machen Sie denn hier?"

Agnes war sich des Umstandes bewusst, dass ihr Haar
in den vergangenen fünfzehn Jahren merklich grauer
geworden war. Doch sie erkannte das Kompliment, das
er mit seinem höchst eigenwilligen Charme auszudrücken versucht hatte.

„Ich wollte mit meiner Freundin Heike Rickmann Holunderblüten pflücken. Für Gelee. Ich hoffe, es macht
dir nichts aus, dass wir uns hier an eurem Busch bedie-
nen."

Agnes konnte sich des Eindrucks nicht erwehren,
dass er nervös war.

„Nee, das ist schon in Ordnung, Frau Plietsch."

Seine Augen huschten zwischen Agnes und Heike hin
und her. „Aber da oben, da steht noch ein viel schöne-
rer." Er kam auf die beiden Frauen zu und wedelte mit
der Hand in Richtung des Hofes. „Der da ist bestimmt
voller Läuse."

„Also, ich sehe bis jetzt keine", meinte Heike.

„Doch, doch! Gehen sie lieber nach da oben“, beeilte er sich zu sagen, und Agnes dachte, er würde sie beide gleich an den Schultern packen und nach oben schieben. Sie wechselte einen kurzen Blick mit Heike, die kaum merklich die Schultern zuckte.

„Gut“, meinte Agnes. „Dann zeige uns doch den Busch, den du meintest.“

Mit einem Gewinnerlächeln auf dem Gesicht stapfte er breitbeinig den Weg hinauf und wandte sich mehrmals um, wie um sich zu vergewissern, dass Agnes und Heike ihm auch wirklich folgen würden.

„Da, sehen Sie? Von dem Busch hat meine Oma früher immer Blüten und Beeren genommen.“ Er nahm Heike die Harke ab und zog einen Zweig weit nach unten, sodass sie sich die schönsten Dolden abschneiden konnten.

„Bei uns kocht ja keiner mehr Marmelade. Mein Vater und ich haben da gar keine Zeit zu. Da oben, Frau Plietsch, da sind auch noch welche. Warten Sie, ich biege Ihnen den Ast runter.“

Nachdem sie beide ihre Stofftaschen voller Blüten hatten, bedankten sie sich bei Florian.

„Das war sehr nett von dir. Vielen Dank für deine Hilfe. Ich werde dir auf jeden Fall ein paar Gläser Gelee vorbeibringen.“ Florian wurde rot und grinste verlegen. „Ja, Holundergelee würde ich schon gerne mal wieder essen. Das hat meine Oma früher immer für mich eingekocht.“

Florian bestand noch darauf, sie zu ihren Fahrrädern zu begleiten und sah ihnen nach, als sie den Weg in Richtung Sommerstorf einschlugen.

***

Je weiter sie sich entfernten, desto langsamer wurde sein Puls.

Er wartete noch, bis er ganz sicher sein konnte, dass sie nicht wieder umkehren würden. Dann atmete er erleichtert auf und wandte sich um. Dabei betrachtete er nachdenklich den Baum, den seine Lehrerin und ihre Freundin vorhin so ausgiebig begutachtet hatten.

*Frauen*, dachte er, *sind schon seltsame Geschöpfe.* Er würde wohl nie verstehen, was in ihren Köpfen vorging. Sie redeten unablässig und steckten ihre Nase in Angelegenheiten, die sie nichts angingen. Erst waren sie nett zu einem, aber wenn's darauf ankam, dann ließen sie einen im Stich und machten sich sogar noch lustig über einen. Eingebildet und falsch, ja das waren sie. Hielten ihn für eine Flasche, einen Dämlack, mit dem man alles machen und auf dem man nach Herzenslust herumtrampeln konnte.

Auch Frau Plietsch war so eine. Jetzt sagte sie noch, sie würde ihm Holundergelee kochen, aber dass sie was im Schilde führte, das hatte er gleich gemerkt.

Nein, auf diese falschen Freundlichkeiten würde er nicht mehr hereinfallen, das war vorbei. Er war auch nicht der Typ, der sich alles gefallen ließ. Nicht mehr. Aber das brauchte erst mal keiner zu wissen.

***

„Ein komischer Kauz, dieser Florian", murmelte Heike, als sie außer Hörweite nebeneinander herfuhren.

157

„Ja, der Junge hatte es nicht leicht. Ich erinnere mich, dass seine Mutter schwer krank wurde, als er noch in der Grundschule war. Sie muss vor gut zehn Jahren gestorben sein.“

„Ja, ich weiß.“ Heike nickte. „Es gab da noch die Mutter vom alten Mertens, Florians Großmutter. Die ist aber bald danach gestorben, vor sechs oder sieben Jahren. Jonas hat mir das damals erzählt. Er und Florian haben nämlich eine Zeit lang zusammen Fußball gespielt.“

„Ja?“, fragte Agnes. „Sind die beiden miteinander befreundet?“

„Also, so richtig befreundet würde ich das nicht nennen“, meinte Heike.

„Er gehört eben mit dazu, weil sie sich aus der Schule kennen. Aber soweit ich von Jonas weiß, ist Dirk Schröter mit Florian befreundet. Zumindest gehen sie manchmal gemeinsam angeln.“

Agnes bedauerte Florian. Er war schon während seiner Grundschulzeit ein verschlossener Junge gewesen, und nicht nur das. Sie erinnerte sich auch noch gut daran, dass Florian das ein oder andere Mal Opfer von Hänseleien geworden war. Die lange Krankheit und der frühe Tod seiner Mutter hatten seinen inneren Rückzug vermutlich noch gefördert. Sie wunderte sich also kein bisschen über sein merkwürdiges Verhalten.

„Ich vermute, er hat auch keine Freundin.“ Dies stellte Agnes eher fest, als dass sie fragte.

„Florian?“ Heike hob die Brauen, dass sie unter ihrer Stirnlocke verschwanden. „Das glaube ich auch nicht.“

„Wenn ich meine Holunderblüten eingelegt habe, werde ich gleich Sandra Gienke anrufen und sie fragen, wie viel Platz sie für ihren Flohmarktstand braucht“, wechselte Agnes nun das Thema. „Schließlich ist in einer Woche unser Fest.“

***

Heike betrachtete zufrieden den Topf mit Apfelsaft, in dem ihre geputzten Holunderdolden lagen. Nachdem sie ihn mit Gummibändern verschlossen und in den Keller gestellt hatte, genehmigte sie sich eine Tasse Kaffee. Das Stück Kuchen verkniff sie sich, wenn auch schweren Herzens, da der Bund ihrer Lieblingshose ihr merklich in die Taille kniff.

Jonas kam mit einem juristischen Fachbuch in die Küche. „Hei, Mama. Wo sind denn die anderen?“

Heike stand auf und holte eine zweite Tasse aus dem Schrank.

„Kathrin ist bei Mia. Die beiden lernen für die Matheklausur. Und Niklas ist bei der Feuerwehr. Sie wollen noch was wegen des Dorffestes besprechen. Möchtest du Kuchen haben?“

Jonas grinste. „Klar, bevor meine Geschwister kommen und sich die Backen vollstopfen. Wir kennen ja Niklas!“

Heike lachte. „Lass ihm mal ein Stückchen übrig. Immer, wenn er heimkommt, hat er erst mal Hunger wie ein Bär.“

Sie schenkte sich und ihrem Sohn Kaffee ein.

„Sag mal“, begann sie. „Siehst du Florian Mertens noch manchmal?“

Jonas zuckte die Schultern. Er hatte gerade ein halbes Kuchenstück im Mund und musste erst schlucken.

„Selten“, nuschelte er. „Wie kommst du auf den?“

„Ich habe ihn vorhin getroffen, als ich Holunderblüten gesammelt habe. Er ist schon ein wenig merkwürdig, oder?“

Jonas spülte den restlichen Schokoladenkuchen mit einem Schluck Kaffee hinunter. „Das war er schon immer. Ein richtiger Eigenbrötler. Jetzt, wo er nicht mehr zum Fußballtraining kommt, sehe ich ihn kaum noch. Aber Dirk zieht manchmal mit ihm los. Dirk Schröter.“

„Ja, ich weiß. Die beiden gehen manchmal angeln. Aber Dirk spielt noch bei euch in der Mannschaft, oder?“

„Nicht mehr regelmäßig. Er ist zu Hause ziemlich eingespannt.“

Heike seufzte. „Ich habe davon gehört.“

Dann, nach einer kleinen Pause, in der Jonas sich das zweite Kuchenstück einverleibt hatte, versuchte sie es noch einmal.

„Sag mal, hat der Florian eigentlich eine Freundin?“

„Also Mama!“ Jonas gespielte Empörung über die Neugierde seiner Mutter wich einem breiten Grinsen.

„Nee, der ist solo.“

„Das dachte ich mir fast. Aber so einsam, wie die Mertens auf ihrem Hof leben, täte ihm das sicher gut.“

„Mag sein.“

Mehr war aus Jonas nicht herauszubekommen. Noch ehe sie einen dritten Versuch wagen konnte, klimperte ein Schlüssel an der Haustür und Kathrin kam herein. Mit Schwung pfefferte sie ihre Mathesachen auf den Tisch und strich sich eine Haarsträhne aus dem Gesicht, die sich aus ihrer Hochsteckfrisur gelöst hatte.

„Oh, es gibt Kuchen.“

Sie holte sich einen Teller aus dem Schrank und halbierte den Rest auf der Kuchenplatte.

„Du hast bestimmt schon wieder zwei Stücke gehabt." Sie zog mit einem missmutigen Blick in die Richtung ihres Bruders ihre fein geschwungenen Brauen zusammen und setzte sich zu ihnen an den Tisch.

„Wir haben uns gerade über Florian Mertens unterhalten." Heike wollte verhindern, dass die beiden sich um das letzte Kuchenstück stritten. „Du kennst ihn ja bestimmt nicht. Er ist eine ganze Ecke älter, als du."

Kathrin griff nach der Milchpackung. „Kann ich ein Glas haben, Mama?" Dabei lächelte sie ihre Mutter mit einem betörenden Augenaufschlag an.

„Aber klar doch, meine Süße."

„Florian Mertens war doch in diese Lena Harms verknallt", sagte Kathrin, während ihre Mutter ein Glas aus dem Schrank holte.

„Tatsächlich!" Heike schob ihrer Tochter das Glas hin. „Woher weißt du das denn?"

Kathrin winkte mit einer äußerst eleganten Handbewegung ab. „Von Mias Schwester. Die war mit den beiden in einer Klasse. Und mit Jonas."

„Ja, Lotta hat mit Jonas zusammen Abitur gemacht."

„Und mit Lena", ergänzte ihre Tochter. „Florian und Dirk sind ja nach der Zehnten ab."

„Na, dann ist das mit Florians Schwärmerei sicher schon lange her."

Kathrin schüttelte ernst den Kopf. „Lena war doch immer auf dem Pferdehof. Mias Schwester und Lena hatten da eine Reitbeteiligung. Sie hat uns erzählt, dass Florian da auch ständig war. Er hat sich dort mit

Stallarbeit sein Taschengeld verdient. Jedenfalls hat Lena sich immer über ihn lustig gemacht."

Kathrin blickte finster drein. „Eigentlich, wenn ich so drüber nachdenke, ist Lena eine echt arrogante Kuh. Florian sieht zwar echt nicht toll aus, aber er war immer nett zu ihr. Das war richtig unfair von ihr, ihn so hinzuhalten. Aber irgendwann hat er es wohl gemerkt und ist nicht mehr in den Stall gekommen."

„Sind Lotta und Lena noch befreundet?", wollte Heike wissen.

„Nö, Lotta konnte Lena schon früher nicht besonders leiden."

„Was meinst du damit?"

„Na, bevor sie sich mit den Leuten von der BI abgegeben hat. Danach hat sie mit dem Reiten aufgehört. Aber vielleicht lag es auch daran, dass ihre Mutter aus Süderingen weggezogen ist."

„Du solltest zur Polizei gehen. Oder lieber gleich zum Geheimdienst", meinte Jonas trocken. „Vielleicht kannst du ja bei Onkel Olaf ein Praktikum machen."

Kathrin bedachte ihren Bruder mit einem vernichtenden Blick, während Heike sich mit verschränkten Armen zurücklehnte und ihre Tochter mit einer Mischung aus Liebe und Stolz betrachtete.

# Freitag, 7. Juni

In der darauffolgenden Woche hatte Agnes zunächst immer wieder versucht, Lenas Mutter zu erreichen. Jedoch waren all ihre Versuche vergebens gewesen. Schließlich hatte sie Pastor Dieckmann angerufen und ihm die Lage geschildert, in der Lena sich augenblicklich befand. Er hatte ihr sogleich versprochen, sich um das Mädchen zu kümmern und wollte Lena sogar eine Unterkunft besorgen, wenn sie aus dem Krankenhaus entlassen würde. Auch er wollte seinerseits versuchen, Lenas Mutter zu erreichen. Nachdem dies geklärt war, hatte Agnes endlich die Muße, sich ganz und gar den Vorbereitungen für das Dorffest zu widmen.

Sowohl das Literaturcafé als auch die wöchentliche Chorprobe fielen aus, da noch Details in der Organisation besprochen und im alten Pfarrhaus auch ein wenig umgeräumt werden musste. Im Salon wurde der große Tisch an die Seite gerückt, auf dem das Kuchenbuffet aufgebaut werden sollte. Kleine, runde Tische wurden besorgt, die im Salon und im Garten des alten Pfarrhauses unter dem stattlichen Walnussbaum aufgestellt werden sollten. Einige Frauen trafen sich, um, passend zu den geblümten Papiertischdecken, kleine Blumengestecke für die Tische vorzubereiten. Zwei andere flochten bunte Bänder in die beiden kleinen Birken, die die Eingangstür des Gemeindehauses schmücken sollten.

Eckhard Lürs war Elektriker von Beruf. Deshalb hatte er sich bereit erklärt, sich um zusätzliche Beleuchtung in der Diele des Pfarrhauses zu kümmern, um die Bilder von Saskia Heimerle besonders zur Geltung zu bringen.

Als Agnes am Freitagnachmittag die Diele betrat, lief sie Leandra Heimerle in die Arme, die Saskias Kommandos befolgte. Nach und nach trug Leandra die gewünschten Bilder herein und tauschte sie gegen die Kunstdrucke und Urkunden aus, die zwischen den Türen an den Wänden hingen. Die übrigen Bilder, die dort keinen Platz mehr fanden, stellte sie in eigens dafür mitgebrachte Staffeleien.

Gleich darauf wandte sich Saskia im Ton eines Feldwebels Eckhard zu, der die Scheinwerfer zurechtzurücken hatte. Eckhard, der es nicht gewohnt war, dass jemand in solch einem Ton mit ihm umsprang, zog ein bitterböses Gesicht, sagte aber nichts. Agnes nahm sich vor, ihn am Abend für seine fast unmenschliche Geduld mit einem extra Köm zu belohnen. Dann ging sie weiter in die Küche, in der Kerstin, Inge und Petra einen kleinen Imbiss für die Helfer vorbereiteten. Kerstin hackte gerade wütend auf eine Zwiebel ein.

„Soll ich dich ablösen?", fragte Agnes.

Kerstin wischte sich mit dem Handrücken über die Augen und machte Platz. „Das sind die letzten beiden Zwiebeln. Mehr brauchen wir nicht."

Agnes schaute in die flache Schale. „Oh, ich glaube, das sind jetzt schon genug."

Inge sah Agnes an, deutete mit einer Kopfbewegung in Richtung Diele und rollte dann mit den Augen. Dann bestrich sie eine weitere Brötchenhälfte mit Butter und reichte sie an Petra weiter, die Mett darauf verteilte.

Agnes verstand sofort, dass alle über Saskia Heimerles Ton erbost waren.

„Oje. Jetzt bekomme ich ein schlechtes Gewissen“, sagte sie gerade so laut, dass nur die Frauen in der Küche sie hören konnten. „Es war schließlich meine Idee, Frau Heimerles Bilder hier auszustellen.“

„Für ihre Manieren kannst du nichts“, meinte Inge trocken und schüttelte den Kopf. Sie gehörte zu den Menschen, die großen Wert auf gutes Benehmen legten.

„Dass ihre Tochter sich das gefallen lässt! Also bei aller Liebe, aber das gehört sich nicht, so mit seinem erwachsenen Kind umzuspringen. So einfache Dinge wie *Bitte* und *Danke* sollte man seinen Kindern schon vormachen. Zumindest, wenn man das später selbst von ihnen erwartet.“

Alle murmelten zustimmend und Agnes wunderte sich insgeheim. Sie hatte Leandra immer als freundliches Kind in Erinnerung gehabt und war davon ausgegangen, dass man im Hause Heimerle die Grundformen des Anstandes durchaus beachtete.

„Ich verteile schon mal Brötchen.“ Agnes nahm vorsichtig ein Tablett mit Mettbrötchen. „Es ist schon ziemlich warm draußen, da sollte das Mett schnell aufgegessen werden.“

In der Diele herrschte nach wie vor frostige Stimmung.

„Zeit für eine kleine Stärkung!“ Agnes balancierte das Tablett geschickt auf einer Hand und reichte es Eckhard an, der auf einer Leiter stand.

„Danke", sagte er, griff sich eine Brötchenhälfte und stieg von der Leiter.

„Hier, Frau Heimerle, greifen Sie zu!"

Saskia Heimerle betrachtete angewidert den Berg Mettbrötchen und ihre Tochter lächelte verlegen. „Meine Mutter ist Veganerin. Aber ich nehme gerne eines."

Mit einem schnellen Seitenblick streifte Leandra ihre Mutter und biss herzhaft in ihr Brötchen. Agnes vermutete, dass ein Mettbrötchen zu essen Leandras Art war, gegen ihre Mutter zu rebellieren. Die jedoch ignorierte ihre Tochter und betrachtete stattdessen kritisch die Beleuchtung ihrer Bilder.

„Ich glaube, das können wir so lassen", nuschelte Eckhard mit vollem Mund.

Noch ehe Saskia Heimerle widersprechen konnte, war er in der Küche verschwunden.

„Es tut mir leid, dass ich Ihnen nichts zu essen anbieten kann. Aber vielleicht möchten Sie etwas zu trinken haben?" Agnes wollte gerade die Getränke aufzählen, die für die Helfer bereitgestellt worden waren, doch Saskia meinte nur: „Danke, aber ich wollte jetzt wieder nach Hause fahren. Leandra, kommst du?"

Agnes hielt Leandra noch einmal das Tablett hin. „Ich hoffe, du bist morgen auch dabei. Es wird bestimmt ein schöner Tag."

Leandra lächelte verlegen und nahm sich noch eine Brötchenhälfte.

„Danke, Frau Plietsch. Sehr gerne."

***

Gegen achtzehn Uhr waren schließlich die letzten Vorbereitungen getroffen. Ein wenig erschöpft, aber zufrieden und voller Vorfreude auf den kommenden Tag saßen die Sommerstorfer in kleinen Grüppchen im Garten des alten Pfarrhauses zusammen und vertilgten die letzten Mettbrötchen und den Kuchen, den Marlies vorbeigebracht hatte.

Agnes, die noch die letzten Krümel aus der Küche gefegt hatte, gesellte sich zu Heike und Kerstin, die mit einer Limonade in der Hand die letzten Sonnenstrahlen auf der Bank vor dem Pfarrhaus genossen.

Sie unterhielten sich gerade über Gisela Schröter.

„Was meinst du, Kerstin, wird Gisela mit Wolfgang kommen? Ein wenig Abwechslung täte ihm doch gut." Kerstin sah Heike kurz an und zuckte dann die Schultern. „Ich habe sie vorgestern besucht, weil ich die beiden überreden wollte, herzukommen. Gisela wäre gerne dabei. Mal sehen, ob sie Wolfgang aus dem Haus bekommt. Wenigstens für ein oder zwei Stunden. Allerdings sind die beiden nicht gerade scharf darauf, der Heimerle über den Weg zu laufen."

„Ich glaube fast, dass wir nicht viel von Frau Heimerle sehen werden", wandte Agnes ein. „Sie machte vorhin auf mich nicht den Eindruck, als lege sie großen Wert auf unsere Gesellschaft."

„Umso besser. So wie die vorhin mit Eckhard umgesprungen ist ..." Heike schüttelte den Kopf.

„Eckhard muss nur ihren Namen hören, damit sein Blutdruck auf hundertachtzig steigt", bestätigte Kerstin. „Und den Köm, den du ihm vorhin eingeschenkt hast", sie wandte sich nun an Agnes, „den hat er sich redlich verdient."

Alle drei nickten in stillem Einvernehmen.

„Trotzdem kann ich Giselas Zorn gegen den Heimerle nicht so ganz nachvollziehen. Noch dazu jetzt, wo er tot ist." Agnes sah Kerstin an. „Da muss doch mehr dahinterstecken, als nur der Streit um die Umgehungsstraße. Es wird irgendetwas sehr Persönliches sein, nehme ich an. Aber solange wir darüber nicht Bescheid wissen, werden wir bei Gisela wohl noch das eine oder andere Mal ins Fettnäpfchen treten. So wie letzten Freitag nach dem Chor."

„Agnes hat recht, Kerstin." Heike verschränkte die Arme und setzte eine Miene auf, als mache sie sich bereit, Kerstin polizeilich zu vernehmen. „Gisela ist normalerweise kein sehr nachtragender Mensch."

Nachdem Kerstin nur an ihrer Limonade nippte, als ginge sie das alles nichts an, fuhr Heike fort.

„Ich kann mich noch daran erinnern, was über diesen Streit gesagt wurde. Dirk hat den Heimerle auf dieser Demo vor dem Rathaus gefragt, ob er nur deshalb gegen die Umgehungsstraße sei, weil sie doch in Sichtweite seines Hauses vorbeiführen würde. Und kurz darauf hat der Heimerle ihm die Nase blutig gehauen."

„Ich habe Gisela versprochen, die Sache für mich zu behalten", wich Kerstin aus.

Doch Agnes spürte, wie sehr sie mit sich kämpfte. „Ja, manchmal schwankt man zwischen Loyalität und dem Wissen, dass es falsch ist, ein Geheimnis für sich zu behalten." Sie sah Kerstin mitfühlend an. „Vielleicht können wir ja helfen."

Aus Kerstins Ausschnitt krochen purpurne Flecken über ihren Hals hinauf bis zu den Wangen.

„Der Heimerle war ein echtes Scheusal“, begann sie schließlich. „Dirk ist natürlich laut geworden bei dem Streit. Er hat dem Heimerle auf den Kopf zugesagt, dass er wohl auch über Leichen ginge, nur um diese Umgehungsstraße zu verhindern. Und ob die Gesundheit und das Leben seines Vaters weniger zähle, als ein paar seltene Käfer, die angeblich über den Acker krabbelten, auf den der Heimerle so gerne guckte. Er hat ihm sogar auf den Kopf zugesagt, dass er die Straße ohnehin nur aus reinem Eigennutz verhindern wolle. Vermutlich sind dabei auch ein paar üble Schimpfwörter gefallen. Deswegen haben die beiden angefangen zu rangeln.“

„Ja, soweit kenne ich die Geschichte auch von Gisela“, meinte Heike. Kerstin atmete tief durch, bevor sie weitererzählte.

„Nachdem Dirk den Heimerle wegen seiner gebrochenen Nase angezeigt hat, da hat dieser Mistkerl dem Jungen aufgelauert und ihm unter vier Augen an den Kopf geworfen, sein Vater sei doch selber schuld, er sei doch bestimmt betrunken gewesen. Und wenn er nicht sofort zur Polizei ginge, um die Anzeige zurückzuziehen, würde er der Unfallversicherung stecken, dass Wolfgang betrunken gewesen sei, als der Transporter ihn angefahren hat.“

Heike schlug sich die Hand vor den Mund und Agnes zog voller Missbilligung die Brauen zusammen.

„Aber meinst du, die Versicherung hätte aufgrund eines bösartigen Gerüchtes weniger gezahlt?“ Agnes sah Kerstin skeptisch an.

„Na ja“, Kerstins Gesicht leuchtete nun förmlich. „Wolfgang hatte am Angelteich wohl ein Bier getrunken. Vielleicht waren es zwei. Und es wurde kein

Alkoholtest im Krankenhaus gemacht. Dirk und Wolfgang mussten hinterher eidesstattlich versichern, dass Wolfgang stocknüchtern war. Sonst wäre die Versicherung von einer Mitschuld am Unfall ausgegangen und hätte die Kosten für die Reha nicht bezahlt. Dirk schwört jedoch Stein auf Bein, dass sein Vater keine Chance hatte, dem Transporter auszuweichen. Der war viel zu schnell und ist deswegen in der Kurve ins Schlingern gekommen."

„Na, also so was", empörte sich Heike.

„Es ist also kein Wunder, dass Gisela und Dirk so sauer sind. Und nun drei Jahre die Angst, dass dieses Scheusal sie doch noch in die Pfanne haut." Kerstin atmete erleichtert auf, als hätte ihr jemand eine schwere Last abgenommen.

„Und jetzt tut mir einen Gefallen und behaltet die ganze Angelegenheit für euch. Nicht, dass da doch noch was zu Wolfgangs Schaden rauskommt."

Heike beugte sich ein wenig zu Kerstin hinüber.

„Keinen Ton werde ich sagen, egal zu wem." Kerstin sah Heike dankbar an.

„Ich vermute, das belastet auch dich schon eine ganze Weile", meinte Agnes. Kerstin nickte. „Um ehrlich zu sein, hat mich diese ganze Geschichte schon viele schlaflose Nächte gekostet. Aber zum Glück sind Gisela und Dirk diese Sorge nun los. Ein für alle mal."

# Samstag, 8. Juni

Die Sommerstorfer hatten Glück. Der Samstag, an dem das Dorffest stattfand, war ein herrlicher Frühsommertag. Statt der dichten Bewölkung und der hohen Regenwahrscheinlichkeit, die der Wetterbericht angekündigt hatte, lachte die Sonne schon früh am Morgen. Kein Wölkchen trübte den strahlend blauen Himmel und eine angenehme Brise sorgte dafür, dass es warm, aber nicht heiß wurde.

Agnes war schon um fünf Uhr morgens aufgestanden, um ihre Donauwellen zu backen und um halb neun Uhr holte Enno sie wie verabredet ab.

Agnes trug ihr liebstes Sommerkleid, das mit zarten Rosenblüten bedruckt war. Dazu setzte sie sich einen luftigen Sonnenhut mit einer rosa Schärpe auf.

Als sie ihm die Tür öffnete, verbeugte er sich. „Agnes, Sie sehen bezaubernd aus."

Agnes lächelte und fühlte, wie ihr das Blut in die Wangen schoss. „Mein lieber Enno, ich sehe, auch Sie sind stilvoll gekleidet für unser Sommerfest."

Er trug einen cremefarbenen Sommeranzug, in dem er aussah wie ein englischer Gentleman auf dem Weg zu einem Cricketspiel.

„Ich hole noch schnell den Kuchen. Den wollte ich zuerst ins Pfarrhaus bringen."

Enno bot sich an, ihr das Kuchenblech abzunehmen, sodass Agnes nur mit ihrer Handtasche über dem Arm bequem neben ihm schlendern konnte. Als sie das Pfarrhaus erreichten, waren Inge und Heike bereits voll in ihrem Element. Sie dirigierten die Kuchenspenderinnen in den Salon, wo Kerstin das Backwerk auf dem weiß gedeckten, mit Blütenblättern bestreuten Tisch arrangierte. Einige der jungen Leute waren dabei, die Cafétische im Garten aufzustellen und die Jugendfeuerwehr hatte ganz hinten im Pfarrgarten schon den Pavillon aufgebaut, an dem sie Spiele für die Kinder anbieten wollten. Auch eine Hüpfburg für die Kleinen war neben dem Pfarrhaus aufgebaut. Sie passte genau zwischen Hauswand und Hecke auf der rechten Seite des Hauses, sodass kein Kind unbemerkt an der Hüpfburg vorbeischlüpfen und vom Grundstück auf die Straße laufen konnte. Eckhard Lürs kümmerte sich um die Tontechnik, da Bernd Rickmann in seiner Eigenschaft als Bürgermeister das Fest mit einer kurzen Ansprache eröffnen sollte. Enno gesellte sich zu ihm, um ihm ein wenig zur Hand zu gehen und Agnes marschierte weiter die Dorfstraße entlang zur Dorfschule. Das ehemalige Schulhaus diente der Gemeinde schon seit vielen Jahren als Bücherei. Sie holte ihr Notizheft aus der Handtasche, in das sie die Teilnehmer des Flohmarktes eingetragen hatte und postierte sich vor dem Tor zum ehemaligen Schulhof, der nun Büchereigarten genannt wurde. Dort wuchs eine mächtige Blutbuche, deren Stamm von einer runden Bank gesäumt war. An den Fachwerkwänden des alten Schulgebäudes rankten leuchtend rote Kletterrosen und davor gab es einen breiten, frisch gemähten Rasenstreifen in sattem Grün. Dort, unter den Rosenranken und im Schatten des alten Baumes durften die Flohmarktverkäufer ihre Tische aufbauen.

Neunzehn Anmeldungen hatte sie insgesamt entgegengenommen. Wie in jedem Jahr waren die Ersten Marlies Weber und Marianne Wiechert. Eine von Marlies' Töchtern hatte die beiden mit dem Auto gebracht und half ihnen noch schnell, die Gartentische, zwei Klappstühle und mehrere Pappkartons auszuladen, bevor sie den Parkplatz vor dem Tor räumte.

„Wir haben wieder so ein Glück mit dem Wetter!"

Agnes kassierte die Standgebühr, die an die Ortsfeuerwehr gespendet werden sollte und hakte die Namen auf ihrer Liste ab.

„Dass der Wetterbericht falsch liegt, hat mir mein Knie schon am Donnerstag gesagt", begann Marianne. Doch ihre Ausführungen über Wetterfühligkeit im Zusammenhang mit Arthrose wurden von weiteren Flohmarktverkäufern unterbrochen, die bei Agnes ihren Obolus zu entrichten hatten, bevor sie sich einen Platz auf dem Hof aussuchten.

„Sie haben keinen Tisch, Herr Ziegenbrink?"

Ein hagerer Mann mit Tonsur, zotteliger grauer Mähne und weißem Kinnbart stieg von seinem Lastenfahrrad und schob es durch das Tor. Für einen kurzen Moment war Agnes versucht, ihm die Standgebühr zu erlassen, so abgerissen, wie er aussah. Doch beim Anblick des nagelneuen, teuren Fahrrades wischte sie den Gedanken schnell beiseite.

„Ich brauche keinen Tisch. Ich habe alles, was ich brauche, hier drin." Er deutete mit seinen knochigen Krallenfingern auf den Kasten über dem Vorderrad.

„Gut, Herr Ziegenbrink, sie können sich einen Platz aussuchen", sagte Agnes, nachdem er ihr die fünf Euro Standgebühr in die Hand gezählt hatte. Während sie die Fünfzig-, Zwanzig- und Zehncentstücke in ihr Portemonnaie gleiten ließ, beobachtete sie ihn dabei, wie er sein Fahrrad unschlüssig an den schon aufgebauten Tischen vorbeischob und sich dann, abseits von allen anderen, am Eingang zum Büchereigarten gleich hinter dem Tor postierte. Dann schloss er die Transportbox über dem Vorderrad auf und holte einen dreibeinigen Hocker aus Stahlrohr und einen kleinen Aufsteller heraus. Auf dem zugeklappten Kistendeckel legte er verschiedene Flyer von diversen Naturschutzorganisationen und Bürgerinitiativen aus. Auf dem Aufsteller befestigte er ein rotes Plakat, auf dem *Gegen Immobilienhaie! Projekt* NaturSchmiede *retten!* prangte.

Gehören Sie auch zu dem Verein?", fragte Agnes und kam näher, um einen Blick auf die dargebotenen Flyer zu werfen.

Stolz bejahte er ihre Frage und fügte hinzu: „Wir werden alles dafür tun, um dieses wertvolle Projekt zu retten."

„Ach!" Agnes hob eine Braue. „Ich dachte, das Grundstück sei inzwischen verkauft worden."

Mit trotzigem Blick, der in krassem Widerspruch zu seinem gealterten Gesicht stand, erwiderte er: „Da ist das letzte Wort noch nicht gesprochen!"

„Oh", sagte Agnes nur und hatte insgeheim die Sorge, dass Herr Ziegenbrink versuchen würde, die Flohmarktbesucher mit seinem Anliegen zu bedrängen und am Ende zu vergraulen.

Sie schenkte ihm noch ein unverbindliches Lächeln, bevor sie sich einer jungen Frau zuwandte, die eben aus ihrem Wagen einen Klapptisch und zwei große Rollkoffer auslud. Als sie die Autotür zuschlug, las Agnes den Werbeaufdruck, der an der Seite des Fahrzeuges angebracht war: *„Gas – Wasser – Sanitär, Albert Gienke"*.

Das erklärte sofort ihren widerwilligen Blick, mit dem sie zuerst das rote Plakat und dann Herrn Ziegenbrink musterte.

„Warten Sie, ich helfe Ihnen beim Tragen!" Agnes eilte ihr entgegen. Sie musterte die schlanke, brünette Frau, die auf erstaunlich hohen Absätzen geschickt über das unebene Pflaster schritt.

Sie reichte Agnes die Hand.

„Sandra Gienke", stellte sie sich vor. „Und Sie müssen Frau Plietsch sein. Wir hatten miteinander telefoniert."

Mit erhobenem Haupt und energisch wippendem Pferdeschwanz schritt sie an dem Plakat vorbei ohne Herrn Ziegenbrink auch nur eines Blickes zu würdigen.

„Hallo, Sandra!" Marlies war aufgesprungen und winkte ihnen zu. „Hier, neben mir ist noch ein guter Platz im Schatten!"

„Gerne", rief Sandra Gienke und steuerte auf Marlies zu. Agnes half der jungen Frau, den Tisch aufzustellen. Sie bezahlte ihre Standgebühr und deckte dann eine schwarze Samtdecke über den Tisch, um darauf ihre Waren zu präsentieren.

Agnes eilte wieder zum Tor zurück, um den nächsten Verkäufer in Empfang zu nehmen.

Nachdem um Viertel vor zehn endlich alle neunzehn Plätze belegt waren, drehte Agnes eine Runde über den

Flohmarkt um die verschiedenen Stände zu begutachten und mit dem einen oder anderen ein Pläuschchen zu halten. Sie kaufte eine kleine Kristallschale für Konfekt, die hervorragend zu einer ihrer Kuchenplatten passte, zwei offensichtlich noch ungelesene Kriminalromane und ein selten benutztes Strickspiel in der Stärke zweieinhalb. „Davon kann man nie genug haben!" Voller Freude über ihr Schnäppchen packte sie die Stricknadeln zu den anderen Sachen, die sie erstanden hatte, in ihre geräumige Handtasche.

Auch vor Sandra Gienkes Stand blieb sie stehen. „Oh, was haben Sie denn für schöne Sachen!"

„Das ist alles Handarbeit." Stolz wies die andere Frau auf den Modeschmuck. „Und die Wollsachen stricke und häkle ich auch auf Bestellung." Sie reichte Agnes eine Visitenkarte mit ihrem Namen und einer Telefonnummer darauf. Unter einem schwarzen Balken konnte Agnes eine Webadresse erkennen, die Sandra Gienke offensichtlich mit Edding durchgestrichen hatte.

„Die hier gefällt mir besonders gut." Agnes nahm vorsichtig eine filigrane Brosche vom Samt, die aus Silberdraht und winzigen Glasperlen zu einer Libelle geformt worden war.

„Was soll die den kosten?"

Sandra Gienke nannte ihr den Preis. Agnes zückte ihr Portemonnaie und steckte sich die Brosche gleich an. „Die passt wunderbar zu Ihrem Kleid."

Auch Marlies bestätigte die Worte der jungen Frau. „Wirklich schön. Ach, komm, Sandra, gib mir gleich drei. Die schenke ich meinen Töchtern."

Während Sandra die verschiedenen Broschen bereitlegte, beugte sich Marlies mit hochgezogenen Brauen über ihre feilgebotenen Blumentöpfe.

„Sag mal, Agnes, was ist das denn für einer mit dem Schild?“ Sie deutete mit dem Kinn in Richtung des Tores.

„Das ist Herr Ziegenbrink. Der gehört zu der Bürgerinitiative *grün statt grau*. Ich habe ihn schon einmal bei Heimerles Beerdigung gesehen.“

„Was hat denn die Bürgerinitiative mit der alten Schmiede zu tun?“ Auch sie betrachtete den weißhaarigen Mann mit erkennbarer Abneigung. „Ach, wahrscheinlich stecken die alle mit dem Heimerle unter einer Decke.“

Agnes bemerkte aus dem Augenwinkel, dass Sandra Gienke unter ihrem dezenten Make-up zuerst blass und dann rot geworden war.

„Der Verein *NaturSchmiede e.V.* wollte mir das Grundstück mit der alten Schmiede abkaufen. Den Heimerle hatten sie dabei als Anwalt und Bevollmächtigten eingeschaltet.“

Sie warf einen kurzen Blick zu Herrn Ziegenbrink hinüber, der die Frauen ebenfalls anstarrte, als merke er, dass sie über ihn sprachen.

„Aber aus dem Geschäft ist nichts geworden, wie man an Herrn Ziegenbrinks Plakat unschwer erkennen kann“, meinte Agnes unverblümt.

„Was ein Glück ist! Denn ein anderer Interessent hat mir eine viel höhere Summe geboten.“

Agnes nickte. „Heinrich von Soest.“

Sandra Gienke zog die Brauen zusammen. „Woher wissen Sie das denn?“

„Das habe ich lediglich vermutet", schwindelte Agnes ohne rot zu werden. „Da Herr von Soest Bauunternehmer ist, hielt ich das für naheliegend."

Sandras Gesicht entspannte sich wieder. „Ja, Herr von Soest ist doch ein wesentlich angenehmerer Geschäftspartner." Sofort errötete sie wieder und wich Agnes' Blick aus, als hätte sie etwas Ungehöriges gesagt.

„Also wenn du mich fragst, dann werden alle Trollingsbütteler und Heidenbecker froh sein, dass von Soest das Grundstück gekauft hat", warf Marlies ein.

„Mit diesem wilden Campingplatz war nämlich keiner von uns einverstanden."

Agnes sah noch einmal in Herrn Ziegenbrinks Richtung, der noch immer finster zu ihnen herüberstarrte. „Na, dann hoffen wir, dass sich der *NaturSchmiede*-Verein bald mit den Tatsachen abfindet."

***

Als Agnes kurz nach elf Uhr beim alten Pfarrhaus ankam, musste sie feststellen, dass der Bürgermeister seine Rede schon fast beendet hatte. Wie in jedem Jahr begnügte er sich mit einer kurzen Ansprache, was die Bürger seiner Samtgemeinde sehr an ihm schätzten. Er hob noch das Engagement von Feuerwehr, Schützenverein und Dorfverein lobend hervor und erklärte das Fest für eröffnet. Agnes applaudierte ihm zusammen mit allen anderen, die sich auf der gepflasterten Terrasse hinter dem Haus versammelt hatten. Die Menschentraube um das kleine Rednerpult, von dem Bernd Rickmann soeben heruntergestiegen war, löste sich zügig auf. Am Rande des alten Pfarrgartens hatte Eugen,

178

der Wirt des Dorfkruges, seinen Getränkestand errichtet, wo er sein Bier, Sekt und Limonade ausschenkte. Davor hatte er Biertische aufgestellt, die innerhalb weniger Minuten voll besetzt waren. Der Dorfkrugwirt war bester Laune, als er die Warteschlange vor seinem Stand betrachtete. Agnes plauderte mit einigen Leuten, die dort um Limonade anstanden. Als sie sich wieder dem Haus zuwandte, fiel ihr Blick auf Saskia Heimerle, die sich offenbar angeregt mit dem Bürgermeister unterhielt. Sie sah geradezu gut gelaunt aus, im Gegensatz zu ihrer Tochter Leandra, die ein wenig verloren hinter ihrer Mutter stand. Agnes schlenderte auf sie zu. Bernd nickte ihr zu, während er weiter mit höflichem Interesse Frau Heimerles Ausführungen lauschte.

„Schön, dass du auch hier bist, Leandra. Hast du denn auch schon Bekannte getroffen?"

Leandra schüttelte den Kopf und blickte dabei wie ein Kind auf ihre Schuhspitzen.

„Möchtest du mit mir hineinkommen?" Agnes deutete auf den von Birkenzweigen gesäumten Eingang des alten Pfarrhauses. „Das Kuchenbuffet ist in diesem Jahr besonders reichhaltig und lecker. Und ich muss unbedingt die Marzipantorte probieren, die meine Nachbarin gebacken hat."

Leandra lächelte schüchtern. „Ja, Marzipan mag ich auch gerne."

„Das ist gut. Dann lade ich dich ein."

Das Eis war gebrochen. Leandra folgte Agnes und bestaunte mit ihr die große Auswahl an Kuchen und Torten, die einer Konditorei zur Ehre gereicht hätte.

Mit den Tellern in der Hand wählten sie ein kleines Tischchen am Fenster aus und Agnes holte noch zwei Tassen Kaffee.

Leandra blickte nach draußen, wo ihre Mutter noch immer mit dem Bürgermeister in ein Gespräch vertieft war. Heike, die sich bei Eugen eine Limonade gekauft hatte, gesellte sich zu den beiden und Bernd Rickmann nahm seine Frau in den Arm.

„Jetzt wird sie sicher gleich gehen wollen." Leandra machte eine Kopfbewegung in Richtung des Fensters und ihr Blick verdunkelte sich.

„Aber wie kommst du darauf? Das Fest hat doch gerade erst begonnen." Agnes war überrascht und sah Leandra fragend an, als die sich duckte, damit ihre Mutter sie von draußen nicht sehen konnte.

„Glauben Sie im Ernst, meine Mutter hat Spaß an einem Dorffest, Frau Plietsch?"

„Nun, sie schien mir erfreut, dass sie eingeladen wurde, daran teilzunehmen."

Leandra schnaubte. „Ich denke nicht, dass irgendjemand hier den intellektuellen Ansprüchen meiner Mutter genügt."

Agnes ließ ihre Kuchengabel sinken und hatte Mühe, kein beleidigtes Gesicht zu machen. Leandra bemerkte das und lächelte, diesmal mit einem Ausdruck von Überlegenheit.

„Das sollten Sie sich nicht zu Herzen nehmen, Frau Plietsch. Meine Mutter ist Künstlerin. Sie gibt sich normalerweise nur mit ihresgleichen ab."

Agnes räusperte sich. „Also, ich dachte, sie lebt mittlerweile gerne hier. Zumindest hatte ich das nach ihrer

Ansprache bei der Beerdigung deines Vaters angenommen.“

Leandra schüttelte den Kopf. „Es ist das Haus. Es ist alles, was ihr geblieben ist.“

Agnes sah sie voller Mitgefühl an. „Das kann ich gut verstehen. Deine Eltern haben wahrscheinlich den größten Teil ihres gemeinsamen Lebens in diesem Haus verbracht. Es steckt für deine Mutter sicher voller kostbarer Erinnerungen an ihre gemeinsame Zeit.“

Leandra schüttelte wieder den Kopf. „Ich meinte eigentlich, das Haus ist alles, was ihr von ihrem Erbe geblieben ist. Meine Großeltern waren sehr reich, wissen Sie? Als meine Eltern geheiratet haben, waren meine Großeltern nicht gerade begeistert von meinem Vater. Meine Mutter hat sich deswegen mit ihnen überworfen und darauf bestanden, den Pflichtteil ihres Erbes sofort zu bekommen. Also haben meine Großeltern ihr einen Haufen Geld und Aktien überschrieben. Mein Vater hat damals, bei unserem Umzug, das ganze Barvermögen meiner Mutter in dieses Haus in Heidenbeck gesteckt. Mein Vater hatte nämlich gar kein Geld. Allerdings hat er sich immer um die Finanzen gekümmert, weil meine Mutter überhaupt kein Interesse an solch eher praktischen Dingen hatte. Und jetzt, wo sie wieder ganz alleine darüber verfügen kann, will sie eine Künstlerkolonie gründen, deren Mittelpunkt natürlich sie selbst ist. Zusammen mit ihrem Freund Lorenz Arndt sucht sie Kontakt zu Leuten, die ihr dabei helfen können, endlich das zu machen, was sie schon vor fünfzehn Jahren vorhatte.“

*Aber wegen ihres Mannes nicht konnte*, ergänzte Agnes im Stillen. Offenbar kam Saskia Heimerle der Tod ihres Ehemannes mehr als gelegen.

„Was macht dein Bruder?", wechselte Agnes nun das Thema. „Ich nehme an, er hat keine allzu große Lust auf ein Leben auf dem Lande."

Leandra, die sich gerade ein Stück Torte in den Mund geschoben hatte, grinste. Nachdem sie genüsslich ausgekaut hatte, sprach sie weiter.

„Ich vermute, er ist gerade irgendwo in Spanien, oder vielleicht in Portugal. Eigentlich wollte er nach Südamerika reisen, aber meine Mutter hat nicht genug Geld locker gemacht." Sie grinste wieder. Diesmal wirkte sie dabei ausgesprochen schadenfroh.

„Ich habe meiner Mutter neulich mal vorgerechnet, wie viel Geld sie das kostet, wenn sie jede seiner Spinnereien unterstützt. Und jetzt, nach dem Feuer im Atelier ist erst mal Schluss mit den dauernden Extraüberweisungen an ihn. Jetzt muss sie ihr Geld zusammenhalten, wenn sie ihr Atelier wieder aufbauen möchte."

„Ich dachte eigentlich, das bezahlt die Brandschutzversicherung." Agnes nahm einen Schluck Kaffee.

„Grundsätzlich ja", meinte Leandra, „aber sie hatte ohnehin noch einige Um- und Anbauten vor. Es sollten außerdem noch einige Gästezimmer entstehen, damit die Künstler, die sie um sich haben will, auch bei ihr wohnen können."

„Dann wird dein Bruder sicher nicht erfreut sein, wenn du deiner Mutter mit Rat und Tat zur Seite stehst."

Leandra lachte. „Der hat noch gar nicht gemerkt, dass ich meiner Mutter helfe, Überblick über ihre Finanzen zu bekommen. Außerdem hat Levi doch von nichts eine Ahnung. Er dachte im Ernst, unsere Mutter schwimmt jetzt im Geld wegen der Lebensversicherung."

Als Leandra ganz abrupt schwieg, hatte Agnes den Eindruck, dass das Mädchen drauf und dran war, sich zu verplappern. Deswegen wollte sie das Thema geschickt umschiffen, um weiter mit ihr im Gespräch zu bleiben.

„Du wolltest doch nach Hamburg ziehen. Hast du deine Pläne diesbezüglich geändert?"

„Grundsätzlich nicht, aber die Wohnung war doch nicht das, was ich gesucht habe. Ich habe mein Zeug vorerst wieder bei Mutter eingelagert. Viel ist es ohnehin nicht. Und solange ich hier wohne, helfe ich ihr eben, so gut ich kann."

Agnes schob sich das letzte Stück ihrer Marzipantorte in den Mund. Während sie kaute, überlegte sie, wie viel Eigennutz wohl hinter Leandras Hilfsbereitschaft steckte.

***

Als Saskia Heimerle ihre Tochter bei Kaffee und Kuchen fand, teilte sie ihr mit, dass sie vorhatte, unverzüglich nach Hause zu fahren. Es schwang die unausgesprochene Aufforderung mit, ihr zu folgen. Leandra aber schüttelte den Kopf.

„Ich bleibe noch ein Weilchen. Zur Not laufe ich auch nach Hause. So weit ist es ja nicht."

Frau Heimerle presste die Lippen aufeinander, als wolle sie sich eine Rüge ihrer Tochter in Gegenwart einer Fremden verkneifen. Sie lächelte wieder ihr säuerliches Lächeln und verabschiedete sich.

„So, und jetzt hole ich mir noch ein Stück." Leandra stand auf, offensichtlich sehr zufrieden, ihre Mutter losgeworden zu sein, und fragte Agnes: „Soll ich Ihnen auch noch etwas mitbringen?"

„Danke, Leandra, aber ich habe erst mal genug."

Sie erhob sich ebenfalls. „Nachher finden draußen für die jüngere Generation lustige Geschicklichkeitsspiele statt. Das solltest du dir nicht entgehen lassen."

Sie verabschiedete sich von dem Mädchen. Auf dem Weg ins Freie lief sie Enno in die Arme.

„Oh, ist das eine Neuerwerbung?" Er deutete auf Agnes' Brosche.

„Ja, stellen Sie sich vor, ich habe sie von Sandra Gienke gekauft. Sie ist die ehemalige Besitzerin der alten Schmiede."

Sie hakte sich bei ihm unter und während sie eine Runde über den Platz drehten, erzählte sie ihm, was sie eben alles erfahren hatte.

„Und?" Enno schmunzelte. „Wen finden Sie nun verdächtig?"

Agnes ignorierte Ennos ironischen Unterton. „Ich halte Leandra für ungewöhnlich mitteilsam. Sie wirkt auf mich, als wolle sie mit etwas Unaussprechlichem prahlen. Es drängt sie förmlich, mir zu zeigen, wie gerissen sie doch ist."

„Hm." Enno betrachtete die Schäfchenwolken am Himmel.

„Und sie kann ihren Bruder ebenso wenig leiden, wie ihren Vater. Ich denke, sie buhlt um die

Aufmerksamkeit ihrer Mutter, die sie so lange hat entbehren müssen."

„Ist das Ihrer Meinung nach ein verdächtiger Zug an dem Mädchen?" Enno sah sie kurz an.

„In diesem konkreten Fall finde ich das tatsächlich sehr merkwürdig."

Noch bevor sie ihre Meinung begründen konnte, winkten ihnen Heike und Bernd Rickmann zu, die an einem von Egons Tischen saßen.

„Lassen Sie uns doch beim Herrn Bürgermeister am Tisch Platz nehmen."

Enno geleitete Agnes zu den Rickmanns.

„Kommt her, bei uns ist noch Platz!" Heike rückte demonstrativ noch ein Stückchen näher an Bernd heran.

„Joachim Carstensen", stellte sich ein kräftig gebauter Mittfünfziger vor und reichte zuerst Agnes und dann Enno seine riesige, rote Hand.

Nachdem sie sich alle vorgestellt und Enno für sich und Agnes Getränke bestellt hatte, führte Joachim Carstensen das Gespräch mit dem Bürgermeister fort.

„Baubeginn ist also übernächste Woche."

„Und die Firma Ihres Bruders kann das stemmen?"

Carstensen machte eine wegwerfende Handbewegung und ließ die Hand wieder schwer neben sein Bierglas fallen. „Der Auftrag rettet meinem Bruder sozusagen den Hals."

„Dann kommen sie also doch, die vielgeschmähten Windkraftanlagen?" Enno musterte Carstensen interessiert.

„So ist es!" Er prostete Enno zu und nahm einen großen Schluck aus seinem Bierglas. Sein Gesicht war stark gerötet, obwohl er im Schatten saß.

„Und mit etwas Glück bekommen die Süderinger auch bald ihre Umgehungsstraße. Jetzt, wo dieser Querulant ...“ Er sprach den Satz nicht zu Ende, sondern nahm noch einen weiteren, kräftigen Schluck, mit dem er das Glas bis auf eine kleine Neige leerte.

Heike und Agnes wechselten einen vielsagenden Blick.

Als ob Carstensen ihre Gedanken gehört hätte, begann er: „Ich bin ja nicht der Einzige, dem er Scherereien gemacht hat, der Heimerle.“ Er unterdrückte ein Aufstoßen und fuhr dann fort. „Nicht der Einzige, das könnt ihr mir glauben. Ingo Gienke und seine Frau hat er auch versucht, in die Pfanne zu hauen. Denen wollte er die alte Schmiede abluchsen, nur damit er als Natur-Schmiede-Verein den Rechtsstreit gegen mich fortsetzen kann.“

„Davon habe ich gehört“, meinte Agnes. „Er hatte ihnen wohl ein Angebot gemacht, das sie am Ende ausgeschlagen und jetzt an Heinrich von Soest verkauft haben.“

„Erpresst hat er die beiden. Das ist das richtige Wort dafür.“

Seine Aussprache klang bereits sehr verwaschen und Agnes bezweifelte, dass Carstensen im nüchternen Zustand so frei von der Leber weg erzählt hätte. Da einem Sprichwort zufolge Kinder und Betrunkene immer die Wahrheit sagen, fragte sie ganz arglos: „Aber wie kann er die beiden denn erpresst haben?“

„Mit Sandras Geschäft.“ Er hickste ein wenig. „Ihrem Internetshop, in dem sie ihr selbstgebasteltes Gedöns verkauft hat. Lief gar nicht schlecht. Meine Sabine hat ihr auch ein paar Klunker abgekauft.“ Wieder hickste er. „Da hat sie doch glatt von so einer Abmahnfirma Post bekommen. Sollte eine Menge Geld berappen wegen irgendwelcher angeblich falschen Angaben. Sollte sie insgesamt“, er machte eine undeutliche Handbewegung und stieß dabei fast Ennos Glas um, „mehrere Tausend Euro bezahlen.“ Er lachte auf. „Und dann stellt sich am Ende heraus, dass der feine Herr Nachbar für die Firma arbeitet und unbescholtene Geschäftsleute in den Ruin treibt.“

Agnes wartete, bis Carstensen per Handbewegung ein weiteres Bier geordert hatte. „Ach, das war also der Grund, warum Sandra die Schmiede verkaufen musste.“

Carstensen wackelte mit dem Kopf, was Agnes als Zustimmung interpretierte.

„Irgend so ein Inkassoschnösel hat ihnen angeboten, das Finanzielle zu erledigen. Und am Ende war das alles Schmu, eingefädelt von Heimerle, diesem Halsabschneider.“

***

Eine energische Blondine in weißer Caprihose und rot geblümter Bluse kam an ihren Tisch. Sie war sichtlich verärgert. Trotz seiner Trunkenheit begriff Carstensen sofort, was ihm schwante. „Oh, oh, jetzt kommt meine Sabine. Komm her, meine liebe Frau.“ Er zog sie mit seinen baumdicken Armen an sich und versuchte, sein Gesicht an ihre Brust zu legen. Sie ließ es sich gefallen, mahnte aber in gestrengem Ton: „Also, Joachim, ich glaube das reicht jetzt. Du bist ja vollkommen dun.“

„Komm und setz dich, meine Süße“, nuschelte er.

„Nee, nee. Du kommst jetzt mit mir nach Hause. Und dann wird erst mal der Blutdruck gemessen.“

Es gelang ihr tatsächlich, mit viel gutem Zureden den Koloss von einem Mann zum Aufstehen zu bewegen. Agnes wunderte sich, dass Carstensens Frau nicht unter seiner Last zusammenbrach, als sie ihn stützte.

„Na, das waren doch mal wieder interessante Neuigkeiten“, meinte Heike trocken. „Wir sollten öfter mal Leute aus unserem Dorf betrunken machen. Wer weiß, was da noch alles ans Licht kommt.“

Doch Bernd mahnte zur Vorsicht.

„Ich würde jetzt nicht jedes Wort von Carstensen auf die Goldwaage legen. Es wäre generell besser, über sein betrunkenes Gestammel Stillschweigen zu bewahren.“

Heike sah ihren Mann ein wenig beleidigt an. „Hältst du mich für eine Klatschbase?“

„Natürlich nicht.“ Er gab Heike einen Kuss. „Und jetzt wollen wir mal schauen, was sich die Jungs und Mädels von der Feuerwehr ausgedacht haben.“

„Stimmt.“ Heike wandte sich wieder Agnes und Enno zu. „Niklas hat uns nämlich nicht viel erzählt. Aber sicher gibt es für den Nachwuchs wieder einige Geschicklichkeitsspiele.“

Heike hatte recht. Die Jugendfeuerwehr hatte auf der Wiese hinter dem Pfarrhaus einen kleinen Geschicklichkeitsparcours für die Kinder aufgebaut. Aber auch an die Jugendlichen und jungen Erwachsenen hatten sie gedacht.

An einer der Stationen sollten die Teilnehmer Knoten üben: Mastwurf, Kreuzknoten und Rettungsknoten. Außerdem gab es Schlauchkegeln und Zielwerfen mit einer Rettungswurfleine.

Als sie um das Haus herumliefen, begegnete ihnen Leandra. Sie stand wieder einmal ein wenig verloren da und war sich offenbar unschlüssig, in welche Richtung sie gehen sollte.

Agnes kam ihr ein paar Schritte entgegen. „Komm doch mit, Leandra. Hinter dem Haus gibt es etwas Interessantes zu sehen."

„Was denn?" Sie wirkte wieder wie ein kleines Schulmädchen und Agnes war drauf und dran, sie an die Hand zu nehmen.

„Die Jugendfeuerwehr hat einige Spiele vorbereitet."

„Ach." Leandra wirkte ein wenig enttäuscht.

„Komm einfach mal mit und sieh es dir an." So freundlich Agnes Aufforderung klang, hatte sie auch etwas Bestimmtes, sodass Leandra nicht einmal auf die Idee kam zu widersprechen.

Ein Weilchen sahen sie den Jüngsten zu, die von den zwölf- bis vierzehnjährigen Mitgliedern der Jugendfeuerwehr angeleitet wurden. Dann wurden die Erwachsenen aufgefordert, sich an Knoten zu üben. Niklas Rickmann und zwei weitere junge Männer, alle drei in Feuerwehrhosen mit gelben Reflektorstreifen und passenden T-Shirts mit dem Aufdruck *Feuerwehr Sommerstorf,* riefen die Leute zusammen wie Losverkäufer auf dem Jahrmarkt. Agnes gab Leandra einen kleinen, aufmunternden Schubs und schon nahm Niklas sie am Arm und zog die widerstrebende junge Frau zu sich heran.

„Und? Schon mal 'nen doppelten Mastwurf versucht?"

Leandra schüttelte den Kopf. Doch sie ließ sich die Technik zeigen und hatte in Windeseile verstanden, wie dieser Knoten gelegt wurde.

„Und nun wollen wir mal sehen, was die Angler so drauf haben. Florian! Komm her und zeig der jungen Frau mal, was du kannst!", feixte Niklas.

Agnes drehte sich um und sah Florian Mertens und Dirk Schröter auf Niklas zu schlendern. Leandra musterte die beiden. Ihr Blick erinnerte dabei fatal an den ihrer Mutter. Agnes wunderte sich kein bisschen, dass der schüchterne Florian deswegen purpurrot anlief. Doch er zeigte ihr tapfer, wie viele verschiedene Knoten er legen und auch wieder lösen konnte.

„Die Angler", murmelte Agnes.

„Wie bitte?" Enno beugte sein Ohr zu ihr herab, doch sie schüttelte nur den Kopf. „Ich habe nur laut gedacht."

Derweil versuchte sich Leandra an einer weiteren Geschicklichkeitsprüfung, nämlich dem Werfen einer Rettungsleine. Sie ließ sich von dem jungen Feuerwehrmann erklären, was sie zu tun hatte. Zuerst legte sie die Schlinge um das Handgelenk, zog dann ein Stück Leine aus dem Beutel heraus und schleuderte den Beutel in Richtung eines provisorischen Tores. Agnes staunte nicht schlecht, als ihr auf Anhieb ein guter Wurf gelang.

Leandra lachte fröhlich, als der junge Feuerwehrmann anerkennend die Miene verzog.

„Ich spiele gelegentlich ein wenig Handball!"

„Na, dann wundert mich das nicht."

Es entspann sich ein Gespräch zwischen den beiden. Agnes, die nun genug von den Spielen gesehen hatte, schlenderte mit Enno wieder zurück zur Vorderseite des alten Pfarrhauses.

„Wollen wir uns ein Stückchen Kuchen gönnen?"

Agnes hielt das für eine gute Idee, zumal sich die meisten Festbesucher gerade im Freien aufhielten. Enno ließ es sich nicht nehmen, von Agnes' Donauwellen zu probieren und Agnes kostete den Käsekuchen, den Inge gebacken hatte.

„Schmeckt Ihnen der Kuchen nicht?"

Agnes sah Enno verwundert an. „Doch. Wieso das denn?"

„Sie sehen so ernst drein."

Agnes ließ ihre Kuchengabel sinken. „Wissen Sie, woran ich die ganze Zeit denken muss, Enno?"

Fragend hob er die Brauen.

„An *Mord im Orientexpress*!"

„Ach, das ist doch dieser Kriminalroman von Agatha Christie. Und wie kommt das? Wollten Sie auf dem Flohmarkt nach Kriminalromanen suchen?"

„Nein, nein. Das habe ich außerdem schon." Sie hielt einen Moment inne. „Ich denke dabei immer an Heribert Heimerle."

Enno Fritjoff kratzte sich am Kinn.

„Wenn ich mich richtig entsinne, dann wurde das Opfer in besagtem Kriminalroman von einer ganzen Reihe von Tätern erstochen. Ich sehe beim besten Willen keine Parallelen zu unserem Unfallopfer Heimerle."

„Also, was die Todesart anbelangt, gebe ich ihnen recht. Aber", sie hob den Zeigefinger, „bedenken Sie die Zahl seiner Feinde! Es gibt mindestens vier Menschen, die von diesem unverhofften Todesfall profitieren."

Nachdem sich Enno nicht sonderlich überzeugt gab, erklärte sie weiter.

„Da ist zunächst Frau Heimerle selbst. Sie war es leid, sich in ihren künstlerischen Aktivitäten einschränken zu lassen, zumal ihr Gatte offensichtlich über ihr Erbe mehr oder weniger alleine verfügt hatte. Jetzt, wo er tot ist, kann sie endlich das Leben führen, das sie sich schon immer gewünscht hat.

Dann kommt Carstensen. Ihn und seinen Bruder hatte Heimerle beinahe in den Ruin getrieben. Der Zweck der Bürgerinitiative *grün statt grau* und des Vereins *NaturSchmiede e. V.* diente ausschließlich der Verhinderung der Windkraftanlagen von Carstensen, für die er doch längst eine Baugenehmigung hatte.

Des Weiteren haben wir Familie Schröter, über denen immer das Damoklesschwert, eines möglichen Versicherungsbetruges bezichtigt zu werden, hing. Hätte Heimerle seine Drohung wahr gemacht und der Versicherung angezeigt, dass Wolfgang Schröter wenigstens ein Bier vor deinem Unfall getrunken hatte, dann hätten sie sicher einen großen Teil der Reha-Kosten, die die Unfallversicherung übernommen hatte, zurückerstatten müssen. Das hätte die Familie in den Ruin getrieben. Vergessen wir nicht Familie Gienke! Wie es aussieht, hat Heimerle Sandra Gienke absichtlich mit diversen Abmahnungen überzogen, um an die alte Schmiede zu kommen. Ob der Gefährte von Saskia Heimerle ebenfalls ein Motiv hätte, nämlich Eifersucht, haben wir noch gar nicht in Betracht gezogen. Ich denke, diese Gemengelage sollte ausreichen, die Polizei zu informieren. Denn an einen zufälligen Unfall mag ich langsam nicht mehr glauben.“

Enno Fritjoff seufzte.

„Aber meine liebe Agnes! Man kann Ermittlungen in einem Mordfall doch nicht auf Gerüchten und Mutmaßungen aufbauen."

„Und was ist mit der Schnur, die wir am Baum nahe der Unfallstelle gefunden haben? Reicht das nicht als Beweis?"

Enno wiegte den Kopf hin und her. „Nun gut. Ich werde bei Gelegenheit mit Olaf unter vier Augen darüber reden. Sicher wird er Heimerles Fahrrad auch auf Spuren untersucht haben. Es wäre außerdem nicht anständig, ihn in dieser Sache zu übergehen. Schließlich hat er den Unfall auch aufgenommen."

„Einverstanden." Agnes sagte das leichthin und lächelte unverfänglich. Doch in Gedanken war sie schon wieder einen Schritt weiter.

***

Heike saß an einem der kleinen Kaffeetische, als Agnes in Ennos Begleitung aus der Tür des alten Pfarrhauses trat.

„Na, Heike, ruhst du dich ein wenig aus?"

Heike schüttelte den Kopf. „Ich warte auf Heinrich von Soest. Bernd ist gerade noch bei der Jugendfeuerwehr hinter dem Haus. Er hat sich breitschlagen lassen, dort ein paar Spiele mitzumachen."

„Ah, der Bürgermeister ganz volksnah", bemerkte Enno und Heike lachte.

„Eigentlich hat er sich ganz gerne dazu überreden lassen. Er ist eben Sportsmann und Spielkind in einem.

Jedenfalls soll ich Herrn von Soest in Empfang nehmen, wenn er kommt."

Agnes blieb stehen. „Heinrich von Soest, sagst du?" Heike beobachtete, wie Agnes' Blick bei der Erwähnung dieses Namens in die Ferne schweifte.

„Hat das einen bestimmten Grund, weshalb er diesmal zum Dorffest kommt? Ich kann mich nicht erinnern, dass er in den letzten drei oder vier Jahren mit dabei war."

Heikes Blick ging unschlüssig zwischen Agnes und Enno hin und her. Dann gab sie sich einen Ruck. „Vermutlich wird es um die alte Schmiede gehen und das, was er daraus machen will. Von Soest wird ausloten wollen, was die Leute im Umland an Veränderungen akzeptieren."

„Dann plant er also etwas im großen Stil", stellte Enno fest.

Heike zuckte die Schultern. „Ich weiß es auch nicht so genau, aber ich nehme an, es wird irgendetwas zwischen Ausflugslokal und Golfklub sein."

„Vermutlich will er auch herausfinden, inwieweit diese Bürgerinitiative seinen Plänen im Wege steht."

„Ja", bestätigte Agnes Ennos Worte. „Das waren bislang die Einzigen, die sich gegen jede Innovation gestellt haben. Womöglich machen diese Leute von Soest dieselben Probleme, wie den Carstensens."

„Was aber nicht heißen soll", Enno hob dabei scherzhaft den Zeigefinger, „dass nun auch Heinrich von Soest zu den Mordverdächtigen gehört."

Heike sah die beiden verwirrt an. „Wieso mordverdächtig?" Dann schlug sie sich mit der flachen Hand gegen die Stirn. „Ihr geht jetzt doch davon aus", sie sah nach rechts und links, um sich zu vergewissern, dass auch niemand ihre Unterhaltung belauschte, „dass bei Heimerles Unfall jemand nachgeholfen hat?“

Enno versuchte abzuwiegeln, doch Agnes meinte: „Genau das glaube ich.“

In dem Moment, als Enno Agnes widersprechen wollte, kam Eckhard Lürs um die Ecke. „Wollen wir ein Bierchen zusammen trinken, Enno?“

Dankbar, dieser erneuten Diskussion entgehen zu können, nahm Enno das Angebot an. Er entschuldigte sich bei den Damen mit einer kleinen Verbeugung und machte sich auf den Weg zu Eckhard.

„Mir scheint, das Thema behagt ihm nicht.“ Agnes setzte sich kurz zu Heike an den Tisch. „Er hat Angst, Olaf zu brüskieren, wenn wir mit unserem Verdacht lospreschen.“

„Das ist auch verständlich“, meinte Heike. „Olaf wäre sicher beleidigt, wenn Enno ihm erzählen würde, wie er seine Arbeit zu machen hat.“

Agnes beugte sich ein wenig verschwörerisch zu Heike hinüber.

„Ich nehme an, Heinrich von Soest wird ein wenig mit dir plaudern, bis Bernd Zeit für ihn hat.“

„Genau deshalb soll ich hier auf ihn warten und ihn ein wenig bei Laune halten.“

„Gut.“ Agnes sah sehr zufrieden aus.

„Versuche doch mal herauszufinden, ob beim Verkauf der alten Schmiede alles glatt über die Bühne gegangen ist. Oder“, sie senkte ihre Stimme, „ob es Probleme mit Heimerle und dem Verein *NaturSchmiede* gegeben hat.“

Damit erhob sie sich und zwinkerte Heike zu.

„Schau, da hinten kommt er schon. Viel Glück.“

***

Es war nun schon fast vierzehn Uhr. Der Flohmarkt würde in wenigen Minuten enden. Agnes machte sich wieder auf den Weg zurück zum Büchereigarten, um nachzusehen, ob es beim Abbau der Tische Probleme gab. Außerdem stellte ihre Anwesenheit sicher, dass nirgends Müll liegenblieb.

Herr Ziegenbrink hatte seinen Platz schon verlassen. Seine Abwesenheit nutzten einige der anderen Flohmarktbesucher und Verkäufer, um nach Herzenslust über ihn und seine Bürgerinitiative zu lästern. Agnes beobachtete schmunzelnd Marlies. Sie gab sich ganz offensichtlich die allergrößte Mühe, sämtliche Gerüchte, bis hin zu sehr unfreundlichen Schmähungen gegen Herrn Ziegenbrink und seine Freunde aufzunehmen. Agnes stellte sich Marlies' Gedächtnis wie die gut strukturierte Festplatte eines Computers vor, auf der unzählige Ordner gespeichert waren. Gerade fügte sie ihrem Heimerle-Ordner diverse neue Datensätze hinzu, um sie später wie auf Knopfdruck abrufen zu können. Eigentlich war ihr Gedächtnis beneidenswert, dachte Agnes.

Nachdem sie ihre Runde entlang der Verkaufstische gedreht hatte, blieb sie bei Sandra Gienke stehen. Wie alle anderen hatte auch sie damit begonnen, ihre nicht verkauften Waren wieder einzupacken.

„Und? Liefen die Geschäfte gut?“

Sandra Gienke machte ein zufriedenes Gesicht, während sie die gehäkelten Handyhüllen in den Trolli stapelte.

„Ich hatte nicht erwartet, dass ausgerechnet die Mützen so gut gehen. Bei dem schönen Wetter. Und Schmuck habe ich auch schon ordentlich verkauft. Ich kann mich also wirklich nicht beklagen."

„Sie sollten ein Geschäft mit all diesen schönen Dingen aufmachen", meinte Agnes. „Haben Sie schon einmal darüber nachgedacht?"

Sandra Gienke reagierte genauso, wie Agnes es erwartet hatte, verhalten. Deshalb bohrte sie weiter.

„Ich habe vorhin auf Ihrer Visitenkarte die durchgestrichene Homepage entdeckt. Verkaufen Sie die Sachen auch übers Internet?"

Agnes beobachtete, wie Sandra Gienkes Zurückhaltung wich und sie in den Modus Vorwärtsverteidigung überging.

„Das mit dem Internethandel ist ja nun leider vorbei. Es gibt eben Menschen, die gönnen einem nicht den kleinsten Erfolg, sondern trampeln alles kaputt, was andere sich mühevoll aufgebaut haben."

„Sie meinen Heribert Heimerle."

Sandra sah Agnes an und ihre Züge wurden hart. „Genau."

Agnes zog die Brauen zusammen. „Und warum hat er das Ihrer Meinung nach getan?"

„Wussten Sie, dass Heimerle für eine Abmahnfirma gearbeitet hat?"

Überrascht schüttelte Agnes den Kopf. „Ich muss gestehen, dass ich gar nicht so genau weiß, was eine Abmahnfirma macht", log sie.

„*Verein für Verbraucherfragen und Umweltschutz.*" Sandra spuckte diesen Namen geradezu aus. „So nennt sich diese dubiose Firma, für die Heimerle als Rechtsanwalt gearbeitet hat. Die suchen das Internet nach Onlinehändlern ab und verschicken teure Abmahnbescheide, wenn auch nur ein Komma im Impressum der Homepage falsch gesetzt ist."

Agnes zog die Stirn kraus. „Und deswegen haben Sie Ihre Seite gelöscht?"

„Ja, nachdem mir innerhalb weniger Wochen mehrere Abmahnbriefe ins Haus geflattert sind, blieb mir nichts anderes übrig. Der hätte mich sonst vors Gericht gezerrt. Außerdem kam dann noch diese Inkassofirma dazu, um das Geld dieses Vereins einzutreiben. Der Kerl setzte mir das Messer auf die Brust und drohte mir mit Pfändungen und so."

Sandras Augen glitzerten verdächtig, doch ihre Stimme blieb fest. „Es blieb mir am Ende nichts anderes übrig, als die alte Schmiede zu verkaufen. Und dabei hatten mein Mann und ich schon Pläne gemacht. Wir wollten ein Café daraus machen, in dem ich nebenbei meine Sachen hätte verkaufen können."

Sie seufzte und bemühte sich darum, ihren Ärger wegzulächeln.

„Es erscheint mir fast so", entgegnete Agnes, „als hätte Herr Heimerle von Anfang an vorgehabt, Ihnen die alte Schmiede abzukaufen."

Sandras Züge verhärteten sich erneut. „Das denke ich allerdings auch. Er hat schon vorher mal angefragt, ob wir verkaufen wollen."

Agnes schürzte nun missbilligend die Lippen. „Das ist in der Tat ein inakzeptables Benehmen. Da freut es mich doch umso mehr, dass Herr Heimerle und sein *NaturSchmiede*-Verein ihr Grundstück letztendlich doch nicht bekommen haben.“

***

Sandra lächelte dankbar und wollte etwas sagen, doch sie biss sich auf die Lippen.

Der Anblick von Heimerles ziegenbärtigem Kumpan, den sie über Stunden hatte ertragen müssen, hatte sie derart in Rage versetzt, dass sie kurz davor war, sich zu vergessen.

Das, was Marlies Weber, diese lästige Klatschbase, nicht aus ihr herausbekommen hatte, war ihr nun gegenüber der netten Agnes Plietsch einfach so herausgerutscht.

Dabei hatten sie und ihr Mann Ingo sich geschworen, niemanden von ihrer Verbindung zu diesem Halsabschneider Heimerle wissen zu lassen. Man konnte schließlich nicht wissen, wie einem das am Ende ausgelegt wurde, sollten Details ans Licht kommen. Ganz schnell schob sie diesen Gedanken beiseite.

Aber, sie rechtfertigte sich in Gedanken vor sich selbst, schließlich hatte Ingo seinem Stammtischkumpel Joachim Carstensen im Rausch sein Herz ausgeschüttet. Der hatte ihm zwar geschworen nichts weiterzuerzählen, aber sie wusste, dass Joachim zum Waschweib wurde, wenn er einen über den Durst getrunken hatte. Bittere Vorwürfe hatte sie Ingo deswegen gemacht, und nun war sie selbst so dumm gewesen, noch dazu einer Wildfremden gegenüber, zuzugeben, dass Heimerle sie nach allen Regeln der Kunst übers Ohr gehauen hatte. Na ja, beinahe zumindest. Mit zitternden

Fingern packte Sandra die letzten Anhänger in Libellenform in die gepolsterten Plastikbehälter und verfluchte sich. Die Vorstellung, dass es die Runde machte, dass Ingo und sie nur durch Heimerles Tod dem wirtschaftlichen Ruin entgangen waren, würde ihr – wieder einmal – schlaflose Nächte bereiten.

***

Heike prüfte mit geübtem Griff noch einmal, ob ihre Hochsteckfrisur richtig saß und zog sich die Bluse zurecht, bevor sie sich mit einem gewinnenden Lächeln in Bewegung setzte.

„Einen schönen guten Tag, Herr von Soest." Sie streckte ihm die Hand entgegen.

„Frau Rickmann! Ich grüße Sie."

Galant nahm er ihre Hand in die seine und deutete einen Handkuss an, der Heike so verlegen machte, dass sie beinahe wie ein junges Mädchen gekichert hätte.

Heinrich von Soest war ein drahtiger Endfünfziger mit akkurat geschnittenem, hellgrauem Haar und stahlblauen Augen, mit denen er alles und jeden stets aufmerksam musterte. Auch wenn er heute in seinem Poloshirt und den sichtbar gerne getragenen Leinenschuhen zu einer schlichten Baumwollhose ein wenig hemdsärmelig wirkte, so war nicht zu übersehen, dass er zur besseren Gesellschaft gehörte. Wie schon sein Vater und sein Großvater war er ein kluger und besonnener Geschäftsmann. Natürlich gab es eine ganze Reihe von Menschen, die ihm seinen Erfolg neideten und die immer wieder kleinredeten, wie vielen Menschen er mittels seiner glücklichen Geschäfte die

200

Existenz sicherte. Sowohl unter seinen Mitarbeitern als auch seinen Geschäftspartnern hatte er den Ruf, zwar distanziert, aber dennoch immer fair zu sein.

Er war stets höflich, ließ sein Gegenüber im Zweifel aber auch wissen, dass er es nicht nötig hatte, sich anzubiedern. Seine Zielstrebigkeit in geschäftlichen Dingen war nicht weniger bekannt, weswegen Heike sicher war, dass sein Erscheinen auf ihrem Dorffest keine Laune, sondern vielmehr an einen bestimmten Zweck gebunden war.

„Mein Mann ist gerade noch von der Jugendfeuerwehr in Beschlag genommen. Aber vielleicht hätten Sie gerne eine Erfrischung? Wir haben in diesem Jahr ein ausgezeichnetes Kuchenbuffet."

Heinrich von Soest folgte Heike ins alte Pfarrhaus. Interessiert betrachtete er Saskia Heimerles ausgestellte Bilder, bevor sein Blick wohlwollend durch den Salon mit seinen hübschen Rosengardinen im englischen Stil und den Stilmöbeln wanderte. Von Soests Baufirma hatte das alte Pfarrhaus vor ein paar Jahren der Landeskirche abgekauft und nach der Restaurierung und dem Umbau an die Gemeinde verpachtet. Seit der Einweihungsfeier war er jedoch nicht wieder hier gewesen.

Heinrich von Soest ließ sich von Heike ein kleines Stück Kuchen und eine Tasse schwarzen Kaffee servieren und hörte ihr aufmerksam zu, als sie ihm von den vielen verschiedenen Aktivitäten berichtete, die in diesem Hause stattfanden.

„Und nun sind wir schon alle sehr gespannt, wie es mit der alten Schmiede weitergeht."

Ihre Überleitung zu diesem Thema war vermutlich nicht sonderlich geschickt, dachte Heike bei sich, doch von Soest redete, wenn es darauf ankam, auch nicht um den heißen Brei herum.

„Genau darüber hatte ich vor, mich mit Ihrem Gatten auszutauschen, Frau Rickmann."

Heike vermutete, dass er ihr damit sagen wollte, das Ganze ginge sie nichts an. Doch sie entschied ganz spontan, dies zu ignorieren.

„Ich habe gehört, die Schmiede steht unter Denkmalschutz. Ist denn der Schaden, der durch den Deckeneinsturz entstanden ist, wiedergutzumachen?"

„Nun", er nippte an seinem Kaffee, „der Architekt wird nächste Woche eine Bestandsaufnahme machen. Erst danach werden wir wissen, was von der ursprünglichen Bausubstanz zu retten ist. Vermutlich wird sich die Restaurierung durch die aktuell dazugekommene Beschädigung aufwändiger gestalten, ich gehe derzeit allerdings nicht davon aus, dass die Zerstörungen irreparabel sind."

Heike zögerte einen kurzen Moment, bevor sie noch direkter wurde. „Einige der Mitglieder des *Natur-Schmiede*-Vereins haben sich wohl noch nicht ganz damit abgefunden, dass Frau Gienke die Schmiede letztendlich an Sie verkauft hat."

Heinrich von Soests freundlich-zugewandte Miene fiel plötzlich von ihm ab. Er wirkte unnahbar und fixierte sie mit seinen leuchtenden Augen, als vermute er, sie führe irgendetwas im Schilde, sodass Heike ihre Aufdringlichkeit sofort bereute.

Dann, als er ihr antwortete, setzte er ein unverbindliches Lächeln auf.

„Jetzt, da das Haus in seinem augenblicklichen Zustand nur noch unter Gefahr für Leib und Leben betreten werden kann, gehe ich davon aus, dass es auch für alternative Wohnformen erheblich an Attraktivität eingebüßt hat. Aber wie gesagt, diese Angelegenheit werde ich dann mit dem Herrn Bürgermeister unter vier Augen besprechen."

*Und nicht mit seiner neugierigen Frau*, vervollständigte Heike den Satz in Gedanken.

„Möchten Sie noch eine Tasse Kaffee?", fragte Heike im Bemühen, peinliches Schweigen als Folge seiner deutlichen Abfuhr abzuwenden.

„Nein, danke."

In diesem Moment nahte Erlösung, denn Bernd Rickmann betrat den Salon.

„Einen schönen guten Tag, Herr von Soest. Es tut mir leid, dass ich Sie warten lassen musste."

Von Soest schüttelte ihm die Hand. „In der Gesellschaft Ihrer charmanten Frau wurde mir die Zeit nicht lang, Herr Rickmann."

„So, nun will ich einmal sehen, ob ich draußen gebraucht werde." Heike erhob sich und nickte Herrn von Soest noch einmal zu. Dann verließ sie den Salon, erleichtert, dass sie entbehrlich geworden war.

***

Kaum draußen, lief Heike Agnes in die Arme. Sie war vom Flohmarkt zurückgekehrt und hatte die Einnahmen aus der Standgebühr im Büro im ersten Stock eingeschlossen. Heike berichtete ihr knapp vom fruchtlosen Gespräch mit Heinrich von Soest.

„Es war mir aber ganz schön peinlich, so wie er mich dann plötzlich angesehen hat", schloss sie.

Agnes tätschelte ihr den Arm. „Aber zumindest wissen wir nun ganz genau, dass Heimerle versucht hat, Familie Gienke finanziell zu ruinieren, weil er partout die alte Schmiede haben wollte. Und wir wissen, dass es beim Verkauf der Schmiede an Heinrich von Soest Probleme gegeben hat, die mit dem *NaturSchmiede*-Verein zusammenhängen. Probleme, bei deren Beseitigung möglicherweise dein Mann in seiner Eigenschaft als Bürgermeister mitwirken soll."

„Und selbst wenn es so wäre, wie bringt uns dieses Wissen weiter?"

„Wir können dann möglicherweise einige Personen ausschließen, die Grund gehabt hätten, Heimerles Unfall herbeizuführen. Ach, und weißt du, wer einen Platz auf dem Flohmarkt gemietet hat, ohne etwas verkaufen zu wollen?"

Heike stutzte. „Sag bloß, da war jemand aus Heimerles Verein."

Agnes nickte mit triumphierendem Lächeln. „Herr Ziegenbrink war da. Er war übrigens auch bei Heimerles Beerdigung dabei. Der mit den zotteligen Haaren, falls du dich noch erinnerst. Er hatte den Platz gleich am Eingang zum Büchereigarten mit einem Schild, auf dem stand *NaturSchmiede retten!* In Verbindung mit dem, was Heinrich von Soest dir verraten hat, können wir also davon ausgehen, dass der Verkauf der alten Schmiede nicht ganz reibungslos über die Bühne gegangen ist. Wenn er überhaupt schon abgeschlossen ist."

Heike seufzte. „Und ich soll jetzt wahrscheinlich herausfinden, ob das, was von Soest gerade mit Bernd bespricht, wirklich so geheim ist, wie er tut."

„Das wäre sehr hilfreich." Agnes nickte anerkennend mit dem Kopf und Heike grinste.

„Ich werde Bernd heute Abend noch mit den Herren von der Feuerwehr und den Schützen zusammensitzen lassen. Dann ist seine Zunge auf dem Heimweg vielleicht ein bisschen lockerer."

Agnes lachte schallend. „Du hast also vor, deinen Mann mit Alkohol leichtfertig und gesprächig zu machen?"

Heike grinste breit. „Ich nehme zumindest billigend in Kauf, dass er heute ein wenig über die Stränge schlägt."

„Ich wünsche dir viel Glück bei deinem Unterfangen. Und nun werde ich meinerseits die Ermittlungsarbeit fortsetzen."

Sie zwinkerte Heike zu und begab sich dann schnurstracks hinter das Haus zu den jungen Leuten.

***

An der rückwärtigen Seite des Pfarrhauses, unweit von Egons Getränkeausschank, stand schon eine Schlange Wartender am Grill. Es gab Nackensteak und Bratwurst, die die Feuerwehr verkaufte. Der verführerische Duft erinnerte Agnes daran, dass sie heute außer Kuchen noch nichts gegessen hatte.

Die Handtasche fest unter den Arm geklemmt, stellte sie sich ans Ende der Schlange und beobachtete verschiedene Grüppchen, die sich angeregt miteinander unterhielten und scherzten.

Sie entdeckte Leandra, die in Begleitung zweier junger Männer mit ihrem Bratwurstteller auf einen der

Bierzelttische zusteuerte, auf dem sie ihre Getränke abgestellt hatten. Agnes war überrascht und erfreut zugleich, dass Leandra ihre Schüchternheit überwunden hatte und sich ganz offensichtlich mit den jungen Leuten aus dem Dorf gut verstand. Sie überlegte, ob dies vielleicht ihr Versuch war nachzuholen, was sie über die Jahre an zwischenmenschlichen Kontakten versäumt und sicher auch vermisst hatte.

Die drei Herren am Grill waren gut organisiert, sodass Agnes bald an der Reihe war. Mit ihrem Würstchen auf der Pappe und dem Daumen im Senf stand sie unschlüssig ein wenig abseits und ließ ihren Blick über die Tische schweifen. Dann entdeckte sie Petra Mützel und ihren Mann Matthias, der zusammen mit einem weiteren, jüngeren Mann an einem der Tische saß und ihr zuwinkte.

Agnes setzte sich schnurstracks in Bewegung. „Hallo, Agnes, setz dich doch zu uns. Hier ist noch genug Platz."

„Oh, gerne." Sie grüßte Matthias und seinen Freund, den Petra ihr als Ingo Gienke vorstellte. Innerlich frohlockend, begrüßte sie auch ihn. Ingo Gienke war ein schmalgesichtiger, blonder Mann mit feinen Zügen und rauen, schwieligen Händen, die zeigten, dass er Arbeit nicht scheute.

„Vorhin habe ich mich sehr nett mit Ihrer Frau unterhalten. Sie hatte einen Tisch auf dem Flohmarkt."

Ingo rieb seine von der Wurst fettigen Hände aneinander, als benutze er Handcreme. „Ja, sie hat sehr schöne Sachen, nicht wahr?"

Agnes ließ sich zuerst von Petra erzählen, was sie auf dem Flohmarkt erstanden hatte und wie sehr sich ihr Jüngster über seine Urkunde der Jugendfeuerwehr für die Teilnahme am Geschicklichkeitsparcours gefreut hatte.

„Hast du gesehen, dass die Tochter von Heimerle auch da ist?“, raunte Petra über den Tisch, als spräche sie über ein unerhörtes Geheimnis.

„Ich weiß, ich habe mich auch schon ein Weilchen mit ihr unterhalten. Sie scheint sich bei den Geschicklichkeitsspielen gut amüsiert zu haben.“

Das hatte nun auch Matthias gehört.

„Sie hat sämtliche Wurfspiele gewonnen. Und am Ende kam heraus, dass sie in einer Damen-Handballmannschaft in Hamburg mitspielt.“

Agnes biss nachdenklich in ihr Würstchen. Vor ihrem inneren Auge sah sie wieder einen Arm, der einen faustgroßen Stein in Richtung einer Fensterscheibe schleuderte. Doch diesmal war es der Arm einer Frau.

Sie schob den Gedanken beiseite und schalt sich selbst eine törichte, dumme Gans. Stattdessen besann sie sich auf ihr eigentliches Anliegen. Nachdem sie ihre Bratwurst aufgegessen hatte, zog sie zuerst ein Taschentuch hervor, und wischte sich den letzten Rest Senf von den Fingern. Dann senkte sie die Hand ein weiteres Mal in die Tiefen ihrer Handtasche, grub ein wenig darin herum und beförderte schließlich eine Plastiktüte mit einem Stückchen schwarzer Schnur heraus.

„Ich wollte dich einmal etwas fragen, Matthias“, begann sie. „Schau mal, was ich neulich gefunden habe.“

Sie zeigte Matthias die Tüte, ohne Ingo Gienke dabei aus den Augen zu lassen.

„Dieses Stückchen Schnur habe ich an einem Baum gefunden. Ist das möglicherweise eine Angelschnur?“

Matthias hielt sich die Tüte ganz nah vor die Augen. „Das ist eine geflochtene Angelschnur, ich schätze null Komma fünf Millimeter Durchmesser. Die ist geeignet fürs Hochseeangeln." Er reichte ihr die Tüte zurück. „Wo hast du die noch mal gefunden?"

„An einem Baum. Im Wald."

Ingo Gienke schien das alles nicht zu interessieren. Er sah gar nicht hin, sondern drehte bedächtig seinen Ehering am Finger hin und her.

„Was heißt: geeignet zum Hochseeangeln?", fragte Agnes.

„Das heißt, die Schnur besitzt eine Tragkraft von dreißig bis fünfzig Kilogramm. Damit kannst du zum Beispiel Dorsche fangen."

„Aha. Und ist das ein besonderer Knoten?"

Matthias betrachtete die Schnur in der Tüte noch einmal. „Das sieht aus, wie ein Spulenachsenknoten. Damit befestigt man die Angelschnur an der Spule."

„Das ist interessant. Vielen Dank, Matthias."

Ingo Gienke nahm einen kräftigen Schluck aus seinem Bierglas. Täuschte sie sich, oder zitterten seine Hände dabei?

„Wo, sagtest du, hattest du die Schnur gefunden?"

Agnes nahm Matthias die Tüte wieder ab und verstaute sie in ihrer Handtasche. „Irgendwo im Wald an einem Baum. Ich hatte mich nur gefragt, warum sie dort befestigt worden ist." Sie lächelte möglichst unschuldig. „Aber das tut auch nichts zur Sache. Wollte Ihre Frau nicht auch zum Fest kommen, Herr Gienke?"

Ingo Gienke sah Agnes verwirrt an, so als sei er in Gedanken weit weg. „Sie müsste eigentlich jeden

Augenblick kommen. Eigentlich wollte sie nur die Koffer mit ihren Sachen nach Hause bringen."

Agnes nickte. „Ja, sie meinte, sie hätte guten Umsatz gemacht." Agnes zeigte auf ihre neue Brosche, die Petra sogleich angemessen bewunderte.

Ingo Gienke fing plötzlich an, wild zu gestikulieren. „Meine Frau", sagte er hastig und sprang auf. Matthias sah ihm verwirrt nach.

„Er hat bestimmt Sehnsucht nach ihr", scherzte Petra und lehnte sich an ihren Mann. Der legte die Arme um sie, küsste sie auf die Schläfe und meinte: „Und ich habe Sehnsucht nach einem neuen Bier."

„Bring mir auch eins mit", rief sie ihm hinterher, als er aufstand.

Er nickte ihr zu und deutete dann fragend auf Agnes, die jedoch den Kopf schüttelte.

„Ich freue mich schon auf die Musik heute Abend. Schau, die Jungs fangen gerade an, die Bühne für die Musiker aufzubauen."

Agnes wandte sich um. Gleich neben dem Hintereingang des Pfarrhauses stellten einige kräftige junge Männer ein größeres Podest auf, das den Musikern erlauben würde, knapp über die Köpfe der Feiernden zu blicken. Als Tanzfläche sollte wieder die fast dreißig Quadratmeter große Terrasse dienen. Der kurz gemähte Rasen dahinter, überlegte Agnes, würde sicher eine längere Erholungspause benötigen, sollte wieder so vielen Leuten der Sinn nach Tanzen stehen, dass die gepflasterte Fläche nicht ausreichte.

Matthias brachte nicht nur zwei Gläser, sondern auch noch ein befreundetes Ehepaar mit an den Tisch. Nach ein wenig höflichem Small Talk entschuldigte Agnes sich und holte sich eine Limonade. Mit der Flasche in der Hand stand sie ein wenig abseits und ließ ihren Blick über die Tische schweifen.

Dirk Schröter war ihr nächstes Ziel. Er saß mit seinen Freunden zusammen an dem Tisch hinter Leandra und den jungen Männern von der Feuerwehr und wirkte herrlich unbeschwert. Abgesehen von Dirk und Florian erkannte sie noch drei andere ihrer ehemaligen Schüler. Agnes hatte beinahe ein schlechtes Gewissen, weil sie vorhatte, Dirk vielleicht seine Unbekümmertheit zu nehmen. Aber, so tröstete sie sich, es lag schließlich an ihm, ob er Gewissensbisse haben musste, oder nicht.

Zielsicher peilte sie den Tisch der jungen Männer an. Sie hatte zwar gehofft, Dirk Schröter alleine anzutreffen, doch wenn sie nun als ihre ehemalige Lehrerin an ihren Tisch kam, so hatte dies doch etwas Unverfängliches.

„Ist es in Ordnung, wenn ich mich kurz zu euch setze?", fragte sie und prompt rutschte einer der Jungen zur Seite.

„Basti? Meine Güte, du siehst deiner Schwester immer noch so ähnlich." Sie lächelte, als er die Augen aufriss.

„Mensch, Frau Plietsch, dass Sie mich immer noch kennen! Das finde ich toll!"

Sie plauderten alle ein wenig über ihre Grundschulzeit, ihre Berufswahl und schließlich ihr gemeinsames Hobby. Diese Gelegenheit packte Agnes beim Schopf.

„Also, wenn ihr alle Angler seid, könnt ihr mir vielleicht eine Frage beantworten." Wieder fischte sie die Tüte mit der Angelschnur aus ihrer Handtasche. „Ist das hier möglicherweise eine Angelschnur?"

Sie reichte Basti, der neben ihr saß, die Tüte, der sie an Dirk weitergab, nachdem er sie genau betrachtet hatte.

„Das ist eine Angelschnur. Wo haben Sie die denn her?"

Agnes antwortete Basti, ohne Dirk dabei aus den Augen zu lassen. „Die hing an einem Baum im Wald. Ich habe sie beim Spazierengehen gefunden und frage mich, wer eine Angelschnur an einem Baum am Wegesrand befestigt."

Dirks Gesicht blieb enttäuschend ausdruckslos, bis Basti meinte: „Vielleicht hatte einer vor, jemandem eine Stolperfalle zu stellen. Das wäre aber ganz schön fies."

„Ist die denn sehr stabil, oder reißt so eine Schnur schnell ab?" Wieder glitt Agnes' Blick zwischen Basti und Dirk hin und her.

Dirk zuckte die Schultern. „Scheint eine Geflochtene zu sein. Die halten schon was aus."

Sein Freund Christof schnappte nach der Tüte. „Also, so eine habe ich nicht bei meinem Angelzeug. Die ist wohl eher für Meeresangler. Und ich fange lieber Forellen, oder mal 'nen Hecht."

„Nun", Agnes nahm die Tüte wieder in Empfang und verstaute sie sorgsam in ihrer Handtasche, „mit dieser Schnur sollte wahrscheinlich auch kein Fisch gefangen werden."

Sie dankte für die Auskunft und verabschiedete sich von ihren ehemaligen Schülern.

„Sicher seid ihr demnächst auf der Suche nach geneigten Tanzpartnerinnen."

Damit stand sie auf und ging davon, wohl wissend, dass Ihr einige Augenpaare nachblickten.

***

„Und? Hast du schon neue Erkenntnisse gewonnen?", wollte Heike wissen, als sie sich nach einiger Zeit wiedertrafen.

Agnes jedoch seufzte nur. „Es ist gar nicht so einfach, die richtigen Fragen zu stellen. Weißt du, als Lehrerin hatte ich immer ein untrügliches Gespür dafür, wer etwas ausgefressen und deswegen ein entsprechend schlechtes Gewissen hatte. Aber bis jetzt bin ich ratlos."

„Was vielleicht daran liegt, dass du die Falschen fragst."

Agnes sah ihre Freundin skeptisch an. „Du meinst, ich soll Saskia Heimerle die Angelschnur unter die Nase halten und sie anherrschen: *Gestehen Sie!* Darüber musste Agnes selbst lachen. „Ich weiß nicht, ob ich als Detektivin tauge, wenn ich schon an diesen Kleinigkeiten scheitere."

„Na, nun stell mal nicht dein Licht unter den Scheffel." Heike legte ihr aufmunternd den Arm um die Schulter. „Immerhin hast du diese verdächtige Schnur überhaupt gefunden." Sie sah sich um. „Im Gegensatz zu unserem Olaf", flüsterte Heike weiter.

„Enno wollte ihn bei Gelegenheit fragen, ob er Heimerles Fahrrad seinerzeit auf verdächtige Spuren untersucht hat", meinte Agnes.

„Das glaube ich ehrlich nicht", entgegnete Heike und schob Agnes in Richtung des Getränkestandes.

„Wie meinst du das?"

Heike grinste, als Agnes sah sie mit einem großen Fragezeichen im Gesicht ansah.

„Ich meine, dass Enno ihn erstens nicht fragen will, weil er zweitens davon ausgeht, wie auch ich im Übrigen, dass Olaf natürlich keine verdächtigen Spuren bemerkt hat. Und weißt du was? Manchmal denke ich, der Olaf sollte mal mit seiner Inge die Rollen tauschen. Ich denke, sie hätte für solche Unregelmäßigkeiten einen besseren Blick.“

„Ja“, seufzte Agnes, „da magst du recht haben.“

„Natürlich habe ich recht. Und jetzt gönnen wir uns einen Sekt.“

***

Agnes versuchte, die Gedanken an mögliche Attentate auf Heribert Heimerle beiseitezuschieben und das Fest zu genießen. Doch die Vorstellung, dass jemand dem unbeliebten Heimerle eine tödliche Falle gestellt hatte, ließ ihr einfach keine Ruhe. Da änderte auch das zweite Gläschen Sekt nichts daran.

Gegen achtzehn Uhr begann die Kapelle zu spielen und der Platz füllte sich.

„Darf ich bitten?“ Enno machte eine höfliche Verbeugung und streckte ihr seine Hand entgegen.

„Aber gerne, mein lieber Enno.“

Agnes stellte ihre Handtasche an die Seite der Bank und folgte Enno, der sie in die Mitte der Terrasse zog, wo schon einige andere Paare tanzten.

„Ich hoffe nur, die Platten liegen alle gerade. Nicht dass wir jemandem mit gebrochenem Knöchel erste Hilfe leisten müssen.“

Nach zwei Tänzen hintereinander machten sie eine Pause.

„Ich hole uns etwas zu trinken.“ Enno führte Agnes von der Tanzfläche. „Darf es noch ein Gläschen Sekt sein?“

„Ich hätte lieber eine Weinschorle.“

„Gerne auch das!“

Vergnügt lief Enno zum Getränkestand, während Agnes zu ihrem Platz zurückkehrte, um sich ein Taschentuch zu holen. Sie blickte auf die Stelle, an der sie ihre Handtasche zurückgelassen hatte und stutzte. Dann sah sie sich um und suchte mit den Augen den Boden um die anderen Tische ab. Nichts.

Enno kehrte zurück mit einem Alsterwasser und einer Weinschorle für Agnes.

„Suchen Sie etwas?“

„Meine Handtasche ist verschwunden. Ich weiß aber ganz genau, dass ich sie hier abgestellt habe.“

„Nein, wie ärgerlich. Ich helfe Ihnen suchen.“

Enno fragte die Gäste an den Nachbartischen, doch keiner hatte etwas bemerkt.

Dann suchten sie das Gebüsch hinter Egons Getränkestand und den Platz um den Grill ab. Schließlich durchstreiften sie mit Heikes und Inges Hilfe, die mit dazugekommen waren, den hinteren Teil des weitläufigen Gartens. Doch die Tasche blieb verschwunden.

Ratlos sahen sie sich an.

„Dabei hatte ich gar nicht so viel Geld mit. Die Flohmarkteinnahmen hatte ich schon vorhin im Büro eingeschlossen.“

„Was ist mit Ihren Papieren?“, wollte Enno wissen.

„Meinen Ausweis habe ich natürlich im Portemonnaie. Und mein Haustürschlüssel ist in der Tasche. Wie ärgerlich."

„Meist wollen Handtaschendiebe nur Geld. Den Rest werfen sie weg, weil sie nichts damit anfangen können", meinte Inge.

„Wo würde ich eine fremde Handtasche durchsuchen, wenn ich dabei nicht beobachtet werden wollte?", fragte Agnes und gab sich gleich darauf selbst eine Antwort.

„Auf der Toilette!"

Enno, Agnes, Heike und Inge machten sich sofort auf den Weg ins Pfarrhaus. Vor der Damentoilette hatte sich eine kleine Schlange gebildet.

„Keine Sorge, ich will mich nicht vordrängeln", rief Inge den Wartenden zu.

„Ich suche nur nach einer vergessenen Handtasche."

Sie schob sich an den verdutzt dreinblickenden Damen vorbei und kontrollierte den Waschraum und die Kabinen, während Enno dasselbe auf der Herrentoilette tat. Agnes und Heike suchten im Salon, der Küche und der Besenkammer, doch niemand wurde fündig.

„Dann versuchen wir es noch mal vor dem Haus." Energisch schritt Heike voraus.

„Agnes! Ich glaube, ich habe sie gefunden!" Es war Inge, die vom Parkplatz vor dem Haus gerufen hatte, und es folgte ein: „O nein!"

Agnes spurtete zu Inge, die neben einem parkenden Wagen stand.

Inge hatte tatsächlich ihre Handtasche gefunden. Sie lag ausgekippt im Gebüsch, den gesamten Inhalt hatte jemand unter der Hecke verteilt. Die kleine

Kristallschale, die sie vorhin auf dem Flohmarkt gekauft und, sorgfältig in Papier eingeschlagen, in ihrer Tasche verstaut hatte, lag nun in tausend Scherben neben dem parkenden Auto. Der Dieb hatte ihre neuen Kriminalromane mit den Füßen unter die Büsche geschoben und dabei die Seiten verschmutzt und umgeknickt.

Mit einem leisen Fluch ging Agnes in die Knie und tastete mit einer Hand nach ihrem Eigentum.

„Autsch, verdammt!" Agnes zuckte mit der Hand. Sie hatte sich an einer Scherbe ihrer zerbrochenen Schale in den Finger geschnitten.

„Warten Sie, ich helfe Ihnen!"

Enno bückte sich ebenfalls und zusammen holten sie nacheinander ihre Habseligkeiten unter der Buchenhecke hervor. Alles schien noch da zu sein. Ihr Schlüssel, das Portemonnaie samt Geld, ihr Necessaire, das Mobiltelefon, ein Notizheft, die Taschentücher. Selbst das neu erstandene Strickspiel fand sich wieder vollständig an.

„Das ist merkwürdig", murmelte Heike. „Ich meine, dass nichts weggekommen ist."

„Doch, eine Sache fehlt."

Agnes holte aus ihrem Necessaire ein Pflaster und klebte es auf die blutende Stelle.

„Die Tüte mit dem Stückchen Angelschnur ist verschwunden."

***

„Das finde ich aber nun höchst sonderbar." Heike stemmte die Hände in die Hüften.

„Ich hole jetzt eine Taschenlampe. Dann suchen wir hier noch mal alles ab.“

Während sie im Laufschritt ins Pfarrhaus zurückkehrte, fragte Inge: „Wieso hast du Angelschnur in der Handtasche?“

Sie wechselte mit Enno einen langen Blick. Er antwortete an Agnes’ Stelle.

„Wir haben unweit der Stelle, an der Heimerle verunglückt ist, an einem Baum ein Stück Angelschnur gefunden.“

„Eine besonders dicke Schnur mit bis zu fünfzig Kilo Tragkraft, wie ich herausbekommen habe. Also geeignet, um einen Fahrradfahrer zu Fall zu bringen.“

Inge zog die Brauen zusammen. Agnes konnte förmlich sehen, wie es hinter ihrer Stirn rumorte.

„Wollt ihr damit sagen“, raunte sie, „dass Heimerle gar keinen Unfall hatte?“

„Das ist bis jetzt nur eine Vermutung.“

Agnes sah, dass Enno nickte.

„Wir haben nur das Stückchen Angelschnur gefunden und uns dabei ein paar Gedanken gemacht. Mehr nicht“, ergänzte Agnes.

Heike kam mit einer Taschenlampe gelaufen, die ihr Niklas gegeben hatte. Sie leuchteten unter die parkenden Autos und untersuchten den Boden unter der gesamten, fast acht Meter langen Hecke. Doch die kleine Tüte blieb verschwunden.

„Ich bin dafür, dass ihr sofort mit Olaf darüber redet. Eigentlich“, sie sah Agnes streng, fast ärgerlich an, „hättet ihr das sofort tun sollen.“

„Du hast recht“, gab Agnes kleinlaut zu.

Leandra spähte in den Salon. Zwei Frauen waren damit beschäftigt, die Kuchen- und Tortenreste aus dem Salon in die Küche zu bringen. Sie unterhielten sich dabei angeregt und lachten einige Male über etwas, das Leandra nicht verstand.

Vor einem der Bilder ihrer Mutter harrte sie eine Weile aus, bis eine andere Frau in der Toilette verschwunden war. Noch einmal sah sie sich mit klopfendem Herzen um. Die Diele war nun menschenleer. Auf Zehenspitzen schlich sie die schmale Stiege ins obere Stockwerk des alten Pfarrhauses hinauf. An der Tür gleich gegenüber der Treppe hing ein Schild mit der Aufschrift *Büro.*

Leandra blickte den düsteren Flur entlang. Die einzige Lichtquelle war ein kleines Fenster ganz rechts neben der Treppe, vor dem eine riesige Zierkirsche wuchs, die dank des üppigen, dunkelroten Laubes nur spärliches Licht hereinließ. Das Stimmengewirr der feiernden Dorfbewohner drang nur noch gedämpft zu ihr herauf.

Die tiefen Stürze der Türen wirkten im dämmrigen Licht wie riesige schwarze Mäuler, die sie zu verschlingen drohten.

„Hallo?“ Sie versuchte, ihre Stimme fest klingen zu lassen und zuckte zusammen, als der Fußboden unter ihren Schritten leise knarrte. Vorsichtig wagte sie sich gerade so weit ins Halbdunkel, dass sie von der Diele aus nicht mehr zu sehen war.

„Hallo?“ Diesmal schwang ganz deutlich eine Mischung aus Ungeduld und Nervosität in ihrer Stimme mit. Plötzlich spürte Leandra, dass sie nicht mehr allein war. Sie konnte seinen Schweiß riechen, noch bevor sie ihn sah. Obwohl sie nun wusste, dass er da war, zuckte sie doch heftig zusammen, als er aus dem Schutz des Türsturzes hervortrat.

„Hast du jetzt den Brief?" Obwohl er flüsterte, klang seine Stimme so scharf, als würde er ein Stück Stoff zerreißen.

„Ich habe dir doch schon beim letzten Mal gesagt, dass ich ihn nicht habe."

„Du lügst!" Er kam ihr nun bedrohlich nahe, sodass sie unwillkürlich zurückwich.

„Ich weiß, dass dein Vater ihn hatte."

Die Wut, die nun in ihr hochstieg, schob die Angst beiseite. „Zum letzten Mal: Ich habe diesen Brief nicht. Und selbst wenn, würde er euch nichts nützen. Die Schmiede ist verkauft. Die Sache ist für euch gelaufen. Findet euch damit ab."

„Das ist alles deine Schuld!" Er kam noch einen weiteren Schritt auf sie zu. „Du hast uns um unser Geld betrogen."

„Euer Geld?" Sie lachte kurz und ein wenig schrill auf. „Dass ich nicht lache! Mein Vater hatte nicht einmal das Recht, über das Geld zu verfügen. Es gehörte meiner Mutter. Und die hatte nicht vor, euch Schmarotzer damit auszuhalten."

„Und trotzdem wirst du uns den Brief beschaffen. Denn ich weiß, was du getan hast. Und es wird deiner Mutter sicher nicht gefallen, wenn sie davon erfährt."

Für einen kurzen Moment rutschte ihr das Herz in die Magengrube. Doch dann straffte sie ihre Schultern.

„Ach ja? Was willst du denn verraten? *Du* hast diesen Stein geworfen! Da hängt ausschließlich deine DNA dran. Du bist ein krimineller Hausbesetzer, der polizeilich gesucht wird. Nach allem, was ihr euch geleistet habt, wirst du doch nicht ernsthaft davon ausgehen, dass irgendjemand so einem abgeranzten Typen wie dir glaubt, wenn ich das Gegenteil behaupte?"

Mit geballten Fäusten stand er nun direkt vor ihr. Sein Schweißgeruch, der in seinen Kleidern hing, stach ihr in die Nase. Die Stimmen, die nun aus der Diele zu ihr hochdrangen, verliehen ihr neuen Mut.

„Du weißt, dass die Polizei dich sucht", zischte sie. „Wegen Hausfriedensbruchs und Brandstiftung. Wenn ich jetzt schreie, dauert es keine dreißig Sekunden, bis der Leiter der Polizeidienststelle aus Süderingen die Treppen hochkommt und dir Handschellen anlegt."

Ohne Vorwarnung stieß er zu. Leandra verlor das Gleichgewicht und kippte nach hinten ins Leere. Reflexartig drehte sie sich in der Luft und streckte den Arm aus, um das Treppengeländer zu erreichen. Vergeblich. Ihr Kopf schlug hart auf der Treppe auf und alles wurde schwarz.

***

„Wir werden uns jetzt alle die Hände waschen. Und du, Agnes, bekommst ein frisches Pflaster, wenn wir deinen zerschnittenen Finger desinfiziert haben." Heike schob Agnes in die Küche. Tatsächlich war das Pflaster nicht nur schmutzig, sondern auch durchgeblutet. Sie seiften sich die Hände gründlich ein, und

Inge holte das Desinfektionsspray und ein größeres Pflaster aus dem Erste-Hilfe-Kasten.

Nachdem dies erledigt war, machten sie sich zu viert auf den Weg nach draußen. Sie hatten die Diele noch nicht verlassen, als sie plötzlich im oberen Stockwerk dumpfes Poltern hörten.

Enno, der den Frauen den Vortritt gelassen hatte, machte auf dem Absatz kehrt und stürmte zurück. Heike, Agnes und Inge folgten ihm.

„Notarzt!", schrie er nur.

Geistesgegenwärtig zückte Heike ihr Handy.

Agnes kniete sich neben Enno.

„Mein Gott, Leandra!"

Leandra lag bäuchlings auf dem Boden, die Beine noch auf der Treppe, den rechten Arm unter ihrem Oberkörper. Sie rührte sich nicht. Agnes tastete mit zitternden Fingern nach ihrem Puls. Erleichtert seufzte sie auf und nickte Enno zu, als sie endlich das warme, weiche Pulsieren spürte. Oben auf der Treppe quietschte ein Fenster. Heike Rickmann wandte den Kopf in Richtung des Geräusches und im nächsten Augenblick spurtete sie äußerst behände, wie Agnes fand, die Treppe hoch.

„Da haut einer ab! Enno, schnell!"

Enno rappelte sich auf und lief so schnell er konnte zur Vordertür hinaus. Ein wenig außer Atem kehrte er gleich wieder zurück.

„Er ist weg. Hab ihn gerade noch um die Hecke herumrennen sehen."

„Ich hole Olaf, ihr kümmert euch um das Mädchen." Inges Ton duldete keinen Widerspruch, und war der Situation absolut angemessen.

In diesem Moment setzte die Musik wieder ein. Agnes, die ihre Hand auf Leandras Schulter liegen hatte, konnte deswegen ihr leises Stöhnen mehr fühlen als hören.

„Sie kommt wieder zu sich."

Agnes hob den Kopf und atmete erleichtert auf. Die Anspannung wich für einige Sekunden auch aus Heikes und Ennos Gesicht, sie kehrte jedoch sofort zurück, als Leandra anfing zu wimmern, gerade so laut, dass es trotz der Musik und des Gelächters, das von draußen hereindrang, vernehmbar war.

Agnes strich ihr beruhigend über den Rücken. „Alles wird gut."

Leandra versuchte, ihren Kopf anzuheben.

In diesem Augenblick kehrte Inge in Begleitung von Olaf und Dr. Jordan zurück.

Während der Arzt das Mädchen untersuchte und mit ihr sprach, ertönten schon die Sirenen des Krankenwagens.

„Oben war jemand." Heike wandte sich an Olaf. „Ein junger Mann, der aus dem Fenster oben im Flur gesprungen ist."

Olaf runzelte die Stirn. „Aus dem Fenster, sagst du?"

„Unter dem Fenster steht doch die Hüpfburg. Sie hatten vorhin erst das Gebläse ausgeschaltet. Da war also noch genug Luft drin, um vom ersten Stock draufzuspringen, ohne sich zu verletzen."

„Ich habe den jungen Mann noch in Richtung Hauptstraße davonrennen sehen", ergänzte Enno.

Olaf kratzte sich am Hinterkopf. „Könnt ihr eine Personenbeschreibung des Flüchtigen abgeben?"

„Groß, schlank, Bluejeans, schwarzes T-Shirt. Lange, braune Haare.“

Heike und Agnes sahen Enno an, der diese Beschreibung abgegeben hatte.

„Könnte das nicht der Kerl sein“, Heike wandte sich wieder an Olaf, „den ihr ohnehin schon sucht? Dieser Ronny Piontek?“

Olaf seufzte. „Ich rufe die Kollegen in Süderingen an. Die sollen mal mit dem Streifenwagen in Richtung Heidenbeck fahren und die Gegend absuchen.“

Er zog sein Mobiltelefon aus der Hosentasche und schaltete es ein.

*Was für ein Abend*, dachte er.

***

„Jemand muss Saskia Heimerle informieren“, meinte Agnes, als sich die Sanitäter mit Leandra auf den Weg nach Lüneburg in die Klinik machten.

„Ich bin offiziell gar nicht im Dienst.“ Olaf Dietrichs hob abwehrend die Hände.

Agnes seufzte. „Ich weiß. Ist denn noch jemand fahrtauglich?“

„Ich habe nur einen Sekt getrunken“, meldete sich Heike. Sie sah in die Runde.

„Sollen Heike und ich das übernehmen?“

Olaf sah zwischen Heike und Agnes hin und her. „Ja, wenn ihr das machen wollt, das wäre schon sehr nett.“

„Saskia Heimerle ist ja insgesamt ein eher gefasster Mensch“, meinte Agnes.

Olaf nickte. „Sie gehört nicht zu denen, die gleich eine Beruhigungsspritze brauchen.“

Heike stemmte die Hände in die Hüften. „Dann sollten wir das schnell hinter uns bringen. Und wenn wir wiederkommen, dann wollen wir eine Flasche Sekt. Oder vielleicht auch Eierlikör."

„Wir werden beides für euch bereithalten", gelobte Inge und Enno wünschte ihnen noch viel Glück.

„Ich frage mich, was die beiden da oben im Flur zu suchen hatten. Du hattest doch das Büro wieder abgeschlossen?" Heike warf einen Blick zu Agnes hinüber, die auf dem Beifahrersitz saß.

„Natürlich. Ich habe nur die Standgebühren vom Flohmarkt in die Schreibtischschublade gelegt und Inge den Schlüssel zurückgegeben."

Heike runzelte die Stirn.

„Ich weiß, dass die anderen Räume auch zugeschlossen waren. Das habe ich heute Morgen noch selbst überprüft. Für alle Fälle. Außerdem gibt es dort nichts, was sich zu stehlen lohnt."

„Wenn es Leandra besser geht, werden wir hoffentlich erfahren, was dort oben vorgefallen ist."

Die Fahrt nach Heidenbeck dauerte nur kurz. Heike setzte den Blinker und bog von der Bundesstraße ab. Nach wenigen Metern lenkte sie ihren Wagen auf das Grundstück der Familie Heimerle. Sie war gerade durch die schmale Einfahrt gekommen, als sie einen Mann im dunklen Anzug und Pferdeschwanz aus dem Haus stürmen sahen. Er stieg in ein Schlachtschiff von einem Wagen ein, das vor den drei Autos im Carport geparkt hatte und ließ den Motor aufheulen. Heike lenkte ihren Wagen geistesgegenwärtig nach rechts, um zu verhindern, dass der SUV ihren kleinen Skoda streifte. Im Rückspiegel sah sie ihn noch um die Ecke biegen.

Agnes und Heike blieben einige Schrecksekunden stumm sitzen, nachdem Heike mitten im Hof den Motor abgestellt hatte.

„Was zum Teufel war das?"

„Du meinst: Wer?" Agnes presste ihre Handtasche wie einen Schild vor ihre Brust. „Erkennst du ihn nicht wieder?"

„Tut mir leid, aber mir steckt der Schreck des Beinahe-Zusammenstoßes noch in den Gliedern. Ich habe nicht so richtig auf den Typen geachtet."

„Das war einer der beiden Kollegen von Heribert Heimerle. Er war auch auf der Beerdigung."

„Ach", sagte Heike nur. Agnes tätschelte ihr den Arm, als sie merkte, wie sehr ihre Freundin noch zitterte.

„Warte du hier draußen. Ich gehe allein zu ihr." Damit stieg Agnes aus Heikes Auto.

Agnes hatte gerade die Hand in Richtung der Klingel ausgestreckt, als sie bemerkte, dass die Haustür einen Spalt offen stand. Statt zu klingeln, klopfte sie kurzentschlossen und schob die Tür ein wenig weiter auf.

„Frau Heimerle?"

Nichts rührte sich. Agnes klopfte und rief noch einmal etwas lauter und hielt die Luft an.

Als sie noch immer nichts hörte, begann sie sich Sorgen zu machen.

„Hallo, Frau Heimerle, geht es Ihnen gut?"

Sie trat ein und ging bis zur Küchentür. Dort klopfte sie ein weiteres Mal und öffnete die Tür. „Frau Heimerle?"

Agnes stockte. Saskia Heimerle stand vor der Spüle. Das Wasser lief und sie hatte sich einen nassen Lappen aufs Gesicht gelegt.

Erst als Agnes sie erneut anrief, bemerkte Saskia Heimerle, dass sie nicht alleine war. Sie drehte sich ein Stück weit um, sodass Agnes nur ihre rechte Gesichtshälfte sehen konnte. Die linke Seite bedeckte nach wie vor ein Waschlappen.

„Was machen Sie denn hier?“

Statt zu antworten, nahm Agnes sie behutsam an der Schulter und führte sie zu einem Stuhl. Saskia Heimerle stöhnte auf.

„Verdammt“, presste sie hervor. „Männer wissen immer so genau, wie sie zuschlagen müssen.“

Erzürnt zog Agnes die Brauen zusammen. „Was wollte der Kollege Ihres Mannes von Ihnen?“

„Das Übliche.“ Sie versuchte ein Lächeln, das ihr mit der aufgeplatzten Lippe vollkommen missglückte.

„Geld.“ Saskia tupfte sich das Blut vom Kinn. „Alle wollen sie nur Geld. Erst mein Mann, dann mein Sohn und nun auch noch er.“

Sie ließ den Waschlappen sinken. Agnes bemerkte, wie geschwollen ihr Auge mittlerweile war.

„Haben Sie etwas zum Kühlen hier?“ Ohne auf eine Antwort zu warten, machte sie sich an Frau Heimerles Gefrierschrank zu schaffen und beförderte ein Coolpack hervor, den sie in ein Handtuch wickelte.

„Hier, legen Sie sich den aufs Auge. Dann wird die Schwellung nicht so schlimm.“

„Ist meine Tochter hier? Ich würde es bevorzugen, wenn sie mich nicht in diesem Zustand sieht.“

„Nein, Frau Heimerle, Leandra ist nicht hier.“

Saskia Heimerle seufzte erleichtert auf, was in Agnes Ohren eher wie ein unterdrücktes Schluchzen klang. Vor ihr saß, das wurde ihr in diesem Moment bewusst, eine hochsensible, verletzliche Frau, die schon viel in ihrem Leben hatte einstecken müssen. Ihr schützender Kokon aus Hochmut und Unnahbarkeit hatte soeben einen tiefen Riss bekommen.

Stöhnend vor Schmerz und Scham legte Saskia ihren Kopf auf den Arm und ließ es sich gefallen, dass Agnes tröstend ihre Hand streichelte.

„Gibt es einen Grund, aus dem Sie hier sind?" Sie versuchte verzweifelt, die Kontrolle über sich zurückzubekommen.

„Eigentlich komme ich wegen Leandra. Frau Heimerle, Leandra ist im Pfarrhaus von der Treppe gestürzt und wir haben sie ins Krankenhaus bringen lassen. Ich dachte, es wäre besser, es Ihnen persönlich zu sagen."

Saskia sah Agnes verwirrt an, als hätte sie Mühe zu begreifen, was sie soeben gehört hatte.

„Sie war bei Bewusstsein, aber möglicherweise hat sie sich den Arm gebrochen."

Etwas Tröstlicheres, das gleichzeitig der Wahrheit entsprach, fiel Agnes in diesem Moment nicht ein.

„Sie werden sie sicher morgen besuchen wollen. Wenn Sie nicht selbst fahren möchten, dann können Sie mich gerne anrufen."

Saskia nickte und starrte dann vor sich auf den Tisch. Eine Weile saßen sie schweigend beieinander.

„Wollen Sie Anzeige erstatten?" Agnes deutete auf Saskias zerschlagene Gesichtshälfte. „Sie können mich als Zeugin benennen."

Saskia schüttelte den Kopf. „Das macht es auch nicht besser. Im Gegenteil.“

Agnes hielt den Atem an. Das hieß nichts anderes, als dass Saskia Heimerle bedroht wurde. Möglicherweise sogar vom Mörder ihres Mannes.

***

„Ich glaube, es schlägt dreizehn!“

Heike war von Agnes' Bericht so aufgewühlt, dass sie gleich zweimal den falschen Gang einlegte.

„Also, an sowas hätte ich nie und nimmer gedacht. Und du bist dir sicher, dass es Heimerles Kollege war?“

„Natürlich! Außerdem habe ich ihn doch wiedererkannt. Er war bei Heimerles Beerdigung mit dabei, das sagte ich doch vorhin schon.“

Agnes sog geräuschvoll die Luft ein, als sich ein Bild vor ihrem inneren Auge auftat, wie ein Werbe-Pop-up auf dem Computerbildschirm. „Und heute Abend kann ich dir sogar sagen, wie er heißt.“

Als sie wieder zum alten Pfarrhaus zurückkehrten, wurden sie von Inge empfangen.

„Sie haben den Kerl! Stellt euch nur vor, Olaf hat ihn verhaftet!“ Stolz und voller Genugtuung verschränkte sie die Arme, so als hätte sie dem Delinquenten persönlich die Handschellen angelegt.

„Wer jetzt?“, fragte Heike, die immer noch ein wenig durcheinander war.

Inge sah sie fast missbilligend an. „Na, diesen Piontek. Er hat sich bei Ziegenbrink verkrochen. Das war übrigens meine Idee, dort nach ihm zu suchen.“

„Also, das ist doch eine erfreuliche Nachricht“, lobte Agnes. „Und jetzt suchen wir Enno. Ich habe nämlich den Eindruck, dass wir einiges zu besprechen haben.“

Enno saß mit Eckhard und einigen Feuerwehrmännern an einem Tisch unweit des Getränkestandes und hörte der Musik zu.

Als er sah, dass Agnes ihn zu sich heranwinkte, verabschiedete er sich und kam eiligen Schrittes auf sie zu.

„Wie hat Frau Heimerle den Unfall ihrer Tochter aufgenommen?“, wollte er als Erstes wissen.

Agnes berichtete ihm kurz, was geschehen war. „Dieser Kerl hat sie verprügelt, sodass sie jetzt mit aufgeplatzter Lippe und einem Veilchen herumläuft.“

„Wie bitte?“ Ennos Stimme überschlug sich beinahe vor Empörung.

„Tja, und sie will nicht, dass jemand davon erfährt. Nicht einmal ihre Tochter.“

Enno schüttelte fassungslos den Kopf. „Was, wenn Heimerles Kollege ihn loswerden wollte?“, fragte Agnes.

Enno seufzte schwer. „Sie lassen in dieser Sache nicht locker, oder?“

Agnes hob überrascht die Brauen. „Mein lieber Enno, hatten Sie das etwa von mir erwartet?“

Er seufzte erneut. „Jetzt bin ich derjenige, der bei dieser Angelegenheit kein gutes Gefühl mehr hat. Vielleicht sollten wir uns beizeiten zusammensetzen und uns noch einmal gemeinsam Gedanken machen, bevor wir hier die Pferde scheu machen.“

„Wie recht Sie doch haben! Ich schlage vor, wir fahren zusammen mit Heike zu mir. Denn ich habe für heute genug gefeiert.

Es war fast halb zehn, als Agnes die Haustür aufschloss und ihre beiden Gäste hereinbat.

„Zuerst koche ich uns einen schönen, kräftigen Ostfriesentee. Damit wir wach bleiben." Sie unterdrückte ein Gähnen, als sie den Wasserkessel aufsetzte und drei Tassen aufs Tablett stellte. Auch Heike und Enno rieben sich schon die Augen. Aufmunternd lächelte sie den beiden zu, während sie die Tassen abstellte und Sahne und Kandis aus der Küche in ihr kleines, mit Büchern vollgestopftes Wohnzimmer brachte.

Enno hatte es sich in der einen Ecke des Sofas bequem gemacht. Er stützte seinen Ellenbogen auf die Sofalehne und legte, ein Bein über das andere geschlagen, seinen Kopf in die Hand. Mit gerade einmal halb geöffneten Augen sah er zu Agnes hinüber.

„Und, was haben wir?"

Heike hatte sich die Müdigkeit aus dem Gesicht gerieben.

„Also", begann sie, regelrecht aufgekratzt, „ich kann mir beim besten Willen nicht mehr vorstellen, dass der Unfall von Heimerle ein Zufall war. Bei den vielen Feinden, die er hatte! Und nun hat auch noch jemand die Angelschnur geklaut, die Agnes in ihrer Handtasche aufbewahrte. Da hat einer ein richtig schlechtes Gewissen, wenn ihr mich fragt. Und Angst, dass dieses Fitzelchen Angelschnur als Beweis gegen ihn verwendet werden könnte."

Enno Fritjoff nickte bedächtig.

„Dann kommen noch die Brandstiftung und der Angriff auf Leandra Heimerle hinzu", warf Agnes mit erhobenem Zeigefinger ein. „Und der Umstand, dass Saskia Heimerle von einem Kollegen ihres Mannes verprügelt worden ist. Weil er Geld von ihr wollte, wie sie behauptet hat."

„Wer ist denn nun dieser brutale Kerl?" Heike verzog voller Abscheu das Gesicht. „Du sagtest vorhin, du könntest mir seinen Namen nennen, sobald du zu Hause bist."

„Ach ja, du hast recht." Sie sah von Heike zu Enno, der müde und stumm in seiner Ecke saß. „Erinnert ihr euch noch an den Leichenschmaus?"

„Unvergessen!", grinste Heike. Enno nickte nur knapp.

„Der Mann im Anzug und mit Pferdeschwanz hat Saskia Heimerle eine grüne Visitenkarte überreicht. Könnt ihr euch daran erinnern?"

„Nein", kam es von Heike und Enno im Chor. Agnes machte eine wegwerfende Bewegung. „Ist ja auch egal. Ich erinnere mich zumindest daran. Und –", in diesem Moment pfiff der Wasserkessel nach ihr und sie sprang auf.

Gleich darauf kehrte sie mit der dampfenden Teekanne zurück. „Als ich zwei Tage später bei Saskia Heimerle vorbeischaute, da habe ich vor ihrer Papiertonne eine grüne Visitenkarte gefunden. Ich hatte sie einfach in die Tasche meiner Windjacke gesteckt und dort vergessen." Wieder erhob sie sich und eilte in den Flur zur Garderobe.

Zurück im Wohnzimmer, wedelte sie triumphierend mit einem kleinen, grünen Kärtchen. „Ich habe mich erst heute wieder daran erinnert, dass ich die Karte eingesteckt hatte." Agnes griff nach ihrer Lesebrille, die auf der Anrichte lag und schob sie sich auf die Nase.

*„Friedhelm Berger, Euro-Ablass GmbH, Schuldnerberatung und Inkasso.* Das steht auf der Visitenkarte. Was sagt ihr nun?"

Wortlos streckte Enno die Hand aus und nahm die Karte an sich. Er schob seine Brille zurecht und studierte die Aufschrift. Dann holte er sein Handy aus der Innentasche seines Jacketts und tippte und wischte darauf herum.

„Tatsächlich", murmelte er. Er hob den Kopf. „Dieses Unternehmen ist mit an Sicherheit grenzender Wahrscheinlichkeit unseriös. Ich kann mir vorstellen, dass meine ehemaligen Kollegen aus dem Betrugsdezernat Interesse an der Vorgehensweise dieses Herrn haben."

„Dann könnte er der Mörder sein?" Heike unterdrückte abermals ein Gähnen.

Enno wiegte den Kopf hin und her, was Agnes als höfliches Nein interpretierte.

„Zunächst sollten wir einmal überlegen, ob Heimerles Tod und der Überfall auf seine Frau miteinander zusammenhängen, oder unabhängig voneinander stattgefunden haben."

Agnes stimmte Enno zu. Sie nahm das Teeei aus der Kanne und schenkte ein.

Dann, als sie die Kanne zurück aufs Stövchen stellte, hellte sich ihr Gesicht auf.

„Eine Kuh, die man melken will, schlachtet man nicht." Sie nahm das kleine Porzellangefäß in Form einer Kuh und gab ein wenig Milch in ihren Tee. Heike sah sie erst verständnislos an, doch dann begriff sie.

„Du meinst, Heimerle hatte Schulden bei seinem bezopften Kollegen. Und die will der nun bei der Witwe seines Schuldners eintreiben.“

„Genau. Wenn Heimerle ihm Geld schuldete, dann hätte er ihn doch sicher nicht umgebracht.“ Agnes sah Enno an und wartete auf ein Zeichen der Bestätigung, welches sie prompt erhielt. Er schlürfte seinen heißen Tee und stellte die Tasse fast geräuschlos ab.

„Und nun konzentrieren wir uns auf das einzige Indiz, das auf Fremdeinwirkung, also ein mögliches Tötungsdelikt hinweist.“

„Das Indiz, das mir leider abhandengekommen ist.“

Agnes konnte sich des Eindruckes nicht erwehren, dass Enno langsam Spaß an der Sache hatte. Er beugte sich nach vorne, legte die Ellenbogen auf die Knie und bildete mit den Fingerspitzen eine Raute.

„Die Tatsache, dass genau dieses Indiz gestohlen wurde, ist unser einziger Hinweis darauf, dass jemand die Angelschnur absichtlich gespannt haben könnte, um Heimerle zu Fall zu bringen. Die Frage ist also: Wer wusste, dass sich das Stückchen Schnur in Ihrer Handtasche befand? Und wem haben Sie sie gezeigt?“

Agnes runzelte die Stirn und tippte sich mit dem Zeigefinger an die Nase.

„Zuerst saß ich bei Petra und Matthias. An ihrem Tisch war auch Ingo Gienke. Weil er bei uns saß, habe ich das Tütchen Matthias gezeigt und auch erzählt, dass ich es an einem Baum im Wald gefunden habe. Matthias hat mir viel über die Schnur erzählt. Sie hätte eine hohe Tragkraft und sei bestens für das Meeresangeln geeignet. Der Knoten ...“ Sie nahm ganz in Gedanken einen Schluck Tee.

„Was war noch mit diesem Knoten?“

„Ich weiß nicht mehr, wie er hieß, aber ich habe mir gemerkt, dass man damit die Schnur an der Spule befestigt. Es scheint also ein Knoten zu sein, den Angler erkennen und beherrschen.“

„Und, wie hat Ingo Gienke reagiert?“ Heike fuhr mit dem Zeigefinger auf dem Rand ihrer Tasse entlang.

Agnes schürzte die Lippen. „Er schien mir zunehmend nervös, je mehr mir Matthias über die Schnur sagen konnte.“

„Und wir wissen, dass Ingo und auch seine Frau ein gutes Motiv gehabt haben, Heimerle den Tod zu wünschen.“

„Ist Ingo Gienke Angler?“, fragte Enno.

Agnes zuckte mit den Schultern. „Das weiß ich nicht.“

„Aber das können wir leicht herausfinden“, tröstete Heike sie.

Agnes fuhr fort: „Dann war ich noch mit einigen meiner ehemaligen Schüler an einem Tisch. Dort hatte ich mich hingesetzt, weil Dirk Schröter dabei war. Die Jungs, die bei ihm saßen, sind allesamt Angler. Dirk schien mir nicht besonders nervös zu sein, als ich ihm die Tüte mit der Schnur gezeigt habe. Genau wie die anderen alle. Aber vielleicht hat er sich einfach nur gut unter Kontrolle.“

„Hatten Sie nur mit Dirk Schröter gesprochen?“, wollte Enno wissen.

„Aber nein“, Agnes lächelte. „Ich kannte sie doch alle aus der Grundschule. Wir haben uns erst ganz allgemein unterhalten. Über ihre Eltern und Geschwister, die ich auch alle kenne, und was sie gerade beruflich machen. Dann erst habe ich erfahren, dass sie alle Mitglieder im Angelverein sind."

„Und wer war noch dabei, außer Dirk Schröter?"

Agnes zählte an den Fingern ab. „Da waren Dirk Schröter, dann Basti Hinrichs, Christof Müller und Florian Mertens. Sie alle hatten die Tüte für einen Moment in der Hand und konnten sich die Angelschnur genau ansehen."

„Und wer von ihnen hatte ein Motiv?" Heike schien endgültig ihre Müdigkeitsphase hinter sich zu haben und saß nun kerzengerade auf der Kante ihres Sessels.

„Eigentlich nur Dirk. Er ist der Einzige, der von Heimerles Tod profitiert, denn er hatte immer Angst, Heribert Heimerle könnte seine Drohung wahrmachen und der Unfallversicherung seines Vaters zustecken, dass sein Vater zum Zeitpunkt des Unfalles Alkohol im Blut hatte." Während sie dies sagte, ertappte sich Agnes dabei, wie sie sich wünschte, Dirk Schröter möge unschuldig sein. Er und seine Familie hatten schon genug gelitten. Noch einen weiteren Schicksalsschlag hatte keiner von ihnen verdient.

„Vielleicht hat auch jemand im Auftrag gehandelt und Heimerle diese gemeine Falle gestellt", wandte Heike ein.

„Ich würde es Saskia Heimerle ohne Weiteres zutrauen, jemanden dazu anzustiften. Auch wenn sie mir seit heute natürlich leidtut. Oder jemand dachte, er könne einem anderen damit einen Gefallen tun, Heribert Heimerle aus dem Weg zu räumen. Saskia Heimerle zum Beispiel. Oder den Schröters. Oder den Carstensens. Und das würde wiederum heißen, dass so ziemlich jeder verdächtig ist."

Agnes hob den Finger. „Mir fällt gerade ein, dass Leandra hinter mir saß, als ich mit Dirk und seinen Freunden gesprochen habe. Ich kann nicht ausschließen, dass auch sie alles mitangehört hat.“

Heike seufzte. „Ich glaube, wir drehen uns hier im Kreis.“

„Meine Damen!“ Enno Fritjoff hob beschwichtigend die Hände. „Auf diese Weise kommen wir nicht weiter. Auch wenn wir am Ende die Möglichkeit in Betracht ziehen müssen, dass unser Täter nicht aus eigenem Antrieb oder eigenem Interesse heraus gehandelt hat, spielt dieser Umstand zunächst nur eine untergeordnete Rolle. Wir müssen zunächst einmal davon ausgehen, dass Agnes den Täter mit dem Corpus Delicti konfrontiert hat. Daraufhin hat er versucht, seine Spuren verschwinden zu lassen, indem er ihre Handtasche an sich genommen und das Beweisstück entwendet hat.“

Enno sah nun abwechselnd von Agnes zu Heike. „Wenn wir davon ausgehen, dass eine der Personen, denen Sie heute die Angelschnur gezeigt haben, als Täter infrage kommt, sollten wir uns die Frage nach der Gelegenheit stellen. Wer hätte also die Möglichkeit gehabt, die Angelschnur so anzubringen, dass Heribert Heimerle mit seinem Fahrrad verunglückt?“

Agnes runzelte die Stirn. „Müssen wir eventuell auch in Betracht ziehen, dass Heribert Heimerle nur ein Zufallsopfer war? Denn wenn es jemand ganz gezielt auf Heimerle abgesehen hatte, dann hätte unser Täter wissen müssen, wann er mit dem Fahrrad unterwegs war.“

„Ganz genau so ist es, liebe Agnes.“

Enno machte ein sehr zufriedenes Gesicht. „Aus diesem Grunde sollten wir uns zunächst ganz alleine darauf konzentrieren herauszufinden, wer die Möglichkeit hatte, diese tödliche Falle anzubringen. Das Motiv wird sich dann offenbaren, wenn wir den Täter haben."

Agnes, Heike und Enno verabredeten sich für den kommenden Nachmittag, um sich dieser Frage zu widmen.

# Sonntag, 9. Juni

Nach einem erbaulichen Pfingstgottesdienst wartete Agnes vor der Kirche auf Pastor Dieckmann, um sich bei ihm nach Lena Harms zu erkundigen.

„Leider habe ich Frau Harms noch immer nicht erreicht." Seine Haltung drückte, ebenso wie seine Miene, Bedauern aus.

„Aber ich habe Lena besucht. Sie war nicht sehr", er zögerte kurz, „nun sie war nicht sehr zugänglich."

„Oje, Sie Ärmster." Agnes konnte sich lebhaft vorstellen, wie Lena sich gegenüber dem gutmütigen Pastor verhalten hatte. Vermutlich würde sie jeden als Ventil für ihre aufgestaute Wut und Trauer missbrauchen, der ihr keinen Einhalt gebot.

Heike und Bernd standen zusammen mit Enno ein wenig abseits und signalisierten ihr, dass sie nun abmarschbereit waren. Auch der Pastor bemerkte die Wartenden.

„Die Pflicht ruft, wie sie sehen. Ich wünsche Ihnen noch einen schönen Sonntag, Herr Dieckmann." Sie reichte ihm die Hand.

„Würden Sie mich am Mittwochnachmittag nach Lüneburg begleiten Frau Plietsch?"

„Aber gerne, Herr Dieckmann. Dann können wir sogar zwei Krankenbesuche machen."

Damit wandte sie sich endgültig zum Gehen.

„Ich bleibe noch kurz bei Agnes und helfe beim Aufräumen." Heike gab ihrem Mann noch einen Kuss, als
sie vor dem alten Pfarrhaus angelangt waren.

„Gut. Dann bereite ich mit den Kindern den Grill vor.
Wir fangen an, wenn du wieder zu Hause bist."

Agnes wartete, bis Bernd Rickmann außer Hörweite
war. „Gibt es denn Neuigkeiten über Heinrich von Soest? Er und Bernd hatten sich gestern doch ganz aus-
führlich unterhalten."

Enno schüttelte schmunzelnd den Kopf. „Was ihr
Frauen immer alles wissen wollt!"

„Nun, das könnte im Zusammenhang mit unserem
Fall", Agnes malte dabei Anführungszeichen in die Luft,
„ganz interessant sein."

Nun hob auch Enno die Brauen.

„Bernd war zwar etwas wortkarg, vermutlich hatte er
doch ein Bierchen oder einen Köm zu viel."

„Oh, deshalb war er also so blass heute Morgen",
schmunzelte Agnes.

Heike überging ihre Bemerkung und fuhr fort: „Das,
was ich herausbekommen habe, ist, dass es Unstimmigkeiten wegen eines Grundbucheintrages gibt."

Agnes blieb stehen. „Meinst du etwa so was wie ein
eingetragenes Wohnrecht? Aber das wäre ja Unsinn,
denn das Haus war doch schon seit Längerem unbe-
wohnbar."

„Es handelt sich auch nicht um ein Wohnrecht."
Heike senkte die Stimme, damit nur Agnes und Enno
sie hören konnten. „Es ist eine Briefgrundschuld eingetragen, auf eine Firma, bei der die Gienkes Schulden
hatten. Dieser Firma haben sie einen Schuldbrief

ausgestellt. Und solange von Soest diesen Brief nicht hat, kann er nicht mit den Arbeiten am Haus anfangen.“

„Handelt es sich dabei vielleicht um unsere Inkassofirma, über die wir uns gestern Abend unterhalten haben?“, raunte Enno. Agnes bemerkte mit Genugtuung, wie seine Augen blitzten.

„Das kann sein“, fuhr Heike fort. „Und ich meine, dass Carstensen so etwas gestern auch erwähnt hat. Allerdings war er da nicht mehr ganz nüchtern, um es freundlich auszudrücken. Jedenfalls sagte Bernd noch, dass der Heimerle den Leuten sogar post mortem noch Schwierigkeiten macht. Dann ist er leider eingeschlafen und heute beim Frühstück war nichts mehr aus ihm herauszubekommen.“

„Die Spur führt uns also zu Sandra und Ingo Gienke.“ Doch noch bevor Agnes weitere Spekulationen anstellen konnte, winkte Inge ihnen zu und die drei folgten ihr in die Diele.

„Hat Olaf heute Dienst?“

Enno erntete auf seine Frage nur ein Schnauben von Inge. „Er hatte sich extra frei genommen über Pfingsten. Wir sind doch am Montag bei meiner und Heikes Tante zum fünfundachtzigsten Geburtstag eingeladen. Aber nachdem sie diesen Piontek geschnappt hatten, wollte er es sich nicht nehmen lassen, ihn auch gleich zu vernehmen.“ Sie rümpfte die Nase. „Wäre ja noch schöner, wenn er die Arbeit hat und den Kerl verhaftet, und seine Kollegen aus Bresinghausen streichen dann die Lorbeeren ein, weil dieser Lümmel dann bei ihnen ein Geständnis ablegt.“

„Hat er sich denn schon geäußert? Zum Beispiel, warum er die junge Frau die Treppe hinuntergeschubst hat?“

Inge lachte. „Bis jetzt hat er nur Zeter und Mordio geschrien und sich über angebliche Polizeigewalt beklagt.“ Dann verzog sie ärgerlich das Gesicht. „Mein armer Olaf. Er hat ja eine Engelsgeduld mit solchen Rotzlöffeln, aber heute Abend, da sitzt er dann wieder grummelig neben mir auf dem Sofa.“

„Es sei denn, der junge Mann legt ein umfassendes Geständnis ab. Über die Körperverletzung und die Brandstiftung.“ Agnes tätschelte ihr aufmunternd die Schulter.

„Kommt, lasst uns noch den Salon wieder in Ordnung bringen. Dann können wir weiterklönen“, drängte Heike.

Heike verabschiedete sich bald, da sie wusste, dass ihre Familie sie schon ungeduldig erwartete. Bevor sie das Pfarrhaus verließ, wandte sie sich noch einmal an Inge. „Sag Bescheid, wenn wir dich morgen zu Tante Gertrud mitnehmen sollen. Falls Olaf noch im Dienst ist.“

Nachdem auch die Küche wieder in Ordnung gebracht und anschließend im Büro die Einnahmen des Festes gezählt und weggeschlossen worden waren, machten sie sich alle auf den Heimweg.

„Ein schönes Pfingstwochenende, Inge. Und viel Spaß bei der Geburtstagsfeier. Wir gehen dann auch nach Hause.“

Agnes nahm ihr Backblech unter den Arm und marschierte mit Enno los. Im Eichenwinkel verabschiedeten sie sich schließlich.

„Wenn Sie möchten, können wir uns heute Nachmittag noch auf einen Spaziergang treffen und anschließend zusammen Kaffee trinken“, schlug sie vor.

Enno sah in den Himmel.

„Vielleicht wird aus dem Spaziergang nichts. Aber auf eine Tasse Kaffee in Ihrer Gesellschaft würde ich mich freuen.“

***

Enno sollte recht behalten. Als Agnes ihre Mittagsruhe gegen fünfzehn Uhr beendete, hatte sich der Himmel zugezogen. Kurze Windböen bogen die Bäume und Sträucher und in der Ferne grollte Donner.

Agnes richtete schnell ihre Frisur vor dem Spiegel und setzte dann Kaffee auf.

Während dieser durch die Maschine lief, sah sie aus dem Fenster. Enno trat aus der Tür, blickte prüfend in den Himmel und verschwand noch einmal im Haus, um sich, mit einem Regenschirm bewaffnet, endgültig auf den Weg zu machen.

Während er über die Straße eilte, lief Agnes zur Tür und öffnete ihm.

„Den werden Sie heute Abend sicher brauchen“, begrüßte sie ihn und deutete auf seinen Schirm.

Er legte ab und folgte ihr ins Wohnzimmer. „Ich habe Ihnen etwas mitgebracht.“

Agnes dachte zuerst an Kekse und wollte schon eine Schale holen, doch Enno zog ein zusammengefaltetes Stück Papier aus seiner Strickweste.

Während Agnes die Kaffeekanne und Tassen auf den Tisch stellte, faltete Enno das Papier auseinander. Es entpuppte sich als verhältnismäßig aktuelle Wanderkarte. Den Mittelpunkt dieser Karte bildete der Holmbachwald.

„Die Karte hatte ich mir noch vor meiner Pensionierung gekauft. Sie ist nicht ganz auf den neuesten Stand, aber das Wichtigste ist zu sehen."

Enno hatte bereits eine Stelle mit einem Bleistiftkreuz markiert. Er tippte mit seinem Zeigefinger darauf.

„Hier ist Heribert Heimerle verunglückt. Und ungefähr hier", sein Finger wanderte ein winziges Stückchen nach links, „haben wir das angebundene Stückchen Angelschnur gefunden."

Agnes' Augen wanderten über die Karte. Dann zeigte sie auf eine Stelle auf der rechten Seite. „Hier wohnen die Heimerles."

Enno holte einen Bleistift aus seiner Hemdtasche und kreuzte auch diesen Fleck an.

„Ich hatte mich gestern kurz mit Olaf unterhalten." Enno legte den Bleistift auf den Tisch. „Er sagte, Frau Heimerle hätte angegeben, ihr Mann sei aus Gründen der körperlichen Ertüchtigung regelmäßig eine bestimmte Runde mit seinem Rennrad gefahren."

Agnes lächelte wegen seiner Ausdrucksweise.

„Und zwar immer an denselben Wochentagen: dienstags, freitags, samstags und sonntags. Ob er immer dieselbe Strecke genommen hatte, konnte sie nicht mit Gewissheit sagen. Seinem Charakter nach tendierte sie allerdings zu der Annahme, er habe an einer Route festgehalten, sie bezeichnete ihn als Gewohnheitstier und durchaus berechenbar."

„Das ist eine merkwürdige Beschreibung seitens seiner Frau im Angesicht der Todesnachricht. Finden Sie nicht auch?"

Enno nickte bedächtig. „Ich finde Frau Heimerle ohnehin suspekt. Aber nun zu der Strecke, die Heribert Heimerle mutmaßlich gewählt hat. Ich vermute, er hat von seinem Haus aus erst die Gemeindestraße nach Sommerstorf genommen. Dann dürfte er in Sommerstorf auf die Straße in Richtung Guhlstorf abgebogen sein. Dort gibt es mittlerweile einen schönen Radweg, der auf der Karte noch nicht eingezeichnet ist, der parallel zur Straße verläuft und im Übrigen steil ansteigt. Kurz vor Guhlstorf gibt es eine Abzweigung, einen Feldweg, der am Mertenshof vorbeiführt und dort an der Unglücksstelle in den Holmbachweg mündet. Vermutlich führte seine Strecke dann den Holmbachweg hinauf, über die Brücke und danach auf dem Feldweg, den wir hier sehen, geradeaus auf die Gemeindestraße zu, die Heidenbeck und Trollingsbüttel miteinander verbindet."

Agnes fuhr mit dem Finger die genannte Strecke ab. „Ja, das klingt logisch."

„Unser mutmaßlicher Täter muss also Herrn Heimerles Gewohnheiten ganz genau gekannt haben."

„Wissen wir, ob Heimerle immer zur selben Zeit gefahren ist?"

„Ja, das hat Frau Heimerle Olaf gegenüber bestätigt."

Insgeheim zog Agnes den Hut vor Olaf. Ganz so bräsig, wie Heike befürchtet hatte, schien er doch nicht zu sein. Sie nahm ihre Kaffeetasse in die Hand, trank jedoch nicht, sondern dachte angestrengt nach.

„Dienstags ist immer Heikes Nordic-Walking-Gruppe unterwegs. Für Gewöhnlich laufen sie gegen halb neun Uhr los. Sie nehmen zwar nicht immer die Strecke in Richtung Mertenshof, da Mariannes Knie manchmal streikt. Aber grundsätzlich ist jeden Dienstag mit ihnen zu rechnen. Das ist auch in Sommerstorf bekannt. Es war ein großes Risiko für den Täter, denn er hätte ertappt werden können, als er die Schnur dort angebracht hat.“

„Er kann sie ja auch schon viel früher dort befestigt haben.“

Agnes schüttelte den Kopf. „Das glaube ich nicht. Bis um kurz vor acht Uhr morgens muss er mit den Schülern rechnen, die mit dem Fahrrad aus Guhlstorf und Rullingsbeck zur Schule nach Süderingen fahren. Das ist eine beliebte Abkürzung. Sie fahren jeden Tag durch den Eichenwinkel.“

Enno sah in die Ferne und rieb sein ordentlich rasiertes Kinn. „Also konnte unser Täter zwischen acht Uhr und vielleicht acht Uhr fünfzehn zu Werke gehen. Kennen Sie einige der Schüler, die diesen Weg fahren? Mich würde interessieren, ob sie Herrn Heimerle manchmal begegnet sind.“

Agnes nickte zufrieden. „Das zu erfahren, lässt sich einrichten.“

# Montag, 10. Juni

„Das mit der Gartenparty könnt ihr vergessen." Kathrin sah aus dem Küchenfenster, als sie fünf Löffel aus der Schublade holte. „Teller, Niklas!", kommandierte sie und sah ihrer Mutter zu, die mit einem Spritzbeutel ein Muster aus weißer Schokolade auf dem Kastenkuchen verteilte.

„Fertig!" Heike machte einen Schritt rückwärts und begutachtete zufrieden ihren Eierlikörkuchen.

„Dann können wir essen." Kathrin griff nach der Kelle.

„Nur Suppe?" Jonas, der als Letzter an den Tisch kam, sah enttäuscht in den Topf.

„Bei Tante Gertrud gibt es heute Abend noch Spanferkel. Selber schuld, wenn du nicht mitkommst." Bernd Rickmann hob die Hand, als sein Ältester ihm die Gründe für seine Abwesenheit erläutern wollte. „Ist schon gut. Und wie ich Mama kenne, hat sie noch was Leckeres im Kühlschrank für dich."

Dann wandte er sich an seine Frau. „Inge hat eben angerufen. Wir sollen sie doch nicht abholen. Olaf kommt mit."

Heike ließ den Löffel sinken. „Das ist gut. Dann hat dieser Piontek wohl ausgepackt."

„Der Typ, wegen dem die alte Schmiede halb eingestürzt ist?" Niklas schob einen Löffel Gemüsesuppe in den Mund und wischte sich Brühe vom Kinn.

„Wie kommst du darauf, dass es seine Schuld war?“
Heike reichte ihrem Sohn eine Serviette.

„Das stand alles schon in der Zeitung. Meine Kollegen
haben beim Sichern des Hauses entdeckt, dass zwei der
Baustützen weg waren. Die waren angebracht worden,
um einen vergammelten Eichenbalken abzustützen,
der das Obergeschoss trägt. Und irgendein Vollpfosten
hat sie rausgezogen, um damit die Tür zu verbarrika-
dieren. Also ich sage mal, Lena Harms war das nicht.“

„Wieso?“ Kathrin sah ihren Bruder herausfordernd
an. „Glaubst du, Mädels können das nicht?“

„Du vielleicht schon, aber nicht so ein Hänfling wie
Lena Harms. Die hätte nicht die Kraft dazu gehabt.“

„Vielleicht haben sie es zu zweit getan.“

Niklas brummte zustimmend und löffelte seinen Teller leer.

Um halb drei Uhr nachmittags machten sie sich zusammen auf den Weg nach Rullingsbeck. Inge und Olaf
kamen fast zeitgleich mit ihnen an. Nach dem üblichen
Prozedere, das darin bestand, die Jubilarin hochleben
zu lassen, das Kuchenbuffet um das eigene Backwerk
zu erweitern und zu bewundern und geschäftig zwischen Küche und einer sehr geräumigen Stube hin und
her zu eilen, bis alle Gäste mit Kaffee und Kuchen be-
wirtet waren, fanden Heike und Inge schließlich einen
Platz nebeneinander.

„Das ist ja schön, dass Olaf doch noch mitgekommen
ist.“

Inge, die gerade den Mund voll mit Kuchen hatte,
nickte zufrieden. „Er hat auch extra Druck gemacht bei
seiner Vernehmung.“

Heike hob die Brauen. „Also hat der Piontek ein Geständnis abgelegt? Ich weiß natürlich, dass du eigentlich nichts darüber erzählen darfst. Es ist sicher ein Dienstgeheimnis", fügte sie listig hinzu.

Heike hatte recht behalten mit ihrer Annahme, dass Inge darauf brannte, die Neuigkeiten und frisch gewonnenen Erkenntnisse mit ihr zu teilen.

„Na, das mit dem Schubsen konnte er ja wohl schlecht leugnen. Er sagt, Leandra Heimerle hätte ihn provoziert."

Inge rümpfte die Nase und Heike verstand, dass ihrer Cousine diese Begründung für seine Tat gründlich gegen den Strich ging.

„Hätte er nicht sagen können: *Jawohl, ich gestehe, ich habe Unrecht getan*? Aber stattdessen windet er sich wie ein Wurm und versucht, sich herauszureden."

Nach einer kurzen Zeit des Essens und des Schweigens versuchte es Heike noch einmal.

„Dann wird er die Brandstiftung sicher auch nicht zugegeben haben."

Inge spitzte die Lippen. „Ich sage nur so viel: Er scheint auf Leandra Heimerle schlecht zu sprechen zu sein."

Heike überlegte kurz. „Willst du damit sagen, sie hat ihm das in die Schuhe schieben wollen?" Inge sagte nichts darauf, doch sie wirkte hochzufrieden mit Heikes Schlussfolgerung.

„Am Ende war sie es, die das Feuer gelegt hat." Als Inge darauf nur süffisant lächelte, fiel Heike die Kuchengabel aus der Hand.

„Nein!"

Das war alles, was aus Inge herauszubekommen war. Doch das, was sie ihr durch Andeutungen und ihr Schweigen zu verstehen gegeben hatte, war am Ende mehr, als Heike erwartet hatte.

# Dienstag, 11. Juni

Heike war dabei, den Abendbrottisch abzuräumen, als Bernd die Haustür aufschloss.

„Hallo, Schatz, du bist heute ja so früh dran!" Sie wischte sich die Hände ab und ging hinaus auf den Flur. Doch statt einer Antwort krachte die Tür des Arbeitszimmers ins Schloss. Verdutzt stand Heike da. Kathrin steckte den Kopf aus dem Wohnzimmer.

„Was war das denn?"

Heike winkte ab.

„Das war doch gerade Papa", meinte Kathrin. „Ich hab das Auto gehört. Ich wollte ihn noch schnell was fragen."

„Lass ihn mal." Heike nahm ihre Tochter sanft am Arm und zog sie in die Küche.

„Ich glaube, Papa hatte heute Ärger im Rathaus. Du könntest erst mal mir helfen, die Küche fertig aufzuräumen. Ihr seid vorhin alle einfach aufgestanden und habt alles stehen und liegen gelassen."

Kathrin zog einen Flunsch. Doch dann stellte sie Wurst, Käse und Butter in den Kühlschrank, während Heike den Geschirrspüler einräumte.

„Geht es schon wieder um diese Bürgerinitiative?"

Heike seufzte. „Ich weiß es zwar nicht, aber ich vermute es fast."

Nachdem Bernd über eine halbe Stunde in seinem Arbeitszimmer zugebracht und es nicht den Anschein hatte, als würde er freiwillig bald wieder herauskommen, klopfte Heike kurz an und trat dann ein.

Bernd saß auf seinem Schreibtischstuhl, die Füße auf einem Schnellhefter, der auf der Tischplatte lag und hatte die Arme hinter dem Kopf verschränkt. Er hatte die Augen geschlossen und seine Krawatte, die sonst immer tadellos gebunden war, hing ihm schief um den Hals. Heike zog sich den Hocker heran, der vor dem Bücherschrank stand und legte ihm sanft die Hand auf den Bauch.

„War es heute so schlimm?"

Bernd Rickmann stöhnte nur. Dann nahm er die Füße vom Tisch und sah seine Frau aus müden Augen an.

„Wie es scheint, haben wir uns alle zu früh gefreut."

Heike runzelte die Stirn. „Wie meinst du das?"

„Eigentlich dachten wir, wir hätten den ganzen Zwist zusammen mit Heimerle begraben. Aber lassen wir das lieber. Sonst werde ich noch polemisch."

Heike sah ihren Mann mitfühlend an. „Also geht es wieder um *grün statt grau*? Gibt es jetzt wieder Ärger wegen der Umgehungsstraße?"

Bernd ließ die Arme kraftlos sinken. „Es sind dieselben Leute, diesmal aber unter anderem Namen. Der Verein *NaturSchmiede e. V.* versucht gerade, mit denselben Argumenten, die sie schon als Bürgerinitiative vergeblich vorgebracht haben, den Bau von Carstensens Windkraftanlagen zu torpedieren. Im Rathaus dachten wir, ohne Heimerle, den Caput Draconis der Bürgerinitiative, hätte sich ihr Protest endgültig erledigt."

Heike hob die Brauen. „Meinst du, es geht ihnen tatsächlich darum, Carstensens Windmühlen zu verhindern? Oder vermutest du noch etwas anderes dahinter?"

Bernd sah seine Frau ein wenig irritiert an. „Worauf willst du hinaus?"

„Na ja." Sie sah jetzt über den Kopf ihres Mannes hinweg aus dem Fenster in den Garten. „Einige dieser Leute haben sich doch in den Kopf gesetzt, die alte Schmiede zu kaufen. Und wir wissen alle, dass genau das aus irgendeinem Grund nicht geklappt hat. Vielleicht soll dieser erneute Protest nur der Versuch einer Erpressung sein? Sie versuchen jetzt, dich politisch unter Druck zu setzen, um ihren Willen zu bekommen."

„Mit dem Ergebnis, dass mir jetzt alle im Nacken sitzen: die angeblichen Naturschützer, Carstensen und sein Bruder und jetzt auch noch von Soest."

Heike betrachtete versonnen die dunkelrosa blühende Weigelie vor dem Fenster.

„Sag mal, Bernd, hältst du es für möglich, dass Heimerle in irgendwelche krummen Geschäfte verwickelt war?"

„Möglich ist alles. Vorstellbar auch."

Heike zögerte einen Moment, doch dann entschloss sie sich, Bernd von Agnes' letztem Besuch bei Saskia Heimerle zu erzählen.

„Mir fällt gerade dieser Grundschuldbrief wieder ein, von dem du neulich gesprochen hast, den die Gienkes ausgestellt haben. Und Carstensen hat am Samstag auch etwas von einer Inkassofirma erzählt, die von Gienkes Geld wollte. Was, wenn Heimerle und seine Naturschützer versucht haben, die Gienkes zu betrügen, um an deren Grundstück heranzukommen? Das könntest du ihnen doch einfach mal vorhalten. Vielleicht

halten sie dann die Füße still und lassen Carstensen in
Ruhe."

Bernd zog seine Frau zu sich heran und küsste sie. „Es
ist sehr lieb von dir, dass du mir helfen willst. Aber in
diese Angelegenheiten solltest du dich besser nicht ein-
mischen."

Heike jedoch löste sich aus seiner Umarmung und erzählte ihm nun von dem Verdacht, dass Heimerles Unfall von einem seiner Feinde herbeigeführt worden
war. „Und Feinde genug hatte er ja", schloss sie.

Bernd starrte sie an.

„Heike, um Gottes willen! Weißt du, was du da sagst?
So eine Behauptung in der Öffentlichkeit aufzustellen,
wäre ungeheuerlich!"

Heike sah ihn nun fast mitleidig an. „Denkst du, wir
äußern eine derartige Vermutung leichtfertig? Einfach
nur so ins Blaue hinein?"

Sie schüttelte den Kopf, wie um seine Befürchtungen
zu widerlegen.

„Immerhin war Enno schließlich Kriminalbeamter.
Und er ist mit uns der Meinung, dass wir diesem Verdacht nachgehen sollten."

„Das mag wohl sein", wandte Bernd ein. „Aber das ist
Aufgabe der Polizei – der aktiven, wohlgemerkt."

„Aber was ist, wenn alles miteinander zusammenhängt? Heimerles halbseidene Geschäfte, sein angebli-
cher Unfall, die Brandstiftung in Saskia Heimerles Atelier und nun der Versuch der Bürgerinitiative, beziehungsweise des *NaturSchmiede*-Vereins, an das
Grundstück der Familie Gienke zu kommen?"

„Wie gesagt, das aufzuklären, ist allein Aufgabe der
Polizei", erwiderte er. Dann sah er Heike sehr ernst an.

„Heike, ich bitte dich, bring mich nicht in Verlegenheit, indem du dich in diese Angelegenheit, oder von mir aus auch in die Ermittlungen der Polizei einmischst."

Heike sagte darauf nichts, sondern sah weiterhin ganz in Gedanken aus dem Fenster.

„Komm, lass uns das Thema jetzt beenden, Heike. Hast du noch etwas zu Essen für mich? Ich habe seit dem Frühstück nichts Richtiges mehr gegessen."

Heike küsste ihren Mann auf die Wange. „Ich mach dir gleich was Schönes. Geh du schon mal vor ins Wohnzimmer. Ach, und Kathrin wartet dort auf dich. Sie wollte dich etwas fragen. Vermutlich hat das mit ihrem Politikreferat in der nächsten Woche zu tun. Du wolltest ihr doch zur Vorbereitung ein Buch geben."

Während Bernd sich mit Kathrin unterhielt und ihr Bücher zeigte, die sie für ihr Referat benutzen konnte, wärmte Heike ihm die letzten vier Frikadellen vom Mittagessen auf und brachte sie ihm mit einer Portion Kartoffelsalat ins Wohnzimmer.

„Danke, meine Liebste!"

Hungrig verschlang er sein Essen, während Heike neben ihm auf dem Sofa saß und auf den schwarzen Fernsehbildschirm starrte.

„Man müsste sie alle an einen Tisch bringen", murmelte sie. Dann griff sie nach der Fernbedienung und schaltete die Nachrichten an.

„Was sagtest du?", fragte Bernd mit vollem Mund. Sie erwiderte vergnügt seinen Blick. „Ach nichts, Liebling. Ich hatte nur gerade eine hübsche Idee."

# Mittwoch, 12. Juni

„Ich habe zusammen mit meiner Frau überlegt, dass wir Lena einstweilen in unserem Gästezimmer aufnehmen, bis ihre Mutter sich um sie kümmern kann. Frau Harms hat mir nämlich gestern am Telefon erklärt, sie sei gerade in München und dort nicht ohne Weiteres abkömmlich. Es wird wohl ein Weilchen dauern, bis sie sich um ihre Tochter kümmern kann.“

Befremdet sah Agnes zu Pastor Dieckmann, der seinen Wagen gerade durch Süderingen steuerte.

*Typisch Pastor Dieckmann*, dachte Agnes und sagte: „Ich hoffe nur, dass Lenas Mutter ihre Gutmütigkeit nicht ausnutzen wird, Herr Pastor.“ Und etwas versöhnlicher fügte sie hinzu: „Wenn es etwas gibt, dass ich tun kann, dann lassen Sie es mich bitte wissen.“

Nach einer überwiegend wortkargen, guten halben Stunde hatten sie Lüneburg erreicht. Pastor Dieckmann steuerte seinen Wagen hochkonzentriert durch den dichten Stadtverkehr und fand schließlich einen Parkplatz unweit des Krankenhauses.

„Ich bin gespannt, in welcher Verfassung wir Lena heute vorfinden.“

Agnes hatte den Eindruck, der erneute Besuch war Pastor Dieckmann doch etwas unangenehm. Aus diesem Grunde wunderte sie sich umso mehr, dass er angeboten hatte, das Mädchen bei sich aufzunehmen.

„Vielleicht haben Sie ja Lust, erst bei Leandra vorbei-
zuschauen.“

Pastor Dieckmann nahm diesen Vorschlag dankbar
auf. Nachdem sie Leandras Zimmernummer erfragt
und festgestellt hatten, dass beide Mädchen auf derselben Station lagen, machten sie sich gemeinsam auf den
Weg durch die Gänge. Auf der Station trennten sich
ihre Wege. Agnes klopfte forsch an die Tür und trat ein.
Lena lag nun mit einer älteren Frau zusammen, die gerade Kopfhörer aufhatte und auf den laufenden Fernseher starrte.

„Hallo, Lena!“

Ein schüchternes Lächeln erhellte kurz das Gesicht
des Mädchens. Agnes hatte eigentlich vorgehabt, Lena
von dem Telefonat zu berichten, das Pastor Dieckmann
mit ihrer Mutter geführt hatte. Ihre Intuition riet ihr jedoch, dies fürs Erste bleiben zu lassen.

„Wie geht es dir? Hast du noch Schmerzen?“

„Nicht mehr so sehr, Frau Plietsch.“ Ihr Gesicht ver-
düsterte sich. „Ich werde vielleicht schon am Ende der
Woche entlassen.“

„Na, das ist doch eine gute Neuigkeit.“

Lena senkte den Blick. Agnes hatte trotzdem bemerkt,
dass ihre Augen verdächtig glitzerten.

„Das ist gar keine gute Nachricht. Ich kann ja nicht in
den Wohnwagen zurück. Und Ferdinand hat auch keinen Platz bei sich im Haus.“

„Wer ist Ferdinand?“, fragte Agnes höflich.

„Ferdinand Ziegenbrink, unser erster Vorsitzender
von *NaturSchmiede e.V.* Er hat mir einen Teil meiner
Sachen gebracht, die noch in dem alten Wohnmobil lagen. Ach, Frau Plietsch!“ Sie begann zu schluchzen.

„Mach dir keine Sorgen, Lena. Pastor Dieckmann hat ein wunderbares Gästezimmer. Er und seine Frau haben mir schon gesagt, dass sie dich auf jeden Fall aufnehmen und sich um dich kümmern werden.“

Lena wischte sich die Tränen mit der Bettdecke aus den Augen. „Obwohl ich neulich so garstig zu ihm war?“

Agnes hob die Brauen, doch sie lächelte dabei. „Warst du das? Davon habe ich nichts gehört.“

„Doch, ich war ehrlich richtig blöde zu ihm. Weil Ferdinand sagte, das ganze Dorf sei gegen uns. Er sagte, die ganzen Kapitalisten wollen uns weghaben.“

Agnes’ Mund zuckte verdächtig. „Ich glaube, da irrt er sich“, entgegnete sie mit einem milden Lächeln.

„Wissen Sie, wer hier noch auf der Station liegt? Leandra, die Tochter von Heribert!“

„Ich weiß.“ Agnes überlegte einen Moment bevor sie weitersprach. „Hattet ihr schon Gelegenheit, euch zu unterhalten?“

Lena schnaubte. „Leandra würde mit mir nicht mal dann sprechen, wenn ich der letzte Mensch auf Erden wäre, so sehr hasst sie mich.“

Das war allerdings eine Neuigkeit, wie Agnes fand.

„Wie kommst du denn darauf, dass sie dich hassen könnte?“

Lena wich ihrem Blick aus und knetete ihre Bettdecke. „Es ist wegen ihres Vaters“, gestand sie schließlich. „Ich glaube, sie war eifersüchtig auf mich.“

Ihre blassen Wangen färbten sich plötzlich rosarot, als sie Agnes beinahe flehentlich ansah. „Dabei war da gar nichts Ernstes zwischen uns, Frau Plietsch, das müssen Sie mir glauben!“

Agnes war sofort klar, dass sie alles, was sie nun sagte, ohne Wertung aussprechen musste. Anderenfalls würde Lenas Offenheit sich augenblicklich in ihr Gegenteil verwandeln.

„Du warst verliebt in Heribert Heimerle?"

Lena senkte den Kopf noch tiefer auf die Brust und zuckte die Schultern.

„Glaubst du, Leandra dachte, ihr seid ein Paar?"

„Sie hat uns einmal beobachtet, als wir uns geküsst haben. Aber mehr gab es nicht zwischen uns, Frau Plietsch. Das schwöre ich."

„Natürlich nicht!" Agnes nahm ihre Hand, was Lena sich gefallen ließ. Insgeheim verfluchte sie Heribert Heimerle dafür, dass er aus Eitelkeit, wie sie vermutete, leichtfertig mit Lenas Gefühlen gespielt hatte.

„Hat Herr Heimerle gewusst, dass Leandra euch beobachtet, und ihre eigenen Schlüsse gezogen hat?"

Lena atmete schwer. „Er hat mich gebeten, Abstand zu halten, weil seine Frau hysterisch sei. Und weil Leandra für sie spionieren würde. Ich hatte ihn daraufhin eine ganze Weile nicht besucht. Wir haben uns stattdessen immer im Wald zum Spazierengehen getroffen. Wir waren oft am Holmbach. Und manchmal bei der alten Schmiede."

Lena begann, leise zu weinen. Und für Agnes schien sich ein Kreis zu schließen.

***

Kurz darauf klopfte Pastor Dieckmann an die Tür von Lenas Krankenzimmer. Er wollte Lena einladen, eine Weile bei ihm und seiner Familie in seinem Haus zu wohnen und mit ihr den Krankentransport nach Süderingen besprechen. Agnes indes wollte noch einmal Leandra besuchen.

„Oh, hallo, Frau Plietsch!“ Sie strahlte Agnes an. „Pastor Dieckmann hat mir gar nicht erzählt, dass Sie auch hier sind.“

„Es freut mich, dich so gut gelaunt zu sehen. Ich hatte mir schon große Sorgen um dich gemacht. Und außerdem habe ich dir eine Kleinigkeit mitgebracht.“

Leandra wurde vor Verlegenheit ganz rot, als sie die kleine Schachtel Marzipanpralinen entgegennahm.

Wie geht es deinem Arm?“

„Schon wieder ganz gut. Spätestens am Montag werde ich entlassen. Mit etwas Glück aber schon am Freitag.“ Leandra Heimerle nestelte mit der linken Hand an der Pralinenschachtel herum. Der rechte Arm lag in einer Schlinge und war am Körper fixiert.

„Aber am meisten freue ich mich darauf, wieder duschen zu können.“

„Das glaube ich dir aufs Wort.“

Agnes half ihr, die Plastikfolie von der Schachtel abzureißen. „Wie geht es deiner Mutter?“

„Oh, sie hatte auch einen kleinen Unfall. Sie ist beim Aufräumen des Ateliers gestürzt und aufs Gesicht gefallen.“

Agnes war sich sicher, dass Leandra ihrer Mutter diese Geschichte glaubte.

„Na, so was“, sagte sie mit gespielter Überraschung. „Ich hoffe, sie hat sich nicht auch noch ernsthaft verletzt.“

„Nein, zum Glück nicht. Sie sieht nur ein wenig ramponiert aus.“

„Ich sehe, sie hat dich bereits mit dem Nötigsten versorgt." Agnes wies auf einen Roman, der auf dem Nachttisch lag. Außerdem hatte Leandra auch vernünftiges Nachtzeug an.

„Ja, und sie ist auch gerade auf dem Weg zu mir. Sie hatte noch etwas in Lüneburg zu erledigen. Eigentlich müsste sie jeden Moment hier sein."

Leandra musterte Agnes nun wieder auf ihre typisch abschätzige Art. „Aber ich nehme nicht an, dass Sie und Pastor Dieckmann nur meinetwegen nach Lüneburg gefahren sind?"

Agnes lächelte. „Ich hatte heute einen Doppelbesuch geplant. Lena Harms liegt schon seit Ende Mai auf derselben Station wie du, nur drei Zimmer weiter."

Wie Agnes es vermutet hatte, verschloss sich Leandras Miene sofort.

„Du kennst sie doch, oder?", fragte Agnes weiter.

„Flüchtig", erwiderte Leandra. „Sie war in der Grundschule einen Jahrgang über mir."

„Ja, das stimmt."

Da Agnes es für taktlos hielt, Leandra nach dem Verhältnis ihres Vaters zu Lena zu fragen, beschloss sie, sich schnellstmöglich zurückzuziehen.

„Wenn deine Mutter ohnehin gleich kommt, will ich Pastor Dieckmann nicht länger warten lassen. Ich wünsche dir weiterhin gute Genesung."

Beim Verlassen der Station lief ihr Saskia Heimerle in die Arme. Sie trug ein schwarzes Etuikleid, in dem sie besonders mager aussah, und eine Sonnenbrille, mit der sie notdürftig ihr Veilchen verdeckte.

„Gerade habe ich mich von Ihrer Tochter verabschiedet."

Agnes lächelte tapfer in Saskia Heimerles starre Miene. Sie nahm die Brille ab. Ihr Auge schillerte in Lila- und Grüntönen.

„Was haben Sie ihr erzählt?"

„Frau Heimerle, Ihnen ist ein großes Unrecht widerfahren." Sie deutete auf Saskias Auge. „Das ist nichts, wofür sie sich schämen müssen. Aber ich respektiere auch Ihren Wunsch, sich Ihrer Tochter gegenüber nicht zu offenbaren."

Saskia Heimerles Gesicht entspannte sich kaum merklich.

„Auch wenn ich der Meinung bin, dass sie diese Sache zur Anzeige bringen sollten." Sie setzte ein mildes Gesicht auf, um ihren Worten den allzu oberlehrerhaften Ton zu nehmen. In diesem Moment trat Pastor Dieckmann auf den Flur.

„Ihre Tochter freut sich schon auf Sie, Frau Heimerle. Und ich will unseren Herrn Pastor nicht warten lassen."

Damit verabschiedeten sie sich voneinander.

***

Auf der Heimfahrt plauderte Agnes mit Pastor Dieckmann über seine Familie, die schon gespannt war auf den Gast, der in wenigen Tagen für eine Weile bei ihnen wohnen sollte. Er war sehr erleichtert, dass Lena sich diesmal zugänglicher gezeigt hatte, ja sogar dankbar dafür war, dass der Pastor und seine Frau sie aufnehmen würden.

Kaum zu Hause angekommen, machte sich Agnes auf den Weg zu Enno.

Er öffnete ihr auf ihr Klingeln mit zerrauftem Haar, sodass sie nicht sicher war, ob sie ihn geweckt oder beim Schreiben gestört hatte.

„Treten Sie ein, meine Liebe. Sie stören mich nicht, im Gegenteil. Ich brüte gerade über der Wanderkarte."

„Zeigen Sie mir die Karte noch mal?"

Sie fuhr mit dem Zeigefinger die Strecke ab, die Heimerle mit seinem Rad gefahren war. Und sie maß mit Daumen und Zeigefinger die Entfernung zwischen dem Unfallort und den Häusern der verschiedenen Verdächtigen.

Enno hatte inzwischen Tee gekocht. „Und? Haben Sie irgendeine neue Idee oder einen Gedanken, der uns weiterbringen könnte?

Agnes nahm ihm eine Tasse ab. „Hunderte, lieber Enno. Und ich befürchte fast, dass wir uns komplett verrannt haben. Möglicherweise ist der Fall doch profaner, als wir angenommen haben."

„Nun machen Sie mich aber neugierig." Er schenkte ihnen Tee ein und setzte sich.

„Bevor ich allerdings mit meiner Idee vorpresche, muss ich noch ein paar Erkundigungen einziehen. Und der Tee ist wunderbar, mein lieber Enno. Genau das, was ich jetzt brauche."

***

Enno nahm einen Schluck aus seiner Tasse und betrachtete Agnes, wie sie dort in seinem Sessel saß, ein Bein über das andere geschlagen, die Tasse in beiden Händen, und ihren Blick ganz in Gedanken in die Ferne geheftet. Mit einem Mal fühlte er sich, als habe er einen Verjüngungstrank eingenommen.

*Wie bedauerlich, dass ich sie nicht schon dreißig Jahre früher kennengelernt habe*, dachte er bei sich. Als hätte sie seine plötzlich aufwallenden Empfindungen geahnt, sah sie ihn mit ihren funkelnden blauen Augen an, dass ihm für einen Moment der Atem stockte.

„Ich war heute auch nicht untätig in unserer Angelegenheit", unterbrach er seine eigenen Gefühlswallungen.

Agnes lächelte ihn nun erwartungsvoll an, was ihm einen erneuten, wohligen Schauer über den Rücken gleiten ließ.

„Ich habe meinen alten Kollegen Jürgen Thiess angerufen und ihm von dieser Inkassofirma erzählt, dieser *Euro-Ablass GmbH*. Thiess hat sich daraufhin mit der Steuerfahndung und dem Betrugsdezernat in Verbindung gesetzt und tatsächlich war diese Firma in beiden Abteilungen kein unbeschriebenes Blatt."

„Das ist ja hochinteressant. Dann wird Frau Heimerle wohl doch nicht umhinkommen, ihren Konflikt mit Friedhelm Berger anzuzeigen." Beim Wort *Konflikt* malte sie Anführungszeichen in die Luft.

Enno schüttelte noch immer fassungslos über Friedhelm Bergers Brutalität den Kopf. „Es wird Zeit, dass diesem Schurken jemand das Handwerk legt."

„Genau. Dann hätten unsere Hobbyermittlungen wenigstens etwas Positives bewirkt", ergänzte Agnes.

„Auch unserem Verdacht bezüglich Heimerles Unfall will Thiess übrigens nachgehen. Er wird mich morgen Abend besuchen, um mit mir über diese Angelegenheit zu reden. Ich schlage vor, Sie kommen auch und berichten ihm sämtliche Details, die Sie für erwähnenswert halten."

„Ja, das ist eine gute Idee." Agnes schien begeistert, dass nicht nur Enno diese Sache nun wirklich ernst nahm.

„Wir sollten dann auch Heike dazu bitten."

„Und Olaf", ergänzte Enno.

# Donnerstag, 13. Juni

Der Donnerstagabend war außergewöhnlich schwül. Das Gewitter, das für den Nachmittag angekündigt worden war, lag immer noch dräuend in der Luft. Enno Fritjoff war dabei, alles für den Empfang seiner Gäste vorzubereiten. Er hatte Eistee und Zitronenwasser kaltgestellt und seine besten Gläser aus dem Schrank geholt, von denen er hoffte, sie würden die Damen beeindrucken. Auf seinem Esstisch hatte er eine kleine Vase mit drei Fliederblüten gestellt, die süßen Duft verströmten. Dann nahm er die Vase vom Tisch und stellte sie auf die Fensterbank, um die Wanderkarte auf dem Tisch auszubreiten.

Agnes, Heike und Olaf erschienen beinahe gleichzeitig.

Olaf stutzte, denn Enno hatte ihm nicht verraten, dass außer seinem ehemaligen Kollegen noch jemand bei ihrem Gespräch anwesend sein würde.

Mit ihren Kaltgetränken in der Hand warteten sie alle ein wenig wortkarg auf Jürgen Thiess. Niemand wollte vor der Ankunft des Lüneburger Oberkommissars seine Schlüsse aus den bereits bekannten Tatsachen äußern und seine persönlichen Vermutungen preisgeben.

Als der mit verhaltener Ungeduld Erwartete schließlich eintraf, erwachten alle aus ihrer Lethargie, die der drückenden Schwüle geschuldet war.

Thiess, mittlerweile sechzig Jahre alt, war ein großer Mann mit leichtem Bauchansatz, der darauf schließen ließ, dass er ein Genussmensch war. Sein schütteres Haar und sein gepflegter Bart waren früher einmal rot gewesen. Jetzt durchzogen Bart und Kopfhaar zahlreiche silberne Strähnen.

Er begrüßte alle Anwesenden mit seinem kräftigen Handschlag und musterte jeden von ihnen aufmerksam aus seinen grau-grünen Augen.

„Dann lassen Sie mal hören", begann er ohne Umschweife und nahm dankbar ein großes Glas Zitronenwasser entgegen.

Als Erster begann Olaf mit seinem Bericht. „Am Vormittag des siebten Mai ging in unserer Zentrale in Süderingen ein Notruf ein. Er kam von Frau Heike Rickmann", er deutete auf Heike, die ihm gegenüber saß.

„Frau Rickmann, die mit einer Gruppe von Damen aus Sommerstorf zum Nordic Walking am Holmbach verabredet war, hatte dort eine Person leblos aufgefunden, die allem Anschein nach einen Fahrradunfall gehabt hatte. Der Notarzt Doktor Jordan, der kurz nach mir und meinem Kollegen, einem Polizeianwärter genau gesagt, eingetroffen war, konnte nur noch Tod durch Genickbruch feststellen. Da die Umstände, unter denen der Tote aufgefunden wurde, nicht auf Fremdverschulden hindeuteten, habe ich keine Obduktion und auch keine nähere Untersuchung des Unfallortes angeordnet.

Es stellte sich noch am Unfallort heraus, dass es sich bei dem Toten um Heribert Heimerle handelte, einen allseits bekannten, allerdings wenig beliebten Zugezogenen. Die Befragung seiner Ehefrau ergab, dass er regelmäßig und auch zu festen Zeiten zur körperlichen Ertüchtigung dieselbe Strecke mit seinem Rennrad fuhr.

Die Ehefrau des Verstorbenen hatte kein Interesse am Unfallfahrzeug angemeldet, sodass das Fahrrad bei den Fundsachen in der Polizeiwache zur späteren Versteigerung aufbewahrt wurde.

Nachdem Herr Fritjoff mir gegenüber kürzlich den Verdacht geäußert hatte, dass", an dieser Stelle seines Berichtes stockte er, „der Unfall möglicherweise durch eine dritte Person herbeigeführt worden sein könnte, habe ich persönlich die Untersuchung des Unfallfahrrades durchgeführt. Dabei habe ich ein Stück schwarzer Kunststoffschnur, höchstwahrscheinlich eine Angelschnur, sichergestellt, das unter dem Schutzblech des Fahrrades festgeklemmt war. Diese Schnur wird gerade kriminaltechnisch untersucht."

Thiess nickte und sah als Nächstes Enno auffordernd an.

„Frau Plietsch und Frau Rickmann, die beide mehr als ich in das Dorfleben von Sommerstorf involviert sind und deswegen die unterschiedlichen Befindlichkeiten der Dorfbewohner kennen, berichteten mir zunächst von den vielen Feinden, die der verstorbene Heribert Heimerle hatte. Beide äußerten den Verdacht, dass jemand Herrn Heimerle eine Falle gestellt haben könnte. Mit anderen Worten, dass bei Heimerles tödlichem Unfall Fremdverschulden vorliegen könnte. Zwar war ich anfangs nicht allzu überzeugt von dieser Theorie, doch als ich mit Frau Plietsch in der Nähe des Unfallortes spazieren gegangen bin, haben wir an einem Baum ein Stück Kunststoffschnur gefunden und sichergestellt.

Dieses Stückchen Schnur hat sich als Angelschnur entpuppt. Frau Plietsch hatte das Stück Schnur in einer kleinen Plastiktüte in ihrer Handtasche aufbewahrt. Den Unfallort habe ich auf der Karte hier markiert."

Enno deutete mit dem Finger auf ein rotes Kreuz. „Und ungefähr an dieser Stelle", sein Finger wanderte ein winziges Stück zu einer anderen Markierung, „haben wir die Angelschnur gefunden. Zwischenzeitlich wurde unsere Aufmerksamkeit jedoch noch durch zwei weitere Ereignisse beansprucht.

Auf das Künstleratelier der Witwe Heimerle, sie ist Malerin, wurde ein Brandanschlag verübt. Das Anwesen der Heimerles liegt hier am Rande von Heidenbeck." Wieder deutete Enno auf eine markierte Stelle auf der Karte. „Und ein kürzlich verkauftes, sehr baufälliges und denkmalgeschütztes Gebäude in Trollingsbüttel wurde von zwei Mitgliedern eines Naturschutzvereins besetzt. Das Gebäude liegt hier."

Thiess beugte sich über die Karte und betrachtete sie eingehend, während Enno mit seinem Bericht fortfuhr.

„Diesen Verein hat der verstorbene Heimerle mitgegründet. Während einer Hausbesetzungsaktion ist ein Teil des Gebäudes eingestürzt, wobei eine junge Frau schwer verletzt worden ist. Die andere, für den Einsturz des Gebäudes und mutmaßlich auch für die vorausgegangene Brandstiftung verantwortliche Person war zunächst flüchtig, befindet sich jetzt aber, dank des Einsatzes von Polizeiobermeister Dietrichs in Polizeigewahrsam. Es handelt sich um einen jungen Mann namens Ronny Piontek.

Während des Dorffestes am letzten Samstag hat jemand das Stück Angelschnur, das Frau Plietsch mit sich geführt hat, aus ihrer Handtasche gestohlen. Kurz nachdem Frau Plietsch den Diebstahl bemerkt hat, wurde die Tochter des Verstorbenen die Treppe hinuntergestoßen. Die junge Frau liegt derzeit ebenfalls im Krankenhaus. Den Angriff auf Leandra Heimerle hat ebenfalls Ronny Piontek verübt."

Als Nächstes schilderte Agnes in groben Zügen die Konflikte zwischen Heimerle und den Schröters und den Carstensens. Heike ergänzte noch, dass Saskia Heimerle vom Tod ihres Ehemannes zumindest finanziell profitierte und zudem eine außereheliche Beziehung zu einem anderen Künstler gepflegt hatte, der mit ihr und ihrem verstorbenen Mann in einem Haus gelebt hatte.

Zum Schluss berichtete sie davon, dass Heimerle versucht hatte, die alte Schmiede zu kaufen, die den Gienkes gehörte, und die sie nun wiederum an den Bauunternehmer von Soest verkauft hatten.

Heike, die nun an der Reihe war, atmete noch einmal durch und fuhr fort: „Der Streit, den Heribert Heimerle mit der Familie Gienke angezettelt hatte, ist jedoch noch nicht vorbei. Gestern kam mein Mann, er ist Bürgermeister der Samtgemeinde Moorheide, ziemlich gestresst aus dem Rathaus. Ziegenbrink, der erste Vorsitzende des *NaturSchmiede*-Vereins und einige andere Mitglieder versuchen jetzt, wie vormals Herr Heimerle mit seiner Bürgerinitiative *grün statt grau*, Carstensens Windkraftanlagen zu verhindern. Sie glauben außerdem, dass sie immer noch ein Anrecht auf die alte Schmiede hätten. Das hängt alles mit einem Grundschuldbrief zusammen, der offenbar verschwunden ist."

Heike sah zuerst zu Thiess und dann zu Enno. „Wenn
ihr mich fragt, hat jemand wegen dieses Grundschuldbriefes Heribert Heimerle eine Falle gestellt und ihn
umgebracht. Nun habe ich meinen Mann heute beim
Frühstück vorgeschlagen, alle Betroffenen zu einem
Gespräch an einen Tisch zu bringen, um das Ganze aufzuklären. Ziegenbrink und seine Freunde, Carstensen,
von Soest und die Gienkes. Denn ich glaube, dass alles
zusammenhängt: Heimerles Tod, die Brandstiftung
und auch der Überfall auf Saskia Heimerle.“

An dieser Stelle berichtete Agnes noch einmal, dass
sie bei ihrem Besuch bei Saskia Heimerle am Samstag-
abend Heimerles Kollegen Friedhelm Berger gesehen
hatte, und auch, dass Saskia von Berger geschlagen
worden war.

„Ich glaube mittlerweile auch, dass wir es hier mit einer Kette von zusammenhängenden Ereignissen zu
tun haben“, endete sie.

Enno Fritjoff tauschte Blicke mit seinem Kollegen
und strich sich dabei gewichtig, wie er fand, über das
Kinn.

„Wenn alles mit diesem Grundschuldbrief zu tun hat,
dann scheint es mir sogar zwingend logisch, dass sich
die einzelnen Taten aufeinander beziehen.

Ein Grundstück kann durch einen Eintrag ins Grundbuch belastet werden, sodass an denjenigen, zu dessen
Gunsten die Belastung erfolgt, eine bestimmte Geld-
summe aus dem Grundstück zu zahlen ist.

Bei einer Briefgrundschuld erhält der Begünstigte
zum Grundbucheintrag aber noch einen sogenannten
Grundschuldbrief. Bei einer Briefgrundschuld hat immer nur derjenige das Recht auf Forderungen, der auch

den Brief besitzt und vorzeigen kann, unabhängig davon, wer im Grundbuch steht.

Wer auch immer den Brief in seinem Besitz hat, den die Gienkes ausgestellt haben, der kann an den Eigentümer des Grundstückes Forderungen stellen. Ein klassischeres Mordmotiv kann ich mir im Augenblick nicht vorstellen."

„Demnach scheiden zumindest die Schröters als Verdächtige aus", schloss Heike.

Nach einer kleinen Pause meinte Oberkommissar Thiess: „Ich vermute, Heimerle hatte Schulden bei seinem Kollegen und der wiederum dachte, die Witwe hätte den Schuldbrief in ihrem Besitz. Von einem lebenden, solventen Heimerle hätte er sein Geld sicher zurückbekommen. Ein Motiv, Heimerle zu töten oder sonst irgendwie in Gefahr zu bringen, kann ich bei Berger nicht erkennen."

„Das Gleiche gilt für Ziegenbrink und seinen Verein", ergänzte Enno. „Er kann ebenfalls kein Interesse an Heimerles Tod gehabt haben. Aber sowohl Berger, als auch Ziegenbrink und seine Freunde hatten und haben ein Interesse, auf Saskia Heimerle Druck auszuüben und sie zur Übergabe des Briefes zu zwingen. Selbst von Soest hätte Grund, ein Attentat auf Saskia Heimerle zu verüben. Wobei ich Letzterem eine solche Tat nicht zutraue. Dazu ist er zu sehr solider Geschäftsmann."

Heike und Agnes nickten beide zustimmend und Agnes sagte: „Gienkes aber hatten allen Grund, Heimerle den Tod zu wünschen, da er versucht hat, die beiden finanziell zu ruinieren. Und nun haben sie ein Interesse daran, den Grundschuldbrief zurückzubekommen, um den Verkauf der Schmiede an von Soest nicht zu gefährden.“

Heike seufzte. „Auch wenn der Verdacht naheliegt, hoffe ich doch, dass die beiden sich nichts haben zuschulden kommen lassen.“

„Bleibt uns noch Carstensen“, meinte Agnes. Doch tröstlich war auch diese Vorstellung in ihren Augen nicht.

„Du hast recht, Agnes. Carstensen hatte großes Interesse daran, Heimerle beiseitezuräumen. Und er hat jetzt ein nicht weniger großes Interesse daran, dass von Soest das Grundstück mit der Schmiede kauft. Denn das, was passieren wird, wenn diese Naturschützer über die Schmiede verfügen können, hat Bernd mir gestern geschildert.“

Heike sah Oberkommissar Thiess an.

„Vielleicht sollten Sie und Olaf, ich meine Polizeihauptmeister Dietrichs, bei dem Gespräch zwischen meinem Mann, dem Bürgermeister und den anderen Konfliktparteien mit dabei sein. Allein für den Fall, dass strafrechtlich relevante Dinge zutage treten.“

Thiess nickte. „Das halte ich in der Tat für eine gute Idee. Allerdings sollte ich hierüber Einvernehmen mit dem Bürgermeister herstellen.“

„Darum kümmere ich mich gerne“, bot sich Heike an. „Sicher haben Sie eine Visitenkarte für meinen Mann, damit er sich mit Ihnen in Verbindung setzen kann.“

Thiess überreichte ihr seine Karte.

„Ich danke Ihnen allen für Ihre ausführlichen Berichte. Herr Dietrichs, ich schlage Ihnen vor, mit mir wegen dieses Gespräches mit dem Bürgermeister in Verbindung zu bleiben. Und von Ihnen, Frau Plietsch, hätte ich gerne eine Liste aller Namen, die für den Diebstahl der Schnur aus ihrer Handtasche infrage kommen. Haben Sie ein Faxgerät?“

„Ich habe eines“, meldete sich Enno, bevor Agnes antworten konnte. „Morgen Vormittag bekommst du die Liste, nicht wahr Agnes?“

„Aber natürlich!“ Agnes Wangen fingen an zu glühen. Sie hätte ihm die Namen auch sofort in die Feder diktiert, wie sie zu sagen pflegte, allerdings schien ihr dieser Vorschlag dann doch zu forsch.

Nachdem Thiess sich verabschiedet hatte, fielen die ersten, schweren Tropfen erlösend auf den heißen Asphalt.

„Ich finde es ermutigend und beunruhigend zugleich, dass der Oberkommissar unseren Verdacht ernst nimmt“, begann Heike.

„Ja“, stimmte Agnes ihr zu. „Es ist einerseits beruhigend, dass er uns nicht für überspannte Hühner hält, die grundlos ihre Nachbarn des Mordes und anderer Übeltaten bezichtigen. Auf der anderen Seite heißt dies allerdings auch, dass einer aus unserem Dorf einen Menschen auf dem Gewissen hat. Und diese Vorstellung behagt mir ganz und gar nicht.“

# Freitag, 21. Juni

Für den Freitag der darauffolgenden Woche hatte Enno Fritjoff sich vom Kirchenchor abgemeldet. Um halb fünf stand er vor seinem Spiegel im Flur und setzte sich die Mütze auf, von der Agnes der Meinung war, sie sähe irgendwie englisch aus. Die Vorstellung, von ihr für einen Gentleman gehalten zu werden, gefiel ihm außerordentlich. Er bog den Kragen seines Tweedjacketts gerade und rückte seine Krawatte zurecht. Auf dem Weg zur Tür steckte er sich noch seinen Knirps ein, für alle Fälle, dann verließ er das Haus. Auf dem Weg zu seinem Carport warf er, wie immer einen Blick auf Agnes' Haus. Für den Fall, dass sie am Küchenfenster stand, würde er eine leichte Verbeugung machen und sich an die Mütze tippen. Sie würde dann, für den Fall, dass sie ihn bemerkte, zurückwinken. Es waren die Lichtblicke in seinem Leben.

Heute war er in wichtiger Mission unterwegs und er rechnete damit, Agnes zu beeindrucken. Enno hatte sich sehr geehrt gefühlt, dass sein alter Kollege Thiess ihn zu dem Gespräch beim Bürgermeister dazu gebeten hatte. Zwar kannte er die Leute im Dorf längst nicht so gut wie Agnes oder Heike, dennoch wusste er mittlerweile genug, um Thiess bei der Bewertung der Aussagen, die heute getätigt würden, wertvolle Hilfe leisten zu können.

Das Rathaus in Süderingen war ein modern anmutender, sehr gepflegter Klinkerbau aus den frühen neunziger Jahren.

Der Parkplatz vor dem Rathaus war knapp zur Hälfte besetzt mit einigen sehr teuren Wagen. Zwei Lastenfahrräder beanspruchten drei Parkplätze, unter anderem den einzigen Behindertenparkplatz gleich vor dem Eingang zum Rathaus.

Enno stellte seinen Wagen ein wenig abseits ab und stieg aus. In diesem Moment fuhr Jürgen Thiess vor und parkte neben seinem Auto. Als Enno Fritjoff ihm zunickte, fühlte es sich an, als sei er gerade aus einem längeren Urlaub an seinen alten Arbeitsplatz zurückgekehrt und er musste sich wieder einmal eingestehen, dass er seine Arbeit und die Kollegen vermisste.

„Wie immer als Erster am Tatort", begrüßte Thiess ihn und klopfte ihm auf die Schulter.

„Wir sind zwar überpünktlich", korrigierte Enno ihn mit einem Augenzwinkern, „aber nicht die Ersten. Das Kennzeichen JC wird Carstensen gehören, der die Windkraftanlagen aufstellen will."

Er deutete auf einen etwas älteren, silbernen Passat. „Die Fahrräder gehören zu den Vertretern der Bürgerinitiative *grün statt grau*, beziehungsweise zum Verein *NaturSchmiede*. Der erste Vorsitzende ist ein Herr Ziegenbrink."

„Und der der dunkelblaue Audi?", fragte Thiess.

„Das ist der Wagen von Heinrich von Soest, dem Bauunternehmer. Der Caddy gehört dem Bürgermeister und dieser hier", er deutete auf einen älteren, weißen Kombi, an dessen Seite der Werbeaufdruck *Gas – Wasser – Sanitär Albert Gienke* angebracht war, „ist das

Auto von Familie Gienke, wie man unschwer erkennen kann."

„Das sind die ehemaligen Besitzer des Grundstücks in Trollingsbüttel", stellte Thiess fest, was Enno bestätigte.

„Lass uns schon mal reingehen", meinte Enno, als ein Schlachtschiff von einem SUV auf den Parkplatz einbog. „Jetzt kommt Saskia Heimerle, die Witwe."

Eine hübsch anzusehende Mittvierzigerin mit brünetter Hochsteckfrisur in einem hellgrauen Kostüm wies ihnen den Weg in einen luftigen, hellen Besprechungsraum, in dem fast alle zu dem Gespräch Geladenen bereits anwesend waren. Bernd Rickmann, der am Kopfende des Konferenztisches saß, erhob sich und schüttelte erst Thiess und dann Enno die Hand, bevor er ihnen einen Platz zu seiner Rechten anbot.

„Vielen Dank, dass sie es einrichten konnten, heute bei dem Gespräch dabei zu sein. Darf ich vorstellen? Das sind Oberkommissar Thiess und sein Kollege Fritjoff."

Es schmeichelte Enno, dass Bernd Rickmann ihn nicht als Oberkommissar a.D. vorgestellt hatte.

„Was hat die Polizei denn hier zu suchen? Will der Herr Bürgermeister am Ende jemanden verhaften lassen?"

Dieser wahrscheinlich sarkastisch gemeinte, aber beleidigt klingende Einwurf kam von Ziegenbrink, der zusammen mit einer Frau undefinierbaren Alters mit wallendem grauen Haar und zwei jungen Männern am gegenüberliegenden Ende des Tisches saß.

„Möglicherweise gibt es heute bei unserem Gespräch strafrechtlich relevante Erkenntnisse."

Mit dieser ungewöhnlich knappen Erklärung des Bürgermeisters mussten sich Ziegenbrink und die Seinen fürs Erste zufriedengeben. Seine Miene wurde allerdings noch sauertöpfischer, als Polizeiobermeister Olaf Dietrichs den Raum betrat, erst den Bürgermeister mit Handschlag, und dann die anderen Anwesenden mit einem Kopfnicken begrüßte und sich neben Enno setzte.

Bernd Rickmann, der beim genaueren Hinsehen etwas angespannt wirkte, begann mit seiner Vorstellungsrunde.

„Dies, Herr Thiess, ist Herr Carstensen, der entlang der Gemeindestraße einige Windkraftanlagen aufstellen möchte." Ein freundlicher, beleibter Mann im Poloshirt, der die Hände über seinem Bauch gefaltet hatte, und zur Linken des Bürgermeisters saß, nickte Thiess zu, wobei aus Ziegenbrinks Richtung unwilliges Gemurmel zu hören war.

„Das hier neben Herrn Carstensen ist Herr von Soest. Er ist Bauunternehmer und hat vor Kurzem das Grundstück mit der alten Schmiede in Trollingsbüttel erworben."

Das Gemurmel jenseits des Tisches schwoll an und bekam einen deutlich aggressiveren Unterton. Worte wie „Ausbeuter" und „Kapitalist" waren vernehmbar, wurden von allen anderen Anwesenden jedoch ignoriert.

„Und neben Herrn von Soest sitzt Frau Gienke, die vormalige Besitzerin des besagten Grundstückes."

Sandra Gienke nickte den Polizisten nervös zu. Sie knetete unablässig ihre Finger mit den blutroten Nägeln.

„Am Ende des Tisches sitzt Herr Ziegenbrink, der Vorsitzende des *NaturSchmiede*-Vereins, und drei weiteren Mitgliedern, die sich mir vorhin leider nicht vorgestellt haben."

Die beiden jungen Männer brachen in höhnisches Gelächter aus. Oberkommissar Thiess, ganz und gar Profi, grüßte das Grüppchen ebenso wie alle anderen mit einem Kopfnicken.

Nun öffnete sich die Tür ein weiteres Mal und eine blasse, hagere Frau mit sehr kurzem, dunklem Haar trat ein. Sie trug eine getönte Brille und einen dunklen Hosenanzug.

„Ich grüße Sie, Frau Heimerle. Bitte nehmen Sie doch Platz."

Saskia Heimerle wählte einen Platz mit dem Rücken zum Fenster, wobei sie zwischen sich und Sandra Gienke einen Stuhl freiließ.

Bernd Rickmann stellte auch ihr die anwesenden Polizisten vor und sah dann auf die Uhr.

„Eigentlich hatte ich Herrn Friedhelm Berger eingeladen, doch ich habe von ihm keine Reaktion erhalten, weder eine Zu- noch eine Absage. Ich gehe davon aus, dass er kein Interesse an einem Gespräch mit uns hat."

Wenn die Erwähnung dieses Namens Unbehagen bei Saskia Heimerle ausgelöst hatte, dann verbarg sie dies gut hinter ihrer steinernen Miene.

Der Bürgermeister räusperte sich kurz und begann dann: „Ich habe Sie alle heute zu diesem Gespräch gebeten, weil es diverse Konflikte um geplante und auch schon genehmigte Bauvorhaben in der Samtgemeinde gibt und im Falle der alten Schmiede offensichtlich auch die Eigentumsverhältnisse geklärt werden müssen.“

Am Ende des Tisches regte sich erneut Unmut. Die beiden jungen Männer sprangen auf und entrollten ein Banner, auf dem *Keine Macht den Reichen! – Projekt NaturSchmiede retten!* stand.

Bernd Rickmann, ein sonst immer verständnisvoller Mann mit unverwüstlichem Optimismus richtete sich nun zur vollen Größe auf. Der freundliche Zug um seinen Mund war wie weggewischt, sodass er nun herrschaftliche Strenge ausstrahlte.

„Meine Herren, wir sitzen hier unter Ausschluss der Öffentlichkeit, also ganz unter uns, um als vernünftige Menschen über die genannten Probleme zu sprechen. Wenn Sie von mir erwarten, dass ich Sie ernst nehme, dann benehmen Sie sich bitte auch entsprechend erwachsen und packen Sie dieses Banner weg.“

„Der Bürgermeister hat sich auf die Seite der Kapitalisten geschlagen! Er will unser Naturschutzprojekt verhindern und Bodenspekulanten begünstigen!“

Ziegenbrink und seine Begleiterin beklatschten die beiden und schrien: „Bravo!“

Noch ehe sich der Bürgermeister wieder Gehör verschaffen konnte, erhob sich Polizeiobermeister Olaf Dietrichs von seinem Platz.

„Es reicht jetzt!“ Seine sonore Stimme schallte Ziegenbrink und seinen Freunden ohrenbetäubend laut entgegen, dass alle im Konferenzraum unwillkürlich zusammenfuhren.

„Hier hat der Bürgermeister das Hausrecht. Entweder Sie akzeptieren das, was er sagt, oder ich werde Ihnen einen Platzverweis erteilen.“

„Das ist Polizeigewalt!", keifte die Frau. Ihre Haare hingen ihr wirr ins Gesicht.

Nun erhoben sich auch Thiess und Enno Fritjoff, um Olafs Worten zusätzlich Nachdruck zu verleihen.

„Sind Sie noch an einem Gespräch interessiert? Falls ja, dann benehmen Sie sich zivilisiert, so wie man es von erwachsenen Menschen erwarten kann", wiederholte der Bürgermeister noch einmal. „Wenn Sie keinen Gesprächsbedarf haben, steht es Ihnen frei zu gehen."

Über Faschismus und Polizeigewalt schwadronierend, zogen die beiden Provokateure ab. Ziegenbrink und seine Begleiterin blieben mit wutverzerrten Gesichtern sitzen.

Nachdem endlich Ruhe eingekehrt war und alle wieder auf ihren Stühlen saßen, fuhr Bernd Rickmann fort.

„Unser vordringlichstes Problem sind die derzeit noch ungeklärten Eigentumsverhältnisse die alte Schmiede betreffend. Frau Gienke, als ehemalige Besitzerin können Sie mit Sicherheit ein wenig Licht in diese Angelegenheit bringen."

Sandra Gienke nickte, wobei ihre langen, glitzernden Perlenohrringe hin- und herschaukelten. Sie war eine hübsche Frau, wenn man kräftigen Lippenstift mochte, fand Enno. Sandra Gienke zog noch einmal ihr Mohnblumenkleid zurecht und blickte dann, kerzengrade sitzend, auf ihre Hände, die wieder fest ineinander verschlungen auf der Tischplatte lagen.

„Vor knapp zwei Jahren haben meine Geschwister und ich das Grundstück mit der Schmiede zu gleichen Teilen von einem Großonkel geerbt", begann sie mit fester Stimme. „Da mein Bruder und meine Schwester weggezogen sind und kein Interesse an dem Grundstück hatten, haben mein Mann und ich einen Kredit aufgenommen, um die beiden auszuzahlen. Ursprünglich hatten wir vor, die alte Schmiede zu sanieren, um dort zu wohnen und zu arbeiten. Ich hatte die Idee, ein Ausflugscafé zu eröffnen. Außerdem wollte ich mir eine kleine Werkstatt und einen Verkaufsraum für meinen Modeschmuck und Strickwaren einrichten. Als mein Mann dann krank wurde", nun schwankte ihre Stimme leicht, „habe ich angefangen, den Schmuck und die Strickwaren über einen eigenen Onlinehandel zu verkaufen. Wir brauchten dringend Geld und ich konnte schließlich wegen der Kinder nicht einfach so mir nichts dir nichts in meinen alten Beruf als Verkäuferin zurückkehren. Deswegen war ich so froh, von zu Hause aus ein wenig Geld verdienen zu können. Alles lief gut, bis mir Anfang des Jahres plötzlich innerhalb weniger Wochen insgesamt sieben Abmahnbriefe ins Haus flatterten."

Sie fuhr sich mit den Fingern unter den Augen entlang, um die Tränen wegzuwischen. Dann schluckte sie und warf einen bitterbösen Blick nach links, wo Saskia Heimerle saß, bevor sie fortfuhr.

„In den Abmahnungen ging es unter anderem um die Datenschutzgrundverordnung und angebliche Fehler im Impressum meiner Webseite. Die Abmahnungen stammten alle vom *Verein für Verbraucherberatung und Umweltfragen*. Dann erhielt ich auch noch Besuch von dem Vertreter einer Inkassofirma. *Euro-Ablass GmbH*. Der Vertreter stellte sich meinem Mann und mir als Friedhelm Berger vor und hatte den Auftrag, für den Verein, der mir die ganzen Abmahnungen geschickt hatte, das Geld einzutreiben."

Sie zögerte einen Moment, bevor sie weitersprach. „Die Summe, die er inklusive seiner eigenen Kosten von mir haben wollte, belief sich im mittleren fünfstelligen Bereich."

Von Soest hob überrascht die Brauen und Carstensen schüttelte unwirsch brummend den Kopf.

„Herr Berger sagte, er hätte sich über unsere Vermögensverhältnisse informiert und stellte mich vor die Wahl, eine Grundschuld in der entsprechenden Höhe auf die alte Schmiede eintragen zu lassen, oder das Geld aus dem Betrieb meines Mannes zu ziehen. Danach hätte mein Mann allerdings Insolvenz anmelden müssen. Herr Berger hatte auch schon einen Grundschuldbrief vorbereitet, den ich unterschreiben sollte. Die Grundschuld entspreche, so sagte er mir, allen Kosten, die mir durch die Abmahnungen entstanden sind, zuzüglich der Gebühren, die Berger für seine Inkassofirma gefordert hatte. So habe ich mich von ihm einschüchtern lassen und diesen Grundschuldbrief unterschrieben."

„Können Sie sich noch daran erinnern, wer als Gläubiger in diesem Brief eingetragen war?", fragte der Bürgermeister, nachdem Sandra Gienke mit rotfleckigem Gesicht verstummt war.

Bevor sie antwortete, warf Sandra Gienke noch einen weiteren, vernichtenden Blick in Saskia Heimerles Richtung.

„Es war dieser Verein, der mir all die Abmahnungen geschickt hatte. Und sein Bevollmächtigter war Heribert Heimerle."

Bernd Rickmann nickte bedächtig. „Und danach hatten Sie vor, das Grundstück zu verkaufen?"

„Es blieb mir praktisch nichts anderes übrig", sagte Sandra Gienke. „Außerdem hat mir dieser Berger ein Angebot eines seiner Klienten, wie er es nannte, unterbreitet. Er hat mich mehr oder weniger genötigt, es anzunehmen. Es handelte sich wieder um einen Verein, der mir exakt das bezahlen wollte, was bereits als Grundschuld eingetragen war. Berger meinte, ich hätte großes Glück, meine Schulden inklusive des maroden Gebäudes so schnell und einfach loszuwerden. Dumm wie ich war, habe ich unterschrieben. Erst danach habe ich bemerkt, dass auch diesmal Heribert Heimerle mit im Spiel war, diesmal allerdings als Bevollmächtigter dieses *NaturSchmiede*-Vereins. Ich habe immer noch das Gefühl, dass mich dieser Berger und Herr Heimerle nach allen Regeln der Kunst über den Tisch gezogen haben. Gleich darauf hing ich dann wieder in der Luft, denn das versprochene Geld kam und kam nicht. Bis mir irgendwann klar wurde, dass der Verkauf mit dem Tod von Herrn Heimerle geplatzt war.

Ich hatte große Angst, dass dieser Berger wieder auftauchen und damit drohen würde, die Firma meines Mannes pleitegehen zu lassen. Deswegen habe ich mich an Herrn von Soest gewandt. Er hatte ja schon mal sein Interesse an dem Grundstück angemeldet. Damals wollte ich allerdings noch nicht verkaufen."

„Hat Herr Heimerle zu irgendeinem Zeitpunkt vor dieser Abmahngeschichte Interesse an ihrem Grundstück gezeigt?" Die Frage kam von Oberkommissar Thiess, der sich scheinbar reglos Sandra Gienkes Geschichte angehört hatte.

„Ja, das war vier oder fünf Monate vor der ersten Abmahnung."

„Der Kauf der alten Schmiede durch von Soest muss rückgängig gemacht werden!" schrie Ziegenbrink heiser dazwischen. „Denn den Grundschuldbrief hat Heribert Heimerle dem Verein *NaturSchmiede* übertragen!"

„Können Sie Ihre Behauptung auch beweisen?", fragte Oberkommissar Thiess kalt.

„Herr Heimerle war der Schatzmeister unseres Vereins. Er hat uns sein Wort gegeben." Ziegenbrinks schlecht rasiertes Kinn zuckte.

Der Bürgermeister wandte sich an Saskia.

„Vielleicht können Sie etwas zur Klärung dieser Frage beitragen, Frau Heimerle."

„Ich muss Sie leider enttäuschen, meine Herrschaften. Ich war zu keinem Zeitpunkt mit den Geschäften meines Mannes vertraut. Und mit seinem Engagement in der Bürgerinitiative und diesem Verein habe ich ebenfalls nicht das Geringste zu tun. Auch von dem geplanten Kauf der alten Schmiede wusste ich bis zum Tod meines Mannes nichts. Das alles hat mich nie interessiert."

Ziegenbrink sah sie voller Verachtung an. Man konnte ihm vom Gesicht ablesen, dass er Saskia als Verräterin an der Sache ihres verstorbenen Mannes ansah.

„Im Übrigen möchte ich erklären, dass ich keinesfalls die Absicht habe, die benannten Konflikte in irgendeiner Weise weiter zu schüren. Ich habe weder ein Interesse am Erwerb der alten Schmiede, noch störe ich mich am Anblick von Herrn Carstensens Windkraftanlagen von meinem Garten aus."

Ziegenbrink und seine Begleiterin tuschelten aufgebracht miteinander.

„Aber Heribert hatte diesen Grundschuldbrief! Er hat uns zugesichert, dass die alte Schmiede unserem Verein damit gehören würde!", schrillte die Frau. „Das Geld dafür hatten wir auch schon auf dem Vereinskonto!"

„Hat er Ihnen auch gesagt, von welchem Geld er die Schmiede kaufen wollte?" Saskia Heimerles Stimme zerschnitt förmlich die Luft zwischen ihnen. „Ich kann es Ihnen gerne sagen. Mein Mann hatte vor, die alte Schmiede von *meinem* Geld zu kaufen. Ohne mich davon in Kenntnis zu setzen, wohlgemerkt. Aus dem Kauf wäre also ohnehin nichts geworden, da ich dazu nie meine Zustimmung erteilt hätte. Aber vielleicht hätten Sie beide einmal auf den Gedanken kommen können, Ihr eigenes Geld zu investieren, statt auf meines zurückzugreifen."

Ziegenbrinks Kiefer mahlten vor Empörung und seiner Begleiterin stieg die Zornesröte ins Gesicht. Doch bevor die beiden irgendetwas entgegnen konnten, sprang Sandra Gienke plötzlich Saskia Heimerle bei.

„Frau Heimerle hat vollkommen recht! Sie sollten sich schämen. Wenn Sie den Kapitalismus so verabscheuungswürdig finden, dann sollten Sie wenigstens aufhören, anderer Leute Geld oder Eigentum zu beanspruchen."

Carstensen brummte zustimmend.

„Sie haben ja keine Ahnung! Oder haben Sie, so wie ich, Soziologie studiert?" Ziegenbrinks Begleiterin schleuderte ihre Mähne nach hinten und riss die Augen

auf, als wolle sie jeden Moment einen tödlichen Fluch
ausstoßen.

„Ich glaube, es reicht jetzt, meine Damen“, schnitt der
Bürgermeister ihnen das Wort ab und wandte sich an
von Soest. „Die Frage ist jetzt, wie Sie unter diesen Umständen zum Kauf der alten Schmiede stehen. Es bleibt
ja immer ein Restrisiko für Sie, solange der Grundschuldbrief verschwunden ist.“

„Entschuldigen Sie bitte, wenn ich Sie an dieser Stelle
unterbreche, Herr Rickmann.“ Thiess beugte sich nach
vorne, stützte die Ellenbogen auf den Tisch und legte
seine Fingerspitzen aneinander. „Aber so, wie sich der
Fall darstellt, haben weder der Abmahnverein, noch
die Inkassofirma irgendwelche Ansprüche gegen Frau
Gienke. Zumindest gegen die Firma von Herrn Berger
laufen bereits Ermittlungen wegen Betrugs und Geld-
wäsche. Und im vorliegenden Fall scheint der verstorbene Herr Heimerle versucht zu haben, durch Trickse-
reien das Grundstück von Frau Gienke an sich selbst zu
verkaufen. Sollte dieser Grundschuldbrief tatsächlich
wieder auftauchen, wäre er bestenfalls ein Beweisstück
in einem Betrugsfall. Allerdings werden wir auch ohne
den Brief Berger seine Betrugsabsichten nachweisen
können.“

Bernd Rickmanns Miene hellte sich auf. „Das heißt,
sie beide“, er sah abwechselnd zu Sandra Gienke und
Herrn von Soest, „müssen sich jetzt nur einig werden,
was mit dem Grundstück passieren soll. Das ist doch erfreulich. Damit hat sich auch ein möglicher Einspruch
des *NaturSchmiede*-Vereins gegen die Baugenehmigung der Windkraftanlagen erledigt. Der Verein kann,

ohne selbst betroffen zu sein, juristisch nichts mehr dagegen vorbringen."

Carstensen nickte hochzufrieden, als hätte er von Anfang an gewusst, dass die Sache für ihn gut ausgehen würde.

In dem Moment, als Ziegenbrink Einwände erheben wollte, hob Thiess die Hand, um ihn zum Schweigen zu bringen. „Ich würde mich nun gerne mit jedem von Ihnen alleine unterhalten. Der Herr Bürgermeister war so nett, mir und meinen Kollegen dafür einen Nebenraum zur Verfügung zu stellen. Ich sehe, Sie haben noch Redebedarf, Herr Ziegenbrink. Vielleicht fangen wir beide miteinander an."

Thiess ließ sich von Bernd Rickmann den Weg in das angrenzende Beratungszimmer weisen. Olaf und Enno folgten ihm, wobei Olaf Herrn Ziegenbrink wortlos aufforderte, mit ihm zu kommen.

„Soll das ein Verhör werden?", giftete er, doch er wagte es nicht, sich zu widersetzen. Seine Begleiterin, die sich ihm anschließen wollte, schickte Olaf wieder weg. Verdutzt musste sie mitansehen, wie Ziegenbrink mit den Polizisten im angrenzenden Besprechungsraum verschwand.

Der Raum war kühl und es roch angenehm nach Kaffee.

Unwillig setzte Ziegenbrink sich dem Tribunal gegenüber. „Und? Was wollen Sie von mir?"

„Was können Sie mir über die Gründung Ihres Vereins sagen? Sie sind doch der erste Vorsitzende?"

„Der erste und der einzige. Meine Freundin Bettina, die draußen sitzt, ist meine Stellvertreterin, Lena

Harms ist Schriftführerin und Heribert war der Kassenwart."

„Wessen Idee war die Vereinsgründung?"

„Meine und Heriberts", brüstete Ziegenbrink sich. Enno hatte allerdings das Gefühl, dass Heimerle der wahre Leithammel war, in der Bürgerinitiative ebenso, wie in diesem Verein.

„Und nun möchte ich von Ihnen nur wissen, ob sie dem, was Sie eben gehört haben, noch etwas hinzufügen wollen. Zum Beispiel zum Verbleib des Grundschuldbriefes."

Ziegenbrinks Miene nahm nun einen verschlagenen Ausdruck an.

„Ich glaube Saskia kein Wort. Dass sie von nichts gewusst hat. Und bestimmt hat sie auch diesen Brief noch bei sich zu Hause. Ich bin sicher, ihre Tochter weiß genau, wo er steckt."

„Wieso glauben Sie das?"

Ziegenbrink griente hämisch. „Ronny hat es mir erzählt. Die Kleine war ziemlich herablassend zu ihm und hat ihm zu verstehen gegeben, dass wir von ihr keine Solidarität zu erwarten haben. Ich wette, sie hat auch unser Vereinskonto geplündert, auf dem das Geld für den Kauf der Schmiede war."

*Saskias Geld*, dachte Enno, der als stummer Beobachter daneben saß.

„Warum wollten Sie ausgerechnet dieses Grundstück haben? War es Ihre Idee, die Schmiede zu kaufen?"

„Die Idee kam von Heribert. Natürlich hing das auch mit den Windkraftanlagen zusammen. Wir halten diese Dinger immer noch für eine riesige Schweinerei und wir werden weiterhin dagegen vorgehen."

„Mit legalen Mitteln, versteht sich", warf Olaf Dietrichs ein. Ziegenbrinks Mund schrumpfte auf Knopflochgröße zusammen.

„Wie gut kennen Sie die Tochter von Herrn Heimerle?"

„Mit der hatte ich nichts zu tun. Ronny hat versucht, mit ihr zu verhandeln."

„Und hat sie dabei die Treppe hinuntergestoßen", ergänzte Thiess trocken.

„Sie hat ihn provoziert!"

„Reden Sie kein dummes Zeug, Herr Ziegenbrink. Sie wissen selbst, dass das keine Rechtfertigung für solch eine Tat ist. Hat noch jemand eine Frage an den Herrn?"

Thiess sah seine Kollegen abwechselnd an. Die schüttelten nur den Kopf.

„Gut, Herr Ziegenbrink, Sie können gehen."

Als Nächstes bat er Sandra Gienke herein.

„Setzen Sie sich doch bitte. Zuerst einmal vielen Dank für Ihre Offenheit, Frau Gienke. Es war sicher nicht einfach für Sie, diese unangenehmen Dinge vor allen Leuten auszusprechen."

Sie nickte stumm.

„Ich hätte gerne gewusst, ob Herr Heimerle Sie unter Druck gesetzt hat, als er zum ersten Mal sein Interesse an der Schmiede bekundet hat."

Sie schüttelte den Kopf. „Er kam bei uns zu Hause vorbei, als mein Mann gerade im Krankenhaus war. Sein Knie hat wieder mal Probleme gemacht. Herr Heimerle sagte, er hätte gehört, dass ich das Grundstück vor Kurzem geerbt habe und ob ich Interesse hätte zu verkaufen. Ich sagte, nein, wir hätten bereits Pläne gemacht. Und das war alles. Und später ist er ja nicht persönlich in Erscheinung getreten.“

„Seit wann wussten Sie, dass Heimerle hinter dieser Sache steckte?“

Sandra Gienke zögerte. Sie fühlte sich sichtlich unwohl.

„Eigentlich habe ich schon bei dem Grundschuldbrief ein komisches Gefühl gehabt. Aber als ich dann gesehen habe, wer hinter diesem Verein steckt, habe ich schon überlegt, zur Polizei zu gehen.“

Thiess nickte aufmunternd. „Warum haben Sie das am Ende doch nicht gemacht?“

Sandra senkte den Kopf und drehte ihren Ehering hin und her.

„Ich habe mich geschämt. Ich wollte, dass das alles einfach schnell vorübergeht und die Kinder nichts von unseren Geldsorgen mitbekommen.“

„Wissen Sie noch, was Sie am Morgen des siebten Mai gemacht haben?“

Sandra Gienke sah die drei Polizisten verständnislos an. „Nein, das weiß sich jetzt nicht mehr. Was war denn da?“

„Es war ein Dienstag“, ergänzte Thiess.

Sandras Gesicht hellte sich auf. „Seit dem letzten Dienstag im April, das war glaube ich der dreißigste, fahre ich meinen Mann immer morgens um halb neun zur Krankengymnastik nach Süderingen. Er kann ja wegen seines Knies nicht mehr Auto fahren. Vorher bringen wir immer noch die Große in den Kindergarten.“

„Da gab es bislang keine Ausnahme?“

Sandra zog die Stirn kraus. „Nein, warum?“

„Gut, Frau Gienke. Das war schon alles. Ich bedanke mich für Ihre Kooperationsbereitschaft."

Damit war auch Sandra Gienke entlassen.

Als Nächstes bat Olaf Joachim Carstensen herein.

„Danke, dass Sie so geduldig gewartet haben, Herr Carstensen."

„Kein Problem. Wie kann ich Ihnen helfen?", fragte Carstensen jovial.

„Ich habe schon von meinem Kollegen gehört, dass Heimerle Ihnen lange Zeit das Leben schwer gemacht hat. Seit wann geht das denn?"

Carstensen machte eine wegwerfende Handbewegung. „Vor ungefähr zwölf Jahren ging das los. Ich wollte zusammen mit meinem Bruder einige weitere Windkraftanlagen bauen, auf unserem Grund und Boden. Die ersten Anlagen haben wir westlich von Seebeck gebaut, die neuen sollten etwas moderner sein. Leiser und auch leistungsfähiger. Es schien erst kein Problem zu sein, eine Baugenehmigung dafür zu bekommen, aber als die Sache praktisch durch war, kam der Heimerle mit seiner Bürgerinitiative hinterm Busch vor und führte eine Klage nach der anderen." Er schüttelte den Kopf, als könne er noch immer nicht glauben, was ihm damals widerfahren war.

„Wenn Sie Interesse haben, kann ich ihnen die Aktenordner mit den Anwaltsschreiben und den Gerichtsurteilen geben. Da werden Sie staunen, was diesen Umweltfritzen so alles eingefallen ist. Infraschall, der Rotmilan, Fledermäuse, und was nicht alles. Aber ich bin ja nicht der Einzige, dem er das Leben schwer gemacht hat. Seit Jahren tut sich nichts mehr in der Sache der Ortsumgehung, ein Nachtangelverbot wollte die Bürgerinitiative zusammen mit irgendwelchen verrückten Tierschützern durchsetzen, da, wo der Holmbach auf die Lenze trifft." Wieder schüttelte er den Kopf.

„Da scheinen ja nun einige Leute erleichtert zu sein, dass ihnen Herr Heimerle keine Steine mehr in den Weg legen kann."

Thiess sah Carstensen freundlich an, doch Carstensen stutzte. Wie ein Hund, der plötzlich Gefahr witterte, so schien es Enno.

Auch wenn er gleich wieder versuchte, seinen leutseligen Ton von eben zu treffen, so schien er doch auf der Hut. „Wenn Sie so wollen, dann hatte das halbe Dorf Grund dazu, ihn zum Teufel zu wünschen."

Thiess nickte bedächtig. „Und Sie waren einer von ihnen."

„Ja, und? Das ist ja aber doch keine Straftat."

„Natürlich nicht", entgegnete Thiess. „Wissen Sie, was Sie am Dienstagmorgen, den siebten Mai gemacht haben?"

Carstensen sah ihn erst verständnislos, dann ärgerlich an. „Am siebten Mai? Woher soll ich das denn noch wissen! Das ist über einen Monat her! Was soll denn an dem Tag gewesen sein?" In dem Moment, als er die letzte Frage stellte, wusste Carstensen, worauf Thiess aus war.

„Der Kerl hat sich mit seinem blöden Rennrad abgepackt und sich dabei den Hals gebrochen. Dumm für ihn, ein Glück für seine Mitmenschen, sogar für seine Frau, wie man so hört."

Thiess ging nicht auf Carstensens Empörung ein. „Sie waren Nachbarn?"

Carstensen schnaufte. „Wir hatten mit denen nichts zu tun. Waren froh, wenn wir die Heimerles nicht gesehen haben."

„Aber Sie wussten von Heimerles Gewohnheit, mehrmals die Woche mit dem Rennrad eine Runde zu drehen, um sich fit zu halten."

„Glauben Sie im Ernst, wir haben diesem Kerl nachspioniert? Oder ihn vom Rad geschubst?"

„Es besteht die Möglichkeit, dass bei Heimerles Unfall jemand nachgeholfen hat."

Joachim Carstensen wurde erst blass, dann dunkelrot. „Was wollen Sie mir hier eigentlich unterstellen?"

„Herr Carstensen, wir unterstellen niemandem etwas. Wir stellen lediglich einige Nachforschungen an."

„Das klang aber gerade ganz anders."

„Vielleicht erinnerst du dich ja doch noch, was du an besagtem Tag gemacht hast, Joachim", versuchte Olaf ihn zu beruhigen. „Guck mal zu Hause in deinen Terminkalender. Oder frag Sabine, die weiß es vielleicht noch. Ich schlage vor, du meldest dich bei mir, wenn dir noch was einfällt." Schwer atmend und sichtlich verstimmt verließ Joachim Carstensen schließlich das Beratungszimmer.

Als Nächster wurde Heinrich von Soest von Olaf hereingebeten. Herr von Soest konnte nur die Gerüchte über Heribert Heimerle wiedergeben, da er bislang nie mit ihm in Berührung gekommen war, weder privat, noch geschäftlich.

Er wurde nach wenigen Minuten entlassen.

Die drei Männer sahen sich an.

„Frau Heimerle“, sagte Thiess schließlich. Olaf stand ächzend auf und bat Saskia herein.

Thiess bedankte sich auch bei ihr für ihr geduldiges Warten. Er warf einen kurzen Blick in sein Notizbuch und fragte dann unverblümt: „Ihre Ehe war also nicht besonders glücklich?“ Saskia Heimerle lehnte sich in ihrem Stuhl weit nach hinten, als versuche sie, maximale Distanz herzustellen.

„Was hat meine Ehe mit dem Grundschuldbrief zu tun?“

„Frau Heimerle, wir haben Grund zur Annahme, dass der Unfall Ihres Mannes in Wahrheit ein Mordanschlag war.“

Saskia Heimerle schien zu Eis zu erstarren. Doch sie sagte nichts.

„Sie haben einen Bekannten, Lorenz Arndt, der bei Ihnen wohnt?“

„Zur Zeit nicht mehr. Er lebt jetzt wieder in Berlin.“

„Darf man den Grund erfahren?“ Thiess bemühte sich um Taktgefühl, wobei es unmöglich war, Saskia Heimerle einzuschätzen.

„Nach dem Brand in meinem Atelier musste er sich notgedrungen einen anderen Arbeitsplatz suchen. Er muss für seine Skulpturen, an denen er nun arbeitet, einen Abgabetermin einhalten.“

„Gab es zwischen Ihrem Ehemann und Herrn Arndt Differenzen? Hatten die beiden Streit?“

„Mein Mann fing mit allen Streit an, wo er nur konnte. Herr Arndt ist ein feinsinniger Mensch, dem es immer gelungen ist, den Konflikten aus dem Weg zu gehen.“

„Das stelle ich mir ziemlich schwierig vor“, meinte Thiess. „Hatten Sie denn nie über Scheidung nachgedacht?“

„Nein.“ Saskia Heimerles Antwort war so überzeugend und fest, dass Thiess für einen Moment ratlos war.

„Hatten Sie und Ihr Mann oft Streit wegen des Geldes?“

„Gelegentlich.“

„Hatten Ihre Kinder ein gutes Verhältnis zu ihrem Vater?“

„Das sollten Sie die beiden lieber selbst fragen. Allerdings ist mein Sohn gerade in Portugal.“ *Vermutlich auch vom Geld seiner Mutter,* dachte Enno.

„Mein Kollege hat Sie das zwar schon einmal gefragt, aber welche Strecke hat Ihr Mann genommen, wenn er morgens mit seinem Rad losgefahren ist?“

„Ich weiß nur, dass er jedes Mal eine Dreiviertelstunde bis eineinhalb Stunden unterwegs war. Ich habe ihn nie gefragt, welchen Weg er nimmt.“

„Und ich nehme an, Herr Arndt kann mir darüber auch keine Auskunft geben.“

Sie lächelte schmallippig, so als hätte sie Thiess bei einem unanständigen Gedanken ertappt.

„Lorenz und mein Mann haben nur das Nötigste miteinander gesprochen.“

„Gibt es irgendjemanden, der Ihres Wissens Ihrem Mann nahestand?“

„Ich glaube nicht. Hätte es jemanden, insbesondere eine Frau, gegeben, dann hätte er mich das wissen lassen. Er hätte vermutlich gehofft, dass es mich kränkt.“

„Und, hätte es das?“

Zum ersten Mal sah Enno diese Frau lächeln. Ein beinahe vergnügter Ausdruck lag in ihrem Gesicht, der nicht zum Ernst der Frage passte, die Thiess ihr gestellt hatte.

„Nein, das hätte es nicht.“

Enno glaubte ihr aufs Wort.

***

„Also auch noch ein Betrüger!“

Agnes stemmte, in ihrem Gartenstuhl sitzend, die Hände in die Hüften. Enno war wie versprochen nach dem Treffen in Süderingen ihrer Einladung zum Abendbrot gefolgt. Die beiden saßen bei Schinken- und Käsebroten auf Agnes’ Terrasse, während Enno ihr eine Zusammenfassung der Gespräche und Befragungen im Rathaus gab.

„Nicht nur, dass sein Engagement für den Umweltschutz und für die Rechte der Bürger reinem Eigennutz diente“, schnaubte Agnes.

„Ja, manchmal verbergen sich hinter edler Attitüde ganz profane Beweggründe. Der unversperrte Blick aufs Feld, zum Beispiel.“

„Oder der Anspruch, selbst von Verkehrslärm verschont zu bleiben, während andere über Gebühr darunter leiden müssen.“

Enno stimmte ihr zu. „Wie dem auch sei, Familie Gienke können wir schon einmal getrost von unserer Liste der Verdächtigen streichen. Und ich gebe zu, dass ich mir das auch für Joachim Carstensen wünsche, auch wenn er das wohl triftigste Motiv von allen hat. Er ist doch ein recht patenter Kerl.“

Agnes freute sich, dass Enno bei ihren privaten Ermittlungen die Nüchternheit eines Polizisten abgelegt hatte.

„Ich denke, Ihr alter Kollege wird sein Alibi überprüfen. So müssen Sie sich nicht damit belasten."

Enno wiederum fühlte sich von Agnes verstanden und nickte dankbar.

„Was die Motivlage angeht, sollten wir auch Frau Heimerle und ihren Künstlergefährten nicht außer Acht lassen", warf Enno ein.

„Und wir sollten weiterhin die Möglichkeit berücksichtigen, dass beide Taten, der herbeigeführte Unfall und die Brandstiftung von ein und demselben Täter verübt worden sein könnten", fügte Agnes wiederum hinzu.

„Gut. Also, wer hätte Motiv und Gelegenheit gehabt, beide Taten zu begehen?"

Enno kratzte sich an der Nase und biss dann herzhaft in sein Käsebrot. „Haben Sie eine Idee?", fragte er, nachdem er seinen Bissen heruntergeschluckt hatte. „Vielleicht der Geliebte von Frau Heimerle?"

Agnes wiegte den Kopf hin und her. „Ich gebe zu, dass ich beim Anschlag auf Heribert Heimerle auch schon an Herrn Arndt gedacht habe. Aber können Sie sich vorstellen, dass ein kräftiger, impulsiver Mann sich hinter einen Baum auf die Lauer legt, und darauf wartet, dass sein Nebenbuhler über eine Angelschnur stürzt?

Ich glaube, wäre Herr Arndt richtig wütend auf Heribert Heimerle gewesen und hätte er ihm etwas antun wollen, dann hätte er ihn mit seinem Bildhauerwerkzeug erschlagen."

„Sie glauben, dies war die Tat einer Frau?" Enno dachte nach.

Agnes zögerte. „Haben Sie schon an Leandra Heimerle gedacht?"

Enno hob die Brauen. „Warum sollte das Mädchen einen Anschlag auf den eigenen Vater verüben und hinterher versuchen, ihr Elternhaus in Brand zu setzen?"

„Schlicht und ergreifend aus Eifersucht."

Enno stutzte. „Das müssen Sie mir näher erklären."

„Ich weiß, dass Leandra schon lange darunter gelitten hat, dass ihre Eltern den älteren Bruder ihr immer vorgezogen haben. Sie war nicht nur gut in der Schule, sie gehörte immer zu den besten. Auch ihr Studium hat sie summa cum laude bestanden und steht nun auf eigenen Beinen. Im Gegensatz zu ihrem Bruder. Während ihre Leistungen als selbstverständlich angesehen und kaum zur Kenntnis genommen wurden, waren die Eltern immer in Sorge um den Sohn. Er hat es stets verstanden, im Mittelpunkt zu stehen, während sie unbeachtet am Rande vegetieren musste. Leandra lässt keine Gelegenheit aus, sich abfällig über ihn zu äußern und hat nach dem Tod des Vaters ihre Mutter dazu gebracht, ihm den Geldhahn zuzudrehen.

Im Augenblick ist sie sich der vollen Aufmerksamkeit ihrer Mutter gewiss. Der Vater ist tot, der Bruder weit weg und selbst der Gefährte der Mutter wohnt nicht mehr bei ihnen im Haus, da ihm hier kein Atelier mehr zur Verfügung steht, in dem er seiner künstlerischen Betätigung nachgehen kann."

„Sie glauben, sie hat ihren Vater so gehasst, dass sie ihn umgebracht hat?" Enno blickte skeptisch drein.

„Bedenken Sie, dass es vielleicht gar kein tödlicher Anschlag sein sollte. Vielleicht wollte der Täter oder die Täterin ihm nur einen Denkzettel verpassen. Und es gilt zu bedenken, dass der Vater sehr dominant war, weder Ehefrau noch Tochter achtete und nur den Sohn schätzte.“

„Aber wenn Leandra ihren Vater töten wollte, weil er sich seiner Ehefrau gegenüber respektlos verhalten hat, warum sollte sie ihrer Mutter Schaden zufügen und ihr Atelier zerstören?“

„Nur so konnte sie sicher sein, dass auch Lorenz Arndt aus ihrem Leben verschwindet. Außerdem hat Leandra kurz vor dem Brandanschlag noch dafür gesorgt, dass die Bilder ihrer Mutter aus dem Atelier ins Haus kommen. Sie spielt Handball, kann also gut werfen und sie hat das Feuer so rechtzeitig bemerkt, dass die Flammen nicht auf das Wohnhaus überspringen konnten.“

„Und gleichzeitig hat sie dafür gesorgt, dass der Verdacht auf die Freunde ihres Vaters fällt“, ergänzte Enno. „Tja, dagegen erscheint mir das Motiv von Dirk Schröder geradezu blass. Aber vielleicht haben Mutter und Tochter zumindest die erste Tat zusammen geplant, um zu verhindern, dass Heimerle weiterhin das Geld seiner Frau verschwendet.“

„Saskia soll ihre Tochter angestiftet haben, ihren Mann umzubringen?“ Agnes schüttelte energisch den Kopf. „Nie im Leben, mein lieber Enno!“

„Sie scheinen sich da sehr sicher zu sein.“

„Ja, und ich kann Ihnen auch sagen, warum. Saskia Heimerle hat sich um Geld nie gekümmert. Dass ihr Mann mit ihrem Geld irgendwelche Betrügereien geplant hatte, hat sie erst nach seinem Tod erfahren. Und in allen anderen Dingen schienen die beiden sich arrangiert zu haben. Es gab also aus ihrer Sicht keinen Grund, ihn auf so eine Art loswerden zu wollen. Außerdem ist sie eine Einzelgängerin. Sie würde sich niemals von einem anderen Menschen abhängig machen. Schon gar nicht von ihrer Tochter."

„Das klingt plausibel. Dann war es die Tochter also im Alleingang?"

Agnes schwieg eine Weile.

„Ich glaube, ich werde morgen einen Krankenbesuch machen."

„Ich weiß nicht, ob es eine gute Idee ist, dem Oberkommissar Thiess vorzugreifen", gab Enno zu bedenken.

„Das habe ich habe auch gar nicht vor, lieber Enno. Aber bevor ich Leandra besuche, möchte ich gerne noch einen Blick auf Ihre Wanderkarte werfen."

# Samstag, 22. Juni

Am Samstagmorgen wählte Enno die Privatnummer seines Kollegen Thiess.

Der ließ Agnes noch einmal seinen Dank ausrichten für die ausführlichen Notizen über die möglichen Diebe ihrer Handtasche, die sie ihm hatte zukommen lassen. Dann sprachen die beiden über Agnes' Vermutung, was Leandra Heimerle betraf.

Nachdem er Ennos Ausführungen gelauscht hatte, schwieg er eine Weile, sodass Enno schon befürchtete, er hätte aufgelegt. Dann meinte Thiess unvermittelt: „Ich werde mir das auf jeden Fall durch den Kopf gehen lassen. Ob etwas dran ist, wird sich dann bei der Vernehmung zeigen."

„Die du am Montag durchführen wirst?"

„Ich denke, ich werde meinen Dienst am Montag bei euch in Sommerstorf beginnen, ja."


Am Samstagnachmittag klingelte Agnes an Ennos Tür.

„Kommen Sie herein, Sie wollen doch sicher noch einmal die Karte studieren."

„Ganz genau!"

Als Agnes in Ennos Haus trat, strömte ihr herrlicher Kaffeeduft entgegen.

„Ich habe auf der Terrasse gedeckt, kommen Sie durch!"

Agnes lächelte. Er hatte sie also schon erwartet. Vielleicht wollte er sie auf diese Weise davon abhalten, Leandra Heimerle zu besuchen.

Enno schenkte gerade Kaffee ein. Auf dem Gartentisch standen zwei Schälchen mit Roter Grütze und ein hübscher Porzellankrug mit Vanillesoße.

Agnes lobte ihn gebührend für den nett gedeckten Tisch, so wie Männer dies im Allgemeinen erwarteten. Insgeheim fühlte sie sich von seiner unausgesprochenen Einladung nicht weniger geschmeichelt als er von ihren Komplimenten.

Doch kaum waren die Liebenswürdigkeiten ausgetauscht, waren sie beide wieder bei dem Thema, das sie schon seit Tagen unaufhörlich beschäftigte.

„Ich sehe, Sie haben die Karte schon griffbereit." Agnes goss ein wenig Vanillesoße übe ihre Grütze und sah zu, wie Enno die Karte so weit entfaltete, dass die Unfallstelle ganz links und Heidenbeck am rechten Rand zu sehen war.

„Leandra müsste also gewusst haben, welche Strecke ihr Vater immer fährt. Und sie hätte wissen müssen, welche Angelschnur sich für ein solches Attentat eignet."

„Und da haben wir schon das erste Problem. Nein, Leandra als Täterin anzunehmen, scheint mir zwar nicht gänzlich unmöglich, aber doch unwahrscheinlich."

Nachdenklich löffelten sie beide ihre Grütze und tranken Kaffee.

„Gibt es eigentlich schon Neuigkeiten zur Brandstiftung? Ein Geständnis von Ronny Piontek?"

„Nicht, dass ich wüsste."

„Dann werde ich heute noch mal bei Inge vorbeischauen. Vielleicht wollen Sie mich ja begleiten?"

Da die Polizei Heimerles Fahrradunfall nun offiziell als Tötungsdelikt bewertete, wie Olaf es ausgedrückt hatte, und er außerdem in die Ermittlungen vor Ort eingebunden war, konnten die beiden Inge schlecht außen vor lassen, wenn sie weiter privat ermittelten, hatte sich Agnes überlegt. Außerdem, das wusste sie aus Erfahrung, würde Inge wie immer die eine oder andere Andeutung fallen lassen.

Eine Stunde später standen Enno und Agnes bei Inge am Gartenzaun.

„Also ich kann mir nicht vorstellen, dass Joachim etwas mit Heimerles Unfall zu tun hat", meinte Inge.

„Hat Olaf denn schon etwas herausgefunden?", fragte Agnes ganz unschuldig.

„Zumindest nichts, das ihn belasten könnte.

Wisst ihr übrigens, dass sie den Piontek laufen lassen mussten? Und dieser Ziegenbrink hat ihn wieder bei sich aufgenommen." Inge reckte ihr Kinn, so stolz war sie auf ihr exklusives Wissen.

„Leugnet er immer noch die Brandstiftung?"

Inge sagte nichts, doch ihr Blick ließ sich als Ja deuten.

„Und ihr beide dreht einfach nur eine Runde durchs Dorf?" Inges Miene verriet Neugier.

„O ja, wir haben eben eine ganze Schüssel mit Roter Grütze verputzt, da tut etwas Bewegung gut." Enno reckte den Hals, um besser um die Hausecke schauen zu können. „Arbeitet Olaf im Garten?"

Inge deutete nach hinten. „Vorhin hat er den Rasen gemäht. Er sitzt jetzt auf der Terrasse und trinkt Kaffee. Wollt ihr auch noch eine Tasse?“

„Ein andermal gerne, Inge, aber jetzt ist uns nach Laufen“, erwiderte Agnes und sie verabschiedeten sich.

Als sie wieder in Richtung Eichenwinkel marschierten, hatte Agnes eine Idee.

„Würden Sie den Oberkommissar fragen, ob ich bei Leandras Befragung dabei sein kann? Ich bin mir sicher, dass ich mehr von ihr erfahre als er.“

# Montag, 24. Juni

Enno hatte Agnes den Gefallen getan und Thiess darum gebeten, sie zur Befragung von Saskia und Leandra Heimerle mitzunehmen.

Nach einigem Zögern hatte er eingewilligt, nachdem Agnes ihm am Telefon ihre Strategie erklärt hatte.

Morgens um halb neun holte Thiess sie mit seinem Dienstwagen ab. Agnes beschrieb ihm den Weg nach Heidenbeck, was allerdings überflüssig war, da der Wagen über ein Navigationsgerät verfügte.

Noch einmal besprachen sie ihre Vorgehensweise und wenige Minuten später fuhren sie schon durch das Tor auf das Grundstück der Heimerles. Das Dach des Ateliers war mit Folie abgedeckt und die bodentiefen Fenster, die durch die Hitze des Feuers geborsten waren, bedeckten Holzplatten. Es war ein trauriger Anblick.

„Hat Frau Heimerle Besuch?" Thiess deutete auf die drei Autos.

„Nein, der kleine Wagen gehört Leandra und die beiden anderen Frau Heimerle."

„So, dann wollen wir mal."

Thiess klingelte zweimal, ehe Saskia Heimerle öffnete.

Sie hatte erst, das hatte Agnes bemerkt, durch das Küchenfenster gespäht, bevor sie zur Tür ging. Es war offensichtlich, dass sie Angst hatte.

Thiess zeigte ihr seinen Dienstausweis. „Frau Heimerle, ich hätte noch einige Fragen zu den Tätigkeiten Ihres Mannes.“

Sie nickte und öffnete die Tür. Erst jetzt bemerkte sie Agnes.

„Ich habe dem Oberkommissar den Weg zu Ihrem Haus gezeigt. Er hat mich freundlicherweise mitgenommen, weil ich doch Leandra einen Besuch abstatten wollte“, beantwortete sie Saskia Heimerles fragenden Blick.

Nachdem Thiess zur Bestätigung nickte, ließ sie beide ein.

„Leandra ist gerade im Badezimmer. Ich sage ihr Bescheid.“

Sie lief die Treppe halb hoch und rief durch die geschlossene Badezimmertür nach ihrer Tochter.

„Ich warte im Flur auf sie“, meinte Agnes.

„Wie kann ich Ihnen helfen?“, fragte Saskia den Polizisten.

„Zeigen Sie mir bitte das Arbeitszimmer Ihres Mannes?“

In diesem Moment lief Leandra die Treppe herunter. Sie trug eine ausgeleierte Jogginghose und ein übergroßes T-Shirt. Ihr rechter Arm hing in einer Schlinge.

„Das kann ich machen, Mama. Ich weiß, wo die ganzen Unterlagen sind.“

Agnes fluchte innerlich. Sie hatte eigentlich vorgehabt, mit Leandra unter vier Augen zu sprechen.

So gut es mit einer Hand ging, zog sie Ordner und Hefter mit Unterlagen und Kontoauszügen ihres Vaters aus dem Schrank, bis Thiess sie bremste.

„Danke. Zeigen Sie mir einfach nur, wo die Sachen stehen. Dann nehme ich sie dann selbst heraus."

Er nahm sich einen der Schnellhefter vom Tisch und blätterte ein wenig darin herum. Ohne Saskia anzusehen, fragte er: „Haben Sie sich mit Ihrer Tochter schon über den Verdacht der Polizei unterhalten?"

Leandra sah beunruhigt zwischen Thiess und ihrer Mutter hin und her.

„Sie meinen, dass der Unfall meines Mannes gar kein Unfall war?"

„Wie bitte?" Leandra rutschte ein Ordner aus der Hand und glitt auf den fleckigen Wollteppich. „Was soll das denn jetzt schon wieder heißen?"

Empört blieb ihr Blick an ihrer Mutter hängen. Offensichtlich hatte die ihrer Tochter nichts davon erzählt.

„Ich halte das für Unsinn", meinte Saskia Heimerle.

„Warum?", fragte Thiess. Agnes betrachtete aus dem Augenwinkel sein Gesicht und es schien ihr, als könne diesem Mann nichts entgehen.

„Der andere Polizist sagte mir, er sei mit dem Fahrrad einen steilen Berg heruntergefahren und vermutlich sei ihm dabei die Kette herausgesprungen oder gerissen, sodass er nicht mehr bremsen konnte."

„Nach einer Untersuchung seines Fahrrades gibt es nun aber Hinweise auf Fremdverschulden."

„Ist er von einem Auto angefahren worden?", fragte Leandra, deren Gesicht nun mit hektischen roten Flecken übersät war. Sie tastete nach der Kante des wuchtigen Schreibtisches, um sich festzuhalten.

„Sie kennen doch die Stelle, an der er verunglückt ist?" Agnes machte sich bereit, das Mädchen aufzufangen, falls es ohnmächtig werden sollte.

Leandra sah sie an und schüttelte stumm den Kopf.

„Können Sie sich noch daran erinnern, wo sie zum Zeitpunkt des Unfalles waren?“ Thiess sah sie forschend an.

„In Hamburg. Ich war zur Arbeit, als meine Mutter mich anrief und mir von Vaters Unfall erzählte. Wieso?“

Thiess nickte Agnes zu.

„Kommen Sie, Leandra. Lassen Sie uns in die Küche gehen. Herr Oberkommissar Thiess kann sich einstweilen mit Ihrer Mutter unterhalten und Sie trinken erst einmal ein Glas Wasser.“

Leandra ließ sich widerstandslos aus dem Zimmer führen und sank ein wenig benommen auf den erstbesten Küchenstuhl. Agnes erinnerte sich noch daran, wo in dieser Küche die Gläser standen. Sie füllte eines davon mit Wasser und reichte es Leandra.

„Ich weiß, dass Sie ein schwieriges Verhältnis zu Ihrem Vater hatten. Aber dennoch ist so eine Nachricht ein Schock, nicht wahr?“

Leandra antwortete nicht.

„Können Sie sich vorstellen, wer Ihrem Vater so etwas hätte antun können?“

„Kennen Sie einen Menschen, der meinen Vater nicht gehasst hat?“, platzte es plötzlich aus Leandra heraus. „Können Sie sich vorstellen, wie das war, die Tochter von Heribert Heimerle zu sein, der allen mit seinem Öko-Kram auf die Nerven gefallen ist und praktisch das ganze Dorf gegen sich und damit auch gegen uns aufgebracht hat?“

„Dass Sie unglücklich waren, habe ich Ihnen schon in der dritten Klasse angesehen. Ich dachte aber, es läge daran, dass Sie mit Ihrer Familie umziehen und all ihre Freunde zurücklassen mussten. Es war schwer für Sie, Anschluss zu finden."

Leandras Augen glitzerten verdächtig. „Die Freunde, die ich haben wollte, waren meinem Vater nicht genehm. Und die ihm in den Kram passten, mochte ich nicht. So war das nicht erst hier in Heidenbeck, sondern schon immer."

„Und was sagte Ihre Mutter dazu?"

Leandra schnaubte. „Meiner Mutter war das alles doch sowas von egal. Die hatte ihre Malerei."

Agnes schwieg einen Moment, bevor sie fortfuhr.

„Ich hatte den Eindruck, dass Sie und Ihre Mutter sich in der letzten Zeit etwas nähergekommen sind."

Leandra wischte sich mit der linken Hand ein wenig unbeholfen über die Augen. „Das täuscht, Frau Plietsch. Sie ist froh, dass ich ihr die unangenehmen Dinge des Lebens abnehme und mich um ihre Finanzen, die Versicherungen und jetzt die Handwerker kümmere. Das ist alles."

„Aber Sie verbringen doch viel Zeit miteinander. Gerade jetzt, wo auch Herr Arndt nicht mehr im Haus ist. Haben Sie da nicht viel Zeit, um miteinander zu reden?"

„Nur, wenn meine Mutter nicht malt. Oder mit Lorenz, diesem Schmarotzer, telefoniert. Täglich lässt er sich von ihr berichten, wie weit die Sanierung des Ateliers vorangeht. Und ob der Bauantrag für die Galerie schon genehmigt ist."

„Sie denken also, dass Ihre Mutter einen Hang zu Männern hat, die sie ausnutzen? Ich würde auch versuchen, meine Mutter vor solchen Menschen zu beschützen.“

Leandra hob den Kopf und musterte Agnes aufmerksam.

Agnes erwiderte ihren Blick wohlwollend und freundlich. „Ronny Piontek gehört auch zu dieser Sorte Mensch. Habe ich recht?“

Leandras Gesicht nahm einen verächtlichen Zug an, als Agnes diesen Namen erwähnte.

„Ganz frech kam er einfach in unseren Garten. Das war noch vor Vaters Beerdigung. Er hat behauptet, mein Vater hätte ihm erlaubt, durchs Atelier ins Haus zu gehen.“

„Was wollte er von Ihnen? Geld?“

„Unter anderem. Er erzählte mir von dem geplatzten Hauskauf und dass sie nun zu viert eine Bleibe suchten. Sie wollten ihre Campingbusse auf unserem Grundstück aufstellen.“ Leandra lachte böse. „Natürlich habe ich ihnen das nicht erlaubt. Und ihnen gesagt, sie sollen sich hier nie wieder blicken lassen. Aber dieser Ronny war hartnäckig. Am Tag nach der Beerdigung kam er wieder, zusammen mit diesem Flittchen. Sie standen plötzlich auf unserer Terrasse, während meine Mutter und Arndt nicht zu Hause waren und faselten etwas von einem Grundschuldbrief, der ihrem Verein gehören würde. Den sollte ich gefälligst rausrücken.

Ich wusste bis dahin nichts von diesem Dokument, aber mir war in dem Moment klar, dass ich es diesen Leuten auf keinen Fall geben würde, sollte ich es finden. Ich wollte, dass sie aus der Gegend verschwinden und uns in Ruhe lassen.“

Sie schnaubte zornig. „Leider habe ich ihnen das auch so gesagt, in meinem Zorn. Daraufhin hat Piontek mir gedroht, es würde was Schlimmes passieren, wenn ich ihm diesen Brief nicht innerhalb einer Woche beschaffe."

„Und womit hat er gedroht?"

Leandra senkte wieder den Blick. „Mit nichts Konkretem. Aber so, wie er erst mich und dann das Haus angesehen hat, wirkte er bedrohlich."

Agnes nickte. „Du warst besonders böse auf Lena Harms, weil dein Vater und sie ein besonders gutes Verhältnis hatten."

„Sie hatte überhaupt kein Recht, hier aufzukreuzen!"

Agnes erschrak fast über den Hass, der unter Leandras Fassade brodelte. Sie schien sich nur mit Mühe zurückzuhalten.

„Was hat dein Vater wohl in ihr gesehen?", bohrte Agnes weiter.

„Eine zweite Tochter? Oder mehr?" Tränen der Wut schossen Leandra in die Augen. „Sogar diese verdammten Köter hatte er gekauft für sie! Weil ihre Mutter keinen Hund haben wollte. Ständig war sie plötzlich bei uns und ich sollte mich mit ihr verstehen, meinte mein Vater. Ich sollte mich nicht so anstellen. Und das, obwohl er wusste, dass ich Angst vor Hunden habe, noch dazu vor so großen! Das gehöre nun mal zum Landleben, meinte er."

„Und weil du dir nicht anders zu helfen wusstest, hast du den Hunden die Eibenbeeren aus eurem Garten ins Futter gedrückt."

Leandra erstarrte. „Woher wissen Sie ...?"

„Damit warst du auch das Problem Lena los."

Ein Damm schien in ihr gebrochen zu sein. „Wenigstens kam sie nicht mehr so häufig. Und endlich hatte sich dann auch mal meine Mutter durchgesetzt und gesagt, dass sie keine neuen Hunde mehr will. Diese Viecher sind durch ihr Atelier gerannt und haben eines ihrer Bilder verdorben."

„Endlich stand sie also einmal auf deiner Seite. Genauso wie neulich, als du ihre Bilder vor dem Verbrennen gerettet hast, indem du sie am Tag zuvor aus dem Atelier geschafft hast. Und indem du das Feuer so schnell bemerkt hast, sodass kein allzu großer Schaden entstehen konnte. Und nebenbei bist du auf diese Weise auch Lorenz Arndt losgeworden."

Leandra verbarg ihr Gesicht in ihrer Hand.

„Dieser verdammte Piontek! Er hat den Molotowcocktail mitgebracht. Er hat den Stein durchs Fenster geworfen. Doch als er mich im Garten bemerkt hat, ist er abgehauen. Zusammen mit Lena. Sie hat ihn dazu angestiftet, weil sie meine Mutter gehasst hat!"

„Und du hast die Gelegenheit genutzt, um gleich mehrere Leute loszuwerden. Den Freund deiner Mutter, und Lena und Ronny, denen du die Brandstiftung, die sie zumindest versuchen wollten, in die Schuhe schieben wolltest. Du hast den Molotowcocktail durch das zerbrochene Fenster geworfen."

Leandra begann zu schluchzen. „Meine Mutter darf das nicht erfahren, dann hasst sie mich noch mehr!"

Ihre Schultern bebten. Plötzlich war sie wieder ein kleines, schutzbedürftiges Mädchen, das sich nach der Liebe ihrer Mutter verzehrte.

Agnes stand auf und nahm sie in den Arm.

In diesem Augenblick bemerkte sie Thiess und Saskia Heimerle, die in der Tür standen. Thiess nickte ihr zu als Zeichen, dass er alles mitangehört hatte.

Saskia Heimerle stand wie versteinert da und starrte ihre Tochter an. Es war für niemanden auszumachen, ob sie zornig war wegen des immensen Schadens, den Leandra angerichtet hatte, oder ob trotz allem noch ein Funken Mitgefühl in ihr wohnte, die Not und Verzweiflung ihrer Tochter zu spüren, die ja die Ursache für ihr Handeln gewesen waren.

Agnes indes glaubte nicht daran, dass es Saskia je gelingen würde, sich selbst so weit zurückzunehmen, dass sie ihren Kindern die Liebe und Aufmerksamkeit schenkte, die sie auch als junge Erwachsene noch dringend benötigten.

Oberkommissar Thiess deutete kaum merklich mit dem Kopf in Leandras Richtung und reichte Agnes einen Briefumschlag. Er war an Heinrich von Soest adressiert.

„Kennst du diesen Brief, Leandra? Weißt du, wessen Handschrift das ist?“, fragte Agnes und strich ihr dabei sanft über den Rücken.

Das Mädchen hob ihr verweintes Gesicht und warf einen kurzen Blick darauf, um sogleich wieder von Schluchzern geschüttelt in sich zusammenzusinken.

„Den wollte ich an Herrn von Soest schicken. Darin ist der Grundschuldbrief. Es sollte so aussehen, als hätte mein Vater den Umschlag beschriftet“, flüsterte sie.

„Also wusstest du doch von diesem Brief und wolltest, dass es so aussieht, als hätte dein Vater vorgehabt, vom Kauf der alten Schmiede zurückzutreten?“

Leandra nickte. „Ich habe ihn im Arbeitszimmer gefunden. Ich wollte doch nur, dass Ziegenbrink, Piontek und diese blöde Lena Harms uns endlich in Ruhe lassen und nicht mehr so tun, als seien meine Mutter und ich Schuld an dem geplatzten Kauf der Schmiede!"

„Es war vollkommen richtig, dass sie Herrn von Soest den Brief zukommen lassen wollten. Damit machen Sie den Schaden wieder gut, den Ihr Vater der Familie Gienke zugefügt hatte", lobte Thiess sie.

„Ich werde Herrn von Soest davon in Kenntnis setzen, dass er diesen Brief erhalten wird. Vorerst kommt er jedoch in die Ermittlungsakten gegen Friedhelm Berger. Mit den Unterlagen, die Sie uns heute zur Verfügung gestellt haben, hat die Staatsanwaltschaft genug Material, um Anklage gegen diesen Herrn zu erheben."

Thiess wandte sich an Saskia, die noch immer stumm und starr dastand. „Sie brauchen also keine Angst mehr vor Berger zu haben." Er deutete auf ihr Auge, unter dem sich noch immer ein grünlicher Schatten abzeichnete.

„Ich werde gleich meine Kollegen in Lüneburg und Hamburg informieren, damit sie noch heute einen Haftbefehl gegen ihn beantragen."

Saskia nickte mit unbewegter Miene.

Oberkommissar Thiess sah sie nachdenklich an und meinte dann: „Jetzt sollten Sie sich erst einmal um Ihre Tochter kümmern. Kochen Sie Tee und unterhalten Sie sich mit ihr. Ich schicke Ihnen meine Kollegen vorbei, die im Lauf des Tages die Unterlagen bei Ihnen abholen."

Thiess wandte sich zum Gehen und Agnes folgte ihm.

„Damit wäre wenigstens die Brandstiftung aufgeklärt", brummte er, nachdem sie die Tür hinter sich zugezogen hatten. Er ließ Agnes in den Wagen steigen
und telefonierte kurz, bevor er sich hinter das Steuer
setzte.

„Und jetzt, Herr Oberkommissar, habe ich noch eine
Bitte an Sie."

Agnes hielt ihre Handtasche wie einen Schild vor der
Brust. Thiess sah sie fragend an.

„Fahren Sie mit mir zum Mertenshof. Es gibt schließlich noch einen weiteren Fall aufzuklären."

„Was zum Teufel haben Sie vor, Frau Plietsch?"

„Das erkläre ich Ihnen, wenn mein Plan funktioniert
hat."

***

„Haben Sie sich eigentlich schon einmal die Stelle angesehen, an der Herr Heimerle verunglückt ist?"

Thiess verneinte. „Ich kenne bislang nur die Fotos, die
mir Polizeihauptmeister Dietrichs geschickt hat."

„Wenn wir über den Eichenwinkel zum Mertenshof
fahren, kommen wir direkt an der Stelle vorbei."

Sie zeigte ihm, wo er abbiegen musste und als sie kurz
vor ihrem Haus waren, bat sie ihn, kurz anzuhalten. Geduldig tat er, was sie wünschte. Agnes eilte in ihre Küche, holte das, was sie brauchte und saß keine Minute
später wieder auf dem Beifahrersitz.

Langsam fuhren sie den Forstweg hinauf, bis sie
Heribert Heimerles Unfallstelle erreicht hatten.

„Sie können den Wagen hier abstellen. Hier fahren
gewöhnlich keine Autos entlang."

Dann zeigte sie Thiess den Baum, gegen den Heimerle geprallt war.

„Er muss von dort oben gekommen sein."

Sie deutete auf den Weg, der steil zum Mertenshof führte.

„Und hier", sie lief voraus zu der jungen Eiche, die linker Hand am Wegesrand stand, „haben Enno und ich die Angelschnur gefunden. Sehen Sie diesen schiefen Wegweiser gegenüber der Eiche? Dazwischen muss die Schnur gespannt gewesen sein, die Herrn Heimerle zum Verhängnis wurde."

Thiess sagte nichts. Sein Blick wanderte von der Unglücksstelle hinauf zum Mertenshof. Mit energischen Schritten lief Agnes den steilen Weg hinauf. Bald darauf flachte die Steigung merklich ab. Der Mertenshof lag, von Flieder- und Haelsträuchern eingefasst, in einer Mulde. Eine Stelle am Weg gab den Blick auf einen kleinen, verwilderten Garten frei, der hinter dem Haus an den Wald angrenzte.

Auch nach vorne machte der Hof einen vernachlässigten Eindruck. Allerhand landwirtschaftliche Geräte standen vor dem Bauernhaus, dessen ehemals weißer Putz an vielen Stellen ins gräuliche oder bräunliche übergegangen war.

Früher einmal hatten die Bauern auf dem Mertenshof ein gutes Auskommen gehabt, wusste Agnes von Marlies Weber.

Obwohl der Hof mit seinem Getreideanbau, den Schweinen und einigen Hühnern den alten Mertens und seinen Sohn Florian tagein, tagaus beschäftigte, warf die viele Arbeit kaum genug Ertrag ab, um beide anständig zu ernähren, sodass der Hof nur noch als Nebenerwerbsbetrieb geführt wurde.

Agnes atmete tief durch und ließ den Blick noch einmal schweifen. Neben dem Eingang zum Stall parkte ein uralter, mit Schlamm bespritzter Kombi, davor ein ebenfalls betagter Kleinwagen in verblichenem Rot. Florian hatte also Besuch, stellte sie fest, bevor sie in Ermangelung einer Klingel an die Haustür klopfte.

„Die könnte auch einmal wieder neue Farbe vertragen“, murmelte sie.

Die Tür war nur angelehnt. Agnes stieß sie auf. Stallgeruch strömte ihnen entgegen und gab den Blick auf ein Paar Gummistiefel frei, das vor Schmutz starrte.

„Hallo! Ist jemand zu Hause?“

Agnes erinnerte sich dunkel daran, dass sie vor vielen Jahren schon einmal zu einem Elterngespräch bei Florians Eltern gewesen war. Sie und Thiess hatten gerade den dunklen Flur betreten, als linker Hand eine Tür aufgerissen wurde.

„Hallo, Florian! Wie geht es dir? Ich hatte doch versprochen, dir Holundergelee vorbeizubringen. Erinnerst du dich?“

„Hallo, Frau Plietsch.“ Florian kratzte sich am Hinterkopf. Er sah zwischen Agnes und Thiess hin und her und machte ein recht verdutztes Gesicht.

„Das ist ein Bekannter von mir. Herr Thiess. Wir waren gerade spazieren. Dürfen wir hereinkommen?“

„Äh.“ Völlig überrumpelt von Agnes’ Zielstrebigkeit gab er schließlich den Weg in die Wohnküche frei.

„Moin, Frau Plietsch.“ Dirk Schröter saß am Küchentisch und hatte allerhand Angelzubehör vor sich ausgebreitet.

„Hallo, Dirk. Habt ihr vor, angeln zu gehen?"

„Ja, Florian und ich wollen heute Abend mal wieder los an die Lenze."

„Oh, das ist schön." Agnes setzte sich einfach und bedeutete Thiess, den Platz neben ihr zu wählen.

Agnes sah sich um. Abwasch stapelte sich im Spülbecken, der Fußboden war fleckig und auch die Fenster waren seit längerer Zeit nicht mehr geputzt worden.

In diesem Haushalt fehlten die ordnenden Hände einer Frau.

„Ist dein Vater nicht zu Hause?", fragte sie.

„Der ist zur Arbeit." Unschlüssig trat Florian von einem Bein auf das andere.

Statt einer Antwort öffnete Agnes ihre Handtasche und holte zwei Gläser mit Gelee heraus.

„Ich wünsche dir guten Appetit, Florian."

Mit rotem Kopf bedankte sich Florian und stellte die Gläser auf den letzten freien Platz auf dem Küchenschrank. Er fühlte sich ganz offensichtlich un-wohl, sodass Agnes es kaum übers Herz brachte, ihn noch länger mit Belanglosem zu quälen.

„Wusstet Ihr, dass Lena Harms aus dem Krankenhaus entlassen worden ist? Sie wohnt jetzt vorübergehend bei Pastor Dieckmann, solange sich ihre Mutter nicht um sie kümmern kann."

Dirk sah Florian an. Der betrachtete nur seine schmutzigen Fingernägel und zuckte mit den Schultern.

„Du mochtest sie sehr gerne, Florian, oder?" Florian antwortete nicht, doch Dirk blickte sehr interessiert zwischen seinem Freund und seiner alten Lehrerin hin und her.

„Ich würde mal sagen, du warst hochgradig in sie verschossen." Dirk grinste seinen Freund an, doch wurde gleich wieder ernst, als er bemerkte, wie Florian in sich zusammensank. Er klopfte ihm auf die Schulter.

„Hey, du warst nicht der Einzige, dem sie den Kopf verdreht hat."

Und an Agnes gewandt fuhr er fort. „Sie hat den Spitznamen *Lolita vom Pferdehof.*"

Agnes hob die Brauen. „Wer kommt denn auf so eine seltsame Bezeichnung?"

„Na ja, es waren einige Jungs in sie verknallt, damals noch, in der Schule. Aber sie hat alle nur auf den Arm genommen und nach allen Regeln der Kunst abblitzen lassen."

„Weil sie an reiferen Männern interessiert war", ergänzte Agnes.

Dirk sah seinen Freund an, der nun nervös an seinen Nägeln zupfte und schwieg.

„Oder weil sie genau genommen an einem bestimmten Mann interessiert war? Wie schmerzlich, das Mädchen seines Herzens in den Armen eines anderen, noch dazu viel älteren Mannes zu sehen." Agnes betrachtete Florian voller Mitgefühl.

„Lena und Herr Heimerle haben sich oft am Holmbach getroffen", fuhr sie unbeirrt fort. „Sie glaubten, sie seien unbeobachtet. Doch du hast sie gesehen, Florian, nicht wahr? Und das nicht nur einmal."

„Von wegen sich unbeachtet gefühlt!" Zornig schlug Florian mit der Faust auf den Tisch. „Sie hat sich absichtlich so hingesetzt, dass ich sie beim Knutschen sehen konnte. Und auf dem Pferdehof hat sie sich dann über mich lustig gemacht."

Betreten sah Dirk auf seine Angelknoten. „Na, das ist doch jetzt vorbei", murmelte er.

„In der Tat. Aber nicht ganz so, wie du dir das gedacht hattest, Florian. Nicht wahr? Du wolltest Heribert Heimerle und sicher auch Lena eins auswischen. Dass er dabei zu Tode kommt, hattest du nicht geplant." Florian starrte sie an und öffnete den Mund, um ihn gleich darauf wieder zu schließen.

„Du wusstest, wie stark eine Angelschnur sein muss, um einen Radfahrer zu Fall zu bringen. Allerdings hast du nicht bedacht, dass jemand, der mit genügend Schwung diesen Berg vor eurem Hof herunterfährt, bis zu den Bäumen am Holmbach fliegt." Florian sprang auf und ballte die Fäuste. Stumm und mit einem Ausdruck nackter Verzweiflung sah er Agnes an.

„Ich wäre nie darauf gekommen, dass du es warst, wenn du nicht beim Dorffest meine Handtasche genommen und das Stück Angelschnur gestohlen hättest."

„Ja!", brüllte Florian plötzlich los. „Ich wollte, dass sich dieser eingebildete, alte Idiot so richtig abpackt! Sich von oben bis unten alles aufschürft! Aber ich dachte doch nicht, dass er sich dabei das Genick bricht!"

„Mensch, Florian, sag, dass das nicht wahr ist!" Erschüttert stellte sich Dirk neben ihn und griff nach seiner Schulter, doch Florian schüttelte die Hand des Freundes ab und begann zu rennen.

In diesem Moment sprang Thiess von seinem Platz auf und überwältigte den jungen Mann, der wie ein gefällter Baum zu Boden stürzte.

Thiess kniete auf dem Boden und legte Fesseln um die Handgelenke des jungen Mannes, der wie ein Besessener brüllte. Dann, als er aufgehört hatte zu toben, bugsierte er Florian hoch und brachte ihn dazu, sich auf seinen Stuhl zu setzen.

Agnes blickte traurig von Dirk zu Florian.

„Es tut mir so leid", flüsterte sie. Dirk zumindest bemerkte, dass sie es ernst meinte.

# Sonntag, 30. Juni

Ganze drei Tage lang hatte es nun schon geregnet. Auch heute Morgen waren wieder dicke schwere Tropfen aus bleigrauen Wolken gefallen, sodass Agnes um die Mittagszeit das Licht in der Küche anschalten musste.

Als sie den Kaffee in die Thermoskanne füllte, riss der Himmel plötzlich auf und ein Stück eines Regenbogens war vom Küchenfenster aus zu sehen.

Eine Woche war es nun her, dass der Unfalltod von Heribert Heimerle und auch die Brandstiftung in Saskia Heimerles Atelier aufgeklärt worden waren. Im Dorf hatte man Agnes als „Miss Marple von Sommerstorf" gefeiert, doch sie hatte sich erst einmal von all dem Rummel um ihre Person zurückgezogen. Gewiss hatte sie im Zuge ihrer Pensionierung nach einer neuen Herausforderung gesucht, aber so ganz wohl fühlte sie sich nicht in dieser Rolle, die man ihr nun zuschrieb. Sie hatte in den letzten Nächten wenig geschlafen und immer wieder über Leandra und Florian nachgedacht, und darüber, wie sich das Leben der beiden nun verändern würde. Obwohl sie ja nur die Wahrheit ans Licht gebracht hatte, fühlte sie sich schuldig am Unglück der beiden.

An diesem Nachmittag hatte sie Heike und Enno zum Kaffee eingeladen. Agnes freute sich auf ihren Besuch. Die beiden waren ja immerhin auch an der Aufklärung dieses Todesfalles und allem, was damit zu tun hatte, beteiligt gewesen. Es war also an der Zeit, gemeinsam ein Resümee zu ziehen und die Angelegenheit ein für alle Mal abzuschließen.

Heike und Enno waren wie immer pünktlich. Um fünfzehn Uhr dreißig standen sie mit zusammengeklappten Regenschirmen vor ihrer Tür.

„Kommt gleich in die Stube, ich hole nur noch den Kaffee."

„Ich habe dir Blaubeermuffins mitgebracht." Heike folgte ihr in die Küche, um sich eine Kuchenplatte geben zu lassen, auf der sie das Gebäck platzierte.

„Schön, dass ihr da seid." Agnes schnitt ihre Biskuitrolle an und überließ es Enno, den Kaffee einzuschenken.

„Auf Ihren Ermittlungserfolg!" Enno hob seine Kaffeetasse.

„Ja, liebe Agnes, ohne dich wäre dieser Fall niemals aufgeklärt worden!" Heike, die neben ihr saß, tätschelte ihr die Schulter. Agnes lächelte nur schwach.

„Ach, ich weiß nicht recht. Das ist eine Art von Erfolg, die sich für mich nicht besonders gut anfühlt. Zwar kennen wir nun alle die Wahrheit, aber es hat sich am Ende herausgestellt, dass unsere Täter auch Opfer sind."

Enno sah sie lange an und nickte dann.

„Sie haben recht, Agnes. Aus meiner langjährigen, beruflichen Erfahrung weiß ich nur zu gut, wie sie sich gerade fühlen. Aber ich vertraue darauf, dass das Gericht die besonderen Umstände der Taten würdigt und auf diese Weise Gerechtigkeit herstellen wird."

Dankbar sah sie Enno an. „Sie haben vollkommen recht, lieber Enno. Es liegt nicht an uns, über die Menschen zu urteilen."

„Und denke doch an diesen Friedhelm Berger", warf Heike ein. „Dem wird jetzt endlich das Handwerk gelegt. Und das nur, weil du vermutet hattest, dass Leandra die Brandstiftung begangen haben könnte."

„Dieser Berger war zwar nur Beifang, aber das hat auch sein Gutes", musste Agnes zugeben.

„Und nicht nur das", fuhr Heike fort. „Herr von Soest wird den Gienkes nicht nur die alte Schmiede abkaufen. Er hat am Freitag mit Sandra telefoniert und es scheint, als habe ihr Konzept ihn überzeugt. Von Soest will die Schmiede an sie verpachten, damit sie dort ein Café und ihre Schmuckwerkstatt betreiben kann."

„Das ist in der Tat sehr erfreulich", gestand Agnes. „Dann hat sich wenigstens ihr Traum erfüllt."

„Und stell dir vor, Marlies hat mir am Donnerstag beim Nordic Walking erzählt, dass Lenas Mutter wieder aufgetaucht ist. Sie will in ihre Wohnung in Hamburg ziehen, zusammen mit Lena."

„Ja, ein wenig Abstand von Sommerstorf wird Lena guttun. Noch mehr aber die Nähe zu ihrer Mutter."

Sie nippte an ihrem Kaffee und kostete von Heikes Blaubeermuffin, den sie ihr auf den Teller gelegt hatte.

„Was wird wohl aus Florian und seinem Vater?"

„Florian ist bereits aus der Untersuchungshaft entlassen worden", wusste Enno zu berichten. „Das hat mir Olaf erzählt. Er hat ein umfassendes Geständnis abgelegt und wird, wenn alles gut geht, mit einer Bewährungsstrafe davonkommen."

„Damit ist also der Hof der beiden fürs Erste gerettet.“ Agnes dachte, während sie das sagte, an den traurigen Zustand in dem sich der Mertenshof befand. Im Stillen bezweifelte sie, dass es für den Hof und für Florian und seinen alten Vater ein gutes Ende geben würde.

Als hätte Heike ihren Gedanken erraten, meinte sie: „Das Beste für die beiden wäre, die Landwirtschaft aufzugeben. Wenn sie weitermachen wie bisher, dann werden sie sich höchstens verschulden und am Ende alles verlieren. Und Florian ist zu wenig Unternehmer, um den Betrieb wirtschaftlich zu führen.“

Eine Weile schwiegen sie alle.

„Weißt du, wie es bei den Heimerles weitergehen wird?“, fragte Agnes.

Heike nickte. „Die Versicherung wird natürlich nicht für den Brandschaden aufkommen, den Leandra verursacht hat. Und ganz unter uns: Aus der Künstlergalerie wird vorerst auch nichts, denn ich weiß, dass Saskia Heimerle den Bauantrag zurückgezogen hat.“ Heike zwinkerte ihr zu. „Das ist natürlich keine Information, die ich jetzt an die große Glocke hänge, wenn ihr beiden versteht, was ich meine.“

Enno schmunzelte und Agnes lachte.

„Ich glaube, Heike, wenn wir so weitermachen, wird das nicht der letzte Fall gewesen sein, den wir zusammen aufklären.“

„Und ich denke“, ergänzte Enno, „dass Ihre Art, an die Dinge heranzugehen, die Arbeit an meinem Kriminalroman beeinflussen wird.“

# Danksagung

Mein besonderer Dank gilt allen voran meiner wunderbaren Familie, die auf meine Leidenschaft unendlich viel Rücksicht nimmt. Ohne ihre Geduld und Unterstützung wäre auch dieser Roman nie geglückt.

Ebenso möchte ich meiner lieben Freundin Antje danken, die immer ein offenes Ohr für mich hat, und die mich – allen Widrigkeiten zum Trotz – immer wieder darin bestärkt, weiterzumachen.

Und schließlich danke ich meiner lieben Agentin Alisha Bionda. Ohne sie hätte ich nie die Chance bekommen, meine Ideen umzusetzen.